Alfred   Wegener

Die Entstehung der Kontinente und Ozeane

Alfred   Wegener

Die Entstehung der Kontinente und Ozeane

ISBN/EAN: 9783337362652

Hergestellt in Europa, USA, Kanada, Australien, Japan

Cover: Foto ©Andreas Hilbeck / pixelio.de

Weitere Bücher finden Sie auf **www.hansebooks.com**

DIE WISSENSCHAFT

Sammlung von Einzeldarstellungen aus den Gebieten der
Naturwissenschaft und der Technik

Herausgegeben von Prof. Dr. EILHARD WIEDEMANN

BAND 66

Die Entstehung der Kontinente und Ozeane

Von

Prof. Dr. Alfred Wegener

Abt.-Vorst. d. Deutschen Seewarte u. Priv. Doz. d.
Geophysik a. d. Hamburgischen Universität

Zweite gänzlich umgearbeitete Auflage

Mit 33 Abbildungen

Braunschweig

Druck und Verlag von Friedr. Vieweg &
Sohn

1920

4

Die Entstehung der Kontinente und Ozeane

Von

Prof. Dr. Alfred Wegener

Abt.-Vorst. d. Deutschen Seewarte u. Priv. Doz. d.
Geophysik a. d. Hamburgischen Universität

Zweite gänzlich umgearbeitete Auflage

Mit 33 Abbildungen

Braunschweig

Druck und Verlag von Friedr. Vieweg &
Sohn

1920

Vorwort.

Das vorliegende Buch ist die — völlig umgearbeitete und wesentlich vermehrte — zweite Auflage meiner gleichnamigen, 1915 in der Sammlung „Vieweg" (Nr. 23) erschienenen Schrift, die vergriffen ist. Die Übernahme der neuen Auflage in die Sammlung „Wissenschaft" erfolgte wegen des vergrößerten Umfanges; sie erscheint aber auch durch die starke Veränderung gerechtfertigt, die sie bei der Neubearbeitung erfahren hat und durch welche sie den Charakter eines neuen Buches annimmt.

Die Theorie der Kontinentalverschiebungen ist in allen Teilen schärfer gefaßt, und ihre Prüfung durch Heranziehung von Beobachtungsmaterial erheblich weiter im einzelnen durchgeführt, als es mir bei der ersten Auflage möglich war. Insbesondere konnten die Polverschiebungen und auch die Ursache der Kontinentalverschiebungen weit ausführlicher behandelt werden; dies sind wohl die beiden Punkte, in denen die Theorie am weitesten fortgeführt werden konnte. Die im Vorwort der ersten Auflage als experimentum crucis bezeichneten Änderungen der transatlantischen Längenunterschiede haben sich zwar für die zunächst in Betracht gezogene Strecke Europa–Nordamerika bisher nicht bestätigen lassen, dagegen haben die endgültigen Ergebnisse der Danmark-Expedition eine um so glänzendere Bestätigung für die Strecke Europa–Grönland gebracht.

Seit der ersten Auflage ist im In- und Auslande eine umfangreiche Literatur über die Kontinentalverschiebungen entstanden, deren Aufzählung mehrere Seiten füllen würde.

Eine Reihe bekannter Fachgelehrter, allen voran *Dacqué*, hat sich trotz der Neuheit dieser Gedankengänge mit Interesse, ja teilweise mit vorbehaltloser Anerkennung dazu geäußert. Naturgemäß ist aber die Zahl der Zweifler noch immer groß, zumal die Theorie von verschiedenen Seiten, namentlich den Geologen *Diener*, *Semper* und *Sörgel* heftig angegriffen worden ist. Der teilweise verfehlte Ton dieser Angriffe ist bereits von anderer Seite getadelt worden[1]. Was an tatsächlichen Einwänden vorgebracht wurde, ist in der vorliegenden Neubearbeitung sorgfältig berücksichtigt. Leider beruht ein großer Teil der Einwände auf bloßen Mißverständnissen, ja sogar Versehen, die sich bei größerer Sorgfalt der Kritik leicht hätten vermeiden lassen. Obwohl auch hierauf bereits von anderer Seite hingewiesen worden ist[2], sind diese Mißverständnisse doch unerkannt in zahlreiche Referate übergegangen. Ich bin deshalb bestrebt gewesen, die betreffenden Fragen in der vorliegenden Darstellung möglichst unzweideutig zu behandeln.

Wie die erste Auflage durch die selbstlose geologische Beratung und Mitarbeit von *Cloos* gefördert, um nicht zu sagen, ermöglicht wurde, so ist die zweite gekennzeichnet durch die nicht minder wertvolle Mitarbeit eines Klimatologen; ihre Ausarbeitung geschah nämlich in täglichem Gedankenaustausch mit *W. Köppen*, und ich hatte die Genugtuung, daß dieser, anfangs kühl und zweifelnd, sich mit wachsender Wärme in die Ideenwelt der Verschiebungstheorie vertiefte und schließlich mit hoher Freude zu der Überzeugung hindurchdrang, daß hier der rote Faden im Labyrinth der Paläoklimatologie gefunden sei. Mehrere Kapitel entstanden in so engem Gedankenaustausch mit ihm, daß die Grenze des geistigen Eigentums nicht mehr feststellbar ist. Seine wichtigsten Ideen über diesen Gegenstand wird *Köppen* noch in zwei besonderen Abhandlungen in „Petermanns Mitteilungen" veröffentlichen.

Von anderen Fachleuten bin ich namentlich den Herren *Andree, Irmscher, Michaelsen* und *Tams* für geistige Unterstützung dieser Arbeit zu Dank verpflichtet.

Der Leser sei nachdrücklichst darauf hingewiesen, daß eine große Zahl von Fragen — wenn man nicht auf eigenes Urteil verzichten will — durchaus die Benutzung eines Erdglobus erfordern. Ein Atlas reicht wegen der Verzerrung durch die Projektion nicht aus. Die Kritik der ersten Auflage krankt geradezu an der Nichtbenutzung des Globus.

Hamburg-Großborstel, im April 1920.

Alfred Wegener.

Inhaltsverzeichnis.

Erstes Kapitel.
Landbrücken, Permanenz der Ozeane und Isostasie.

Die heutige Geologie steht im Zeichen eines Wechsels ihrer zusammenfassenden Grundanschauungen. Bis heute herrscht noch, wenn auch nicht mehr unbestritten, die von *Dana*, *Albert Heim* und *Eduard Suess* vertretene Theorie einer Schrumpfung der Erde. Wie ein trocknender Apfel durch den Wasserverlust des Innern faltige Runzeln an der Oberfläche bekommt, so sollten sich durch die Abkühlung und damit verbundene Schrumpfung des Erdinnern die Gebirgsfalten an der Oberfläche bilden. *Suess* fand den kürzesten Ausdruck: „Der Zusammenbruch des Erdballes ist es, dem wir beiwohnen"[3]. Noch in der 1918 erschienenen 5. Auflage von *E. Kaysers* Lehrbuch der Allgemeinen Geologie wird diese Lehre vorbehaltlos angenommen. Man wird gewiß gern einräumen, daß diese Theorie das historische Verdienst hat, lange Zeit hindurch eine ausreichende Zusammenfassung unseres geologischen Wissens darzustellen. Heute ist sie aber bereits weit entfernt davon, dieser Aufgabe zu genügen, worin wohl die meisten Geologen und jedenfalls alle Geophysiker einig sind. Man hat sich aber bisher meist damit beschieden, daß „die Kontraktionstheorie längst nicht mehr voll anerkannt wird, und einstweilen keinerlei Theorie gefunden ist, die sie vollständig ersetzen und alle Umstände erklären kann"[4].

Von geophysikalischer Seite wird abgestritten, daß die Erde sich merklich abkühlt, weil durch den Zerfall der radioaktiven Stoffe in der Erdrinde so viel Wärme frei werde,

16

daß die Temperatur sogar umgekehrt im Steigen sein könnte[5]. Und die Geologen müssen zugeben, daß schon im Algonkium große Inlandeismassen die damaligen Polargebiete bedeckten, die Bodentemperatur also nicht viel anders gewesen sein kann als heute. Aber noch viel schlimmer steht es mit der eigentlichen Beobachtungsgrundlage der Schrumpfungshypothese, nämlich dem Gebirgszusammenschub. Denn es stellt sich als immer unmöglicher heraus, diese riesenhaften Zusammenschübe auf Rechnung einer Abkühlung der Erde zu setzen. Die Arbeiten von *Bertrand, Schardt, Lugeon* u. a. haben zu einer ganz neuen und eigenartigen Auffassung eines großen Teiles der Alpenfaltung geführt, indem hier statt eigentlicher Falten schuppenartige „Deckfalten" oder Überschiebungen angenommen werden. Hierdurch wird der Betrag des Zusammenschubes noch wesentlich größer, als früher angenommen wurde. *Heim* hat nach der älteren Auffassung für den Schweizer Jura eine Verkürzung auf ⅘, für die Alpen auf ½ berechnet, dagegen nach den neuen Anschauungen für letztere ¼ bis ⅛[6]. Da die heutige Breite etwa 150 km beträgt, so wäre also hier ein Rindenstück von 600 bis 1200 km Breite (5 bis 10 Breitengraden) zusammengeschoben. Jeder Versuch, solche Größen auf eine Temperaturerniedrigung des Erdinnern zurückzuführen, muß scheitern. *Kayser* bemerkt zwar, daß ein Zusammenschub um 1200 km nur 3 Proz. des Erdumfanges ausmacht, so daß sich auch der Radius um 3 Proz. verringert haben müßte, allein anschaulich werden diese Zahlen erst, wenn man die Temperaturen berechnet, die ihnen entsprechen. Legt man einen Mittelwert aus den vier linearen Ausdehnungskoeffizienten von Nickel (0,000013), Eisen (0,000012), Kalkspat (0,000015) und Quarz (0,000010) zugrunde [0,0000125], so kommt man — allein um die tertiäre Faltung zu erzielen — auf einen Temperaturverlust der Erde von etwa 2400°. Es bedarf keiner Erläuterung, daß man damit namentlich für die älteren Zeiten, in denen die Faltung viel universeller wirksam war, zu ganz absurden Temperaturen käme. Es ist auch nicht einzusehen, wie es physikalisch möglich sein soll, wie *Heim* will, daß die Schrumpfung eines ganzen größten Kreises gerade an einer Stelle zum Austrag kommt. Wie *Ampferer*[7], *Reyer*[8], *Rudzki*[9], *Andrée*[10] u. a. gefordert haben, müßte vielmehr die ganze Erdoberfläche gleichmäßig von der Runzelung betroffen werden, was ja auch der trocknende Apfel zeigt.

Noch weit größere Bedenken stehen der Auffassung der Kontinente als stehengebliebene, der Ozeane als abgesunkene Schollen beim „Zusammenbruch" nach der Schrumpfungshypothese entgegen. Nach *Lyells* Vorgang nahm man einen schrankenlosen Wechsel zwischen dem Auftauchen von Tiefseeböden über Wasser und dem Versinken von Kontinenten bis zum Tiefseeboden an, gestützt einerseits auf die marinen Ablagerungen auf den heutigen Kontinenten und andererseits auf die Verwandtschaft der fossilen Fauna und Flora heute getrennter Kontinente, welche einen Brückenkontinent an Stelle des Ozeans zwischen ihnen zu erfordern schien. Doch muß man gerechterweise anerkennen, daß die Vertreter der Schrumpfungshypothese das besondere Problem, welches in den Kontinentalschollen steckt, als solches anerkannt haben. 1878 mußte *A. Heim* bekennen, „daß, bevor genauere Beobachtungen über die kontinentalen Schwankungen der Vorzeit gemacht sind,... und bevor wir vollständigere Messungen über die Beträge des ausgeglichenen Zusammenschubes der meisten Gebirge haben, kaum ein wesentlich sicherer Fortschritt in der Erkenntnis des ursächlichen Zusammenhangs von Gebirgen und Kontinenten und der Form der letzteren untereinander zu erwarten sein wird"[11]. Und 1918 schreibt *E. Kayser*: „Gegenüber dem Rauminhalt dieser Steinkolosse erscheinen alle festländischen Erhebungen unbedeutend und geringfügig. Selbst Hochgebirge wie der Himalaya sind nur verschwindende Runzeln auf der Oberfläche jener Sockel. Schon diese Tatsache läßt die alte Ansicht, nach der die Gebirge das maßgebende Gebälk der Kontinente darstellen sollten, heute unhaltbar erscheinen... Wir müssen vielmehr umgekehrt annehmen, daß die Kontinente das Ältere und Bestimmende, die Gebirge aber nur nebensächliche jüngere Gebilde darstellen"[12]. Man kann in diesen beiden Zitaten wohl das Zugeständnis erblicken, daß die Kontinentalschollen der Schrumpfungshypothese Schwierigkeiten machen. Es dürfte in der Tat schwer sein, vom Boden dieser Hypothese aus zu irgendwelchen bestimmten Vorstellungen über die Entstehung der Kontinente zu kommen. Davon, daß einzelne Schollen beim Zusammenbruch bis zum Tiefseeboden absinken, andere unter Wirkung des Gewölbedruckes als Stufen stehenbleiben, kann doch bei den ungeheuren, hier in Betracht kommenden Flächen nicht die Rede sein. Die marinen Ablagerungen auf dem Lande haben sich überdies mit verschwindend wenigen Ausnahmen als Flachseeerzeugnisse erwiesen, wie sie sich heute auf den randlichen Überflutungen der Kontinentalschollen, den Schelfen, bilden. Früher für Tiefseeablagerungen gehaltene Sedimente haben sich durch neuere Forschungen als Flachseesedimente erwiesen, wie es z. B. für die Schreibkreide von *Cayeux* nachgewiesen ist. Bei einer kleinen Anzahl, wie den kalkarmen Radiolariten der Alpen und gewissen roten Tonen, die an den roten Tiefseeton erinnern, nimmt man zwar auch heute noch große Entstehungstiefen an, vor allem, weil das Seewasser erst in großer Tiefe auflösend auf den Kalk wirkt. Aber die Deutung dieser Funde ist noch umstritten, meist kommt man mit Tiefen von 1000 bis 2000 m aus, die also noch immer zu der Kontinentalstufe gerechnet werden können, und jedenfalls ist die räumliche Erstreckung dieser Sedimente eine ganz verschwindende[13].

Es ist deshalb auch heute ein allgemein anerkannter Satz, daß die auf den Kontinenten abgelagerten Sedimente grundsätzlich nicht der Tiefsee, sondern seichten Überflutungen durch Epikontinentalmeere entstammen. Die heutigen Kontinente haben also zu keiner Zeit der Erdgeschichte den Boden der Tiefsee gebildet, sondern waren stets Kontinentalschollen, und *Lyells* Vorstellung von einem wiederholten Absinken und Auftauchen ist also jedenfalls dahin einzuschränken, daß es sich nur um wechselnde Überflutungen von permanenten Kontinentalschollen handelt.

Ganz und gar unbrauchbar aber erweist sich die Schrumpfungshypothese, um die neueren Ergebnisse der Geophysik aufzunehmen, die uns ein ganz anders geartetes Bild von der Natur der Erdrinde entrollen. Diese Ergebnisse werden zusammengefaßt in der Lehre von der Isostasie, d. h. dem Druckgleichgewicht oder dem Schwimmen der Erdrinde (Lithosphäre) auf einer magmatischen, schwereren Unterlage (Barysphäre). Wie ein Stück Holz bei Belastung tiefer in das Wasser eintaucht, so taucht auch die Lithosphäre der Erde an der Stelle, wo die z. B. mit einer Inlandeiskappe belastet wird, nach dem *Archimedi*schen Gesetz tiefer in das schwere Magma der Barysphäre ein, um nach dem Abschmelzen des Eises die während der Depression gebildeten Strandlinien mit emporzuheben. So zeigen die aus den Strandlinien abgeleiteten Isobarenkarten *de Geers* für die letzte Vereisung Skandinaviens eine Depression des zentralen Teiles um mindestens 250 m, die nach außen allmählich geringer wird[14], und für die „große" Eiszeit sind noch höhere Werte anzunehmen. Dieselbe Erscheinung hat *de Geer* auch für das nordamerikanische Vereisungsgebiet nachgewiesen. *Rudzki* hat gezeigt, daß man

20

unter Annahme der Isostasie hieraus plausible Werte für die Dicke der Inlandeisschicht berechnen kann, nämlich 930 m für Skandinavien und 1670 m für Nordamerika, wo die Senkung 500 m betrug[15]. Da die Barysphäre nicht leichtflüssig wie Wasser, sondern sehr zähflüssig ist, so hinken alle solche isostatischen Ausgleichsbewegungen stark nach; die Strandlinien haben sich meist erst nach Abschmelzen des Eises, aber vor der Hebung gebildet, und auch heute steigt Skandinavien, wie die Nivellements zeigen, noch um etwa 1 m im Jahrhundert[16]. Auch sedimentäre Ablagerungen haben, wie wohl *Osmond Fisher* zuerst erkannte, eine Senkung der Scholle zur Folge. Jede Aufschüttung von oben führt zu einer freilich etwas nachhinkenden Senkung der Scholle, so daß die neue Oberfläche wieder fast in der alten Höhe liegt. Vom spezifischen Gewicht der Ablagerung hängt es ab, ob die alte Höhe überschritten wird oder nicht. Da Sedimente wohl stets leichter sind als das Urgestein, welches das eigentliche Material der Lithosphäre darstellt, so läßt sich eine Mulde (Geosynklinale) trotz Nachgebens der Unterlage allmählich ausfüllen, aber die Mächtigkeit der hierzu nötigen Ablagerungen wird erheblich größer sein müssen als die ursprüngliche Tiefe der Mulde, weil sich diese während des Prozesses weiter vertieft. Auf diese Weise können viele Kilometer mächtige Ablagerungen entstehen, die alle gleichwohl in flachem Wasser gebildet sind.

Ihre physikalische Begründung fand diese von *Pratt* herrührende Lehre von der Isostasie (das Wort wurde erst 1892 von *Dutton* geprägt) durch die Schweremessungen. *Pratt* hatte schon 1855 festgestellt, daß der Himalaja nicht die erwartete Anziehung auf das Lot ausübt, und dem entsprach die später überall bestätigte Tatsache, daß die Schwerkraft bei großen Gebirgen nicht wesentlich von ihrem gewöhnlichen Werte abweicht, so daß die

Gebirgsmassive durch unterirdische Massendefekte irgendwelcher Art kompensiert erscheinen, wie die Arbeiten von *Airy, Faye, Helmert* u. a. zeigten. Nachdem der Gedanke an unterirdische Hohlräume hatte aufgegeben werden müssen, blieb nur die von *Heim* wohl zuerst ausgesprochene Annahme, daß die leichte Lithosphäre unter den Gebirgen verdickt sei und das schwere Magma hier in größere Tiefe dränge. Auch auf den Ozeanen hat sich gezeigt, daß die Schwerkraft ungefähr ihren Normalwert besitzt, trotz des sichtbaren Massendefekts, den die großen Ozeanbecken darstellen. Die früheren Messungen auf Inseln ließen zwar noch verschiedenartige Deutungen zu; nachdem es aber *Hecker* gelungen war, statt der an Bord nicht verwendbaren Pendel nach einem Vorschlage von *Mohn* die Schwere durch gleichzeitige Ablesungen am Quecksilberbarometer und am Siedethermometer zu bestimmen, konnte er diese Messungen auch an Bord eines Dampfers ausführen und so eindeutige Resultate erhalten [17]. Aus diesem Ergebnis muß also, umgekehrt wie bei den Gebirgen, geschlossen werden, daß der sichtbare Massendefekt der Ozeanmulde durch einen unterirdischen Massenüberschuß kompensiert wird, was zu der Annahme führte, daß die Lithosphäre unter den Ozeanen sehr viel dünner sei als unter den Kontinenten, so daß hier das schwere Magma dem Beobachter um so viel näher läge. (Eine ebenso gute Lösung ist aber die später zu begründende neue Annahme, daß die Lithosphäre hier ganz fehlt.) Eine schematische Darstellung dieser durch die Isostasielehre begründeten Vorstellung von der Natur der Lithosphäre, die schon 1855 von *Airy* entwickelt und später von *Stokes* ausgebaut wurde, gibt Fig. 1. Die neuere Entwickelung dieser Isostasielehre betrifft vor allem die Frage ihres Gültigkeitsbereiches. Für größere Schollen, wie z. B. einen ganzen Kontinent oder einen ganzen Tiefseeboden, muß ohne weiteres Isostasie angenommen werden. Aber im kleinen, bei einzelnen Bergen, verliert dies

Gesetz seine Gültigkeit. Solche kleineren Teile können durch die Elastizität der ganzen Scholle getragen werden, genau wie ein Stein, den man auf eine schwimmende Eisscholle legt. Die Isostasie vollzieht sich dann zwischen Scholle plus Stein als Ganzem und dem Wasser. So zeigen die Schweremessungen auf den Kontinenten bei Gebilden, deren Durchmesser nach Hunderten von Kilometern mißt, sehr selten eine Abweichung von der Isostasie; beträgt der Durchmesser nur Zehner des Kilometers, so herrscht meist nur eine teilweise Kompensation, und beträgt er nur einige Kilometer, so fehlt die Kompensation meist ganz[18].

Fig. 1.

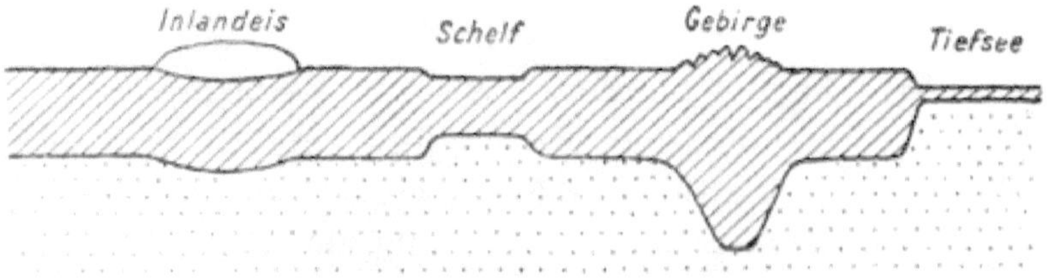

Schnitt durch die Lithosphäre nach der Isostasielehre.

Es leuchtet unmittelbar ein, daß sich diese Lehre von der Isostasie in keiner Weise mit der Schrumpfungshypothese und ihrer Vorstellung vom „Gewölbedruck" und dem „Zusammenbruch des Erdballes" vereinigen läßt. Die geologische Wissenschaft ist damit vor die Aufgabe gestellt, eine neue Grundhypothese zu schaffen, welche die Schrumpfungshypothese ersetzen und das gesamte Tatsachenmaterial unter Einschluß des geophysikalischen zu einem Gesamtbilde vereinigen kann.

Aber statt dessen sehen wir heute nur zwei Teillösungen des Problems in einem für beide gleich hoffnungslosen Kampf gegeneinander verstrickt, nämlich die Hypothese der Brückenkontinente und die Hypothese der Permanenz der Ozeane und Kontinente.

Die Verfechter der Brückenkontinente halten sich an die heute wohl als gesichert zu betrachtende Tatsache, daß die enge Verwandtschaft der Fauna und Flora heute weit getrennter Kontinente durchaus breite Landverbindungen für die Vorzeit erfordert[19]. Die immer reichlicher zuströmenden Einzelfunde lassen das Bild dieser Zusammenhänge immer deutlicher vor unseren Augen erwachsen, und heute schon herrscht bei den wichtigsten dieser Landbrücken unter den verschiedenen Fachgelehrten eine sehr weitgehende Übereinstimmung. Wir verweisen in dieser Hinsicht auf die im vierten Kapitel gegebene tabellarische Übersicht über die ablehnende oder zustimmende Stellung von 20 Fachgelehrten zu den einzelnen Brücken. Als gesichert gelten eine bisweilen behinderte Landverbindung zwischen Nordamerika und Europa, die erst in der Eiszeit endgültig abbrach, ferner eine solche zwischen Afrika und Südamerika, die, schon mit der Kreide behindert, im Eozän endgültig abbrach, eine dritte, die „lemurische" Brücke zwischen Madagaskar und Vorderindien, die im Untereozän abbrach, aber noch bis zum Miozän einen beschränkten Formenaustausch zuließ, und endlich eine „gondwanische" Brücke zwischen Afrika plus Madagaskar und Australien, die im Lias oder Unterdogger abbrach und vermutlich Antarktika enthielt.

Auch zwischen Südamerika und Australien muß unbedingt früher eine bequeme Landverbindung geherrscht haben, aber die Ansicht, daß diese durch einen Brückenkontinent im südlichen Pazifik gebildet worden sei, wird nur von ganz wenigen Fachgelehrten vertreten. Die meisten nehmen an, daß diese Verbindung über Antarktika ging, welches gerade auf der kürzesten Verbindung zwischen den beiden Kontinenten liegt.

Daneben ist natürlich eine große Anzahl von Brücken anzunehmen, die heute durch Schelfmeere ersetzt sind. Die Anhänger der Hypothese der Brückenkontinente haben bisher gar keinen Unterschied gemacht zwischen Brücken über Tiefsee und Brücken über Schelfe. Für die ersteren werden in diesem Buche neue Anschauungen entwickelt, für die letzteren aber, dies sei besonders betont, bleiben die bisherigen Anschauungen vom Versinken und Wiederauftauchen des trockenen Landes in vollem Umfange bestehen, und wir haben z. B. nicht das geringste einzuwenden gegen die bisherige Vorstellung, daß an der Beringstraße vom Eozän bis zum Quartär Landverbindung zwischen den beiden großen Kontinentalschollen geherrscht hat, und daß sie erst dann versank, ebenso wie sie bereits früher, namentlich in der Trias, zeitweise versunken gewesen war[20]. Nur das Versinken von Landbrücken bis zum Tiefseeboden ist es, was, wie gezeigt werden wird, der Kritik nicht standzuhalten vermag, aber ohne daß wir deshalb die Landverbindung entbehren können.

Gegenüber diesen Anhängern der Hypothese der Brückenkontinente verfechten die Anhänger der Permanenzhypothese den Satz: „Die großen Tiefseebecken bilden permanente Erscheinungen der Erdoberfläche und haben mit geringen Änderungen ihrer Umrisse schon seit der ersten Sammlung des Wassers an derselben Stelle gelegen, an der sie jetzt liegen"[21]. Sie gehen aus von der oben erörterten Tatsache, daß auf den Kontinenten keine Tiefseeablagerungen in irgendwie beträchtlicher Ausdehnung vorkommen, daß also die Kontinentalschollen als solche unbestritten permanent sind. Hierdurch entsteht aber für die Konstruktion von Brückenkontinenten eine große Verlegenheit. Denn wenn deren Erhebung nicht durch anderweitige entsprechende Senkungen kompensiert wird, so enthalten die übrigbleibenden, sehr verkleinerten Tiefseebecken bei weitem nicht Raum genug für die Wassermenge der Ozeane. Es müßten dann — mit Ausnahme hoher Gebirge — alle Kontinente einschließlich der emporgehobenen Brückenkontinente, mit einem wenn auch nicht sehr tiefen Meere vollständig überflutet gewesen sein. Eine solche allgemeine Überflutung durch eine „Panthalassa" wird aber in der Geologie nur für die allerälteste Zeit angenommen, und es ist klar, daß wir durch diese Konsequenz für die in Frage kommenden Zeiten, wo wir gerade Landbrücken zwischen trockenen Kontinenten brauchen, ad absurdum geführt werden. Um dieser von *Willis* und *Penck* betonten Schwierigkeit zu entgehen, müßten wir die sehr unwahrscheinliche, sonst durch nichts begründete Annahme machen, daß die Gesamtwassermenge der Erde sich gerade in entsprechendem Tempo vermehrt hat, wie die Landbrücken abgesunken sind. Diese Hypothese ist aber ernstlich noch von niemand vertreten worden.

Weiter fußen die Anhänger der Permanenzhypothese auch auf den geophysikalischen Ergebnissen, die wir oben skizziert haben. Ein Absinken von Kontinenten zum Tiefseeboden erscheint unmöglich. Zwar läßt sich ein Untertauchen von Landgebiet bis zur Schelftiefe durchaus physikalisch erklären. Es kommen dafür sogar mehrere Ursachen in Betracht, deren jede für sich allein ausreichen dürfte. Einmal kann durch Zugkräfte eine Zerrung der ja plastisch zu denkenden Kontinentalscholle eintreten, welche mit Höhenschrumpfung verbunden sein muß; und zweitens besteht durchaus die Möglichkeit, daß es bei größeren Polverlagerungen in dem Quadranten, von dem sich der Pol fortbewegt, infolge des Nachhinkens der Erde bei der Einstellung auf das neue Rotationsellipsoid zu großen Überflutungen kommt, worauf *Simroth*[22] u. a. hingewiesen haben. (Und umgekehrt in dem Quadranten, auf den sich der Pol zubewegt, zu großen Trockenlegungen). Dieses „Absinken" bis zu Schelftiefen hat zweifellos z. B. an der schon oben erwähnten Beringstraße, in der Nordsee und dem Kanal, im Ägäischen Meere, in der Bassstraße zwischen Tasmanien und Australien, und an vielen anderen Stellen stattgefunden und ist geophysikalisch auch durchaus einwandfrei. Für diese Fälle gilt zweifellos das allgemeine Gesetz, daß die so erzeugten Abweichungen vom mittleren Kontinentalniveau um so seltener auftreten, je größer sie sind[23]. Etwas ganz anderes wäre aber ein Absinken bis zur Tiefseestufe, welche 5000 m unterhalb der Kontinentalstufe, von dieser durch ein Häufigkeitsminimum getrennt, liegt.

Die Größe dieser Senkung sowohl wie die Gleichartigkeit der erreichten Tiefe dürften für diejenigen, welche auch hier am Versinken der Landbrücken festhalten wollen, sehr schwer zu erklären sein.

Aus diesen Widersprüchen gibt es nur einen Ausweg: wenn wir annehmen, daß die Kontinentalschollen nicht nur in vertikaler Richtung zu isostatischen Ausgleichsbewegungen befähigt sind, sondern auch zu Bewegungen in horizontaler Richtung. Tun wir diesen nur durch seine Neuheit seltsam erscheinenden, in Wahrheit aber geophysikalisch wie geologisch durchaus vorbereiteten Schritt, so haben wir die Möglichkeit, breite Landverbindungen auch da zu rekonstruieren, wo heute die Tiefsee liegt, und zwar ohne in Konflikt mit der Isostasie zu kommen, und ohne daß uns die Wassermenge der Erde Schwierigkeiten macht. Wir nehmen also an, daß die nordamerikanische Kontinentalscholle früher dicht neben der europäischen gelegen, ja mit ihr eine einzige Scholle gebildet hat, daß diese große Scholle sich spaltete und die beiden Teile sich im Laufe der Zeiten weiter und weiter voneinander entfernten. Ebenso nehmen wir an, daß Südamerika und Afrika einst unmittelbar zusammenhingen, sich abspalteten und immer mehr voneinander entfernten. Um das alte Gondwanaland zu rekonstruieren, schieben wir auch Antarktika und Australien konzentrisch auf Südafrika zusammen und nehmen auch hier eine Aufspaltung einer einzigen großen Kontinentalscholle an. Um Lemuria zu rekonstruieren, brauchen wir dagegen nur die Falten von Hochasien zu glätten, wodurch Vorderindien schon von selbst zur Berührung mit Madagaskar und dies mit Afrika gebracht wird.

Es wird Aufgabe der folgenden Abschnitte sein, zu zeigen, daß diese Verschiebungstheorie eine große Reihe überraschender Vereinfachungen liefert, und daß sie geeignet ist, die Gesamtheit unserer heutigen Kenntnisse zu einem Bilde zusammenzufassen. Eine so kleine Schrift wie die vorliegende kann dazu natürlich nur eine Skizze liefern, die Ausführung erfordert liebevolle Einzelarbeit auf einer langen Linie.

Einige geschichtliche Bemerkungen seien vorausgeschickt. Die Vorstellung einer Verschiebung der Erdrinde in horizontaler Richtung über die magmatische Unterlage fort ist schon vielfach erörtert worden, namentlich von *Evans* und *Kreichgauer*, nach welchen sich die ganze Rinde als einheitliche Kugelschale verschieben sollte[24]. Von direkten Anklängen an die im folgenden vertretenen Anschauungen sind mir nur folgende Schriften zu Gesicht gekommen:

H. Wettstein[25] stellt sich die Erdrinde als fließend vor. Die Kontinente, deren Schelfe er allerdings nicht mit berücksichtigt, sind horizontal verschiebbar und erleiden bei den Verschiebungen starke Deformationen. Alle Kontinente wandern nach Westen, gezogen durch die Flutkräfte der Sonne im festen Erdkörper[26]. Die Ozeane hält er jedoch für versunkene Kontinente, und über die „geographischen Homologien" und andere Probleme des Erdantlitzes äußert er phantastische Vorstellungen, die wir hier übergehen.

Im Jahre 1907 hat *Pickering*[27] die wegen der Parallelität der Küsten ja naheliegende Vermutung ausgesprochen, Amerika sei von Europa-Afrika abgerissen und um die Breite des Atlantik fortgezogen worden. Aber er denkt sich diesen Vorgang leider verbunden mit der von *G. H. Darwin* angenommenen einstmaligen Abschleuderung der Mondmasse von der Erde[28], deren Spur man noch im pazifischen Becken sehe, und verlegt damit die Entstehung des Atlantik in eine graue Vorzeit.

Am nächsten kommt eine Arbeit von *Taylor*[29] der

Verschiebungstheorie. Er nimmt speziell im Tertiär bedeutende horizontale Verschiebungen der Kontinente an und bringt sie teilweise mit den großen tertiären Faltungssystemen in Zusammenhang. Für die Lostrennung Grönlands von Nordamerika kommt er zur gleichen Vorstellung wie die Verschiebungstheorie. Beim Atlantik nimmt er jedoch an, daß nur ein Teil seiner Breite durch Fortziehen der amerikanischen Schollen entstanden sei, während der Rest abgesunken sei und die mittelatlantische Bodenschwelle darstelle. Er sieht in der „Polflucht" des Landes das gestaltende Prinzip für die Anordnung der großen Gebirgsketten auf der Erde und begegnet sich dabei mit *Kreichgauer*. Die Verschiebung von Kontinenten spielt bei ihm eine untergeordnete Rolle und wird nur sehr kurz begründet.

Als Geophysiker lernte ich diese Arbeiten naturgemäß erst kennen, als ich mich bei der Ausarbeitung der Verschiebungstheorie in der geologischen Literatur umsah. Die erste Idee der Kontinentalverschiebungen kam mir einst bei Betrachtung der Weltkarte unter dem unmittelbaren Eindruck von der Parallelität der atlantischen Küsten. Erst nach Jahr und Tag, als ich zufällig mit den paläontologischen Ergebnissen über frühere Landverbindungen im Süd- und Nordatlantik bekannt wurde, entschloß ich mich, die in Betracht kommenden Wissenschaften systematisch auf die Wahrscheinlichkeit solcher großen Verschiebungen zu durchmustern. 1912 erfolgten die ersten beiden Veröffentlichungen der Verschiebungstheorie[30], denen 1915 die ausführlichere Darstellung in der ersten Auflage dieser Arbeit folgte.

Zweites Kapitel.
Die Natur der Tiefseeböden.

Fig. 2.

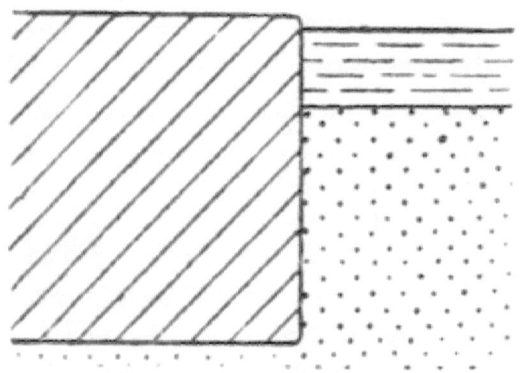

Schematischer Querschnitt durch
einen Kontinentalrand.

Die Theorie von der Verschiebung der Kontinente findet ihre tiefere physikalische Begründung erst durch eine neue Auffassung über die Natur der Tiefseeböden, die wir in dem Satz formulieren können: *Die Tiefseeböden sind nicht Teile der Lithosphäre, sondern bestehen bereits aus dem schwereren Material der Barysphäre.* Die oberste Erdhaut, die Lithosphäre, soll also nicht mehr die ganze Erde umspannen, sondern in Gestalt der Kontinentalschollen nur noch etwa ein Drittel der Erdoberfläche bedecken, während auf den übrigen zwei Dritteln der Erdoberfläche bereits die Barysphäre entblößt ist. Fig. 2 zeigt schematisch einen Vertikalschnitt durch einen Kontinentalrand nach der neuen Anschauung.

Der entscheidende Grund für die Richtigkeit dieser neuen Annahme ist die Existenz eines doppelten

Häufigkeitsmaximums in den Höhenstufen der Erdrinde. Aus der Statistik dieser Höhenstufen geht mit außerordentlicher Deutlichkeit hervor, daß die ganze Erdoberfläche in zwei um rund 5000 m verschiedenen Niveauflächen angeordnet ist, die abwechselnd nebeneinander vorkommen und uns als Oberflächen der Kontinente und Tiefseeböden entgegentreten. Die bekannte „hypsometrische Kurve der Erdoberfläche" (Fig. 3) gibt ein anschauliches Bild davon. Zahlenmäßig stellt sich die Häufigkeit folgendermaßen[31]:

Tiefe								Höhe				
unter 7	6–7	5–6	4–5	3–4	2–3	1–2	0–1	0–1	1–2	2–3	3–4	über 4 km
0,2	0,7	2,1	**36,0**	13,0	6,5	4,0	9,2	**22,3**	4,0	1,0	0,5	0,5 Proz.

Das mittlere Krustenniveau, das bei 2,3 km Tiefe liegt, kommt also nur selten vor, und es bestehen zwei Häufigkeitsmaxima für die Höhen 0–1 km und die Tiefen 4–5 km; auf diese beiden Abschnitte entfallen allein fast 60 Proz. der gesamten Erdoberfläche. Wir können die Lage der Maxima noch genauer ermitteln, wenn wir innerhalb ihrer Stufen noch Unterstufen bilden. Es ergibt sich dabei:

4,8–5	4,6–4,8	4,4–4,6	4,2–4,4	4,0–4,2 km Tiefe
9,4	**12,1**	6,0	4,7	3,8 Proz.

und

-0,2– 0	0– 0,2	0,2– 0,4	0,4– 0,6	0,6– 0,8	0,8– 1,0	km Höhe
6,0	**10,0**	5,2	3,2	2,1	1,8	Proz.

Fig. 3.

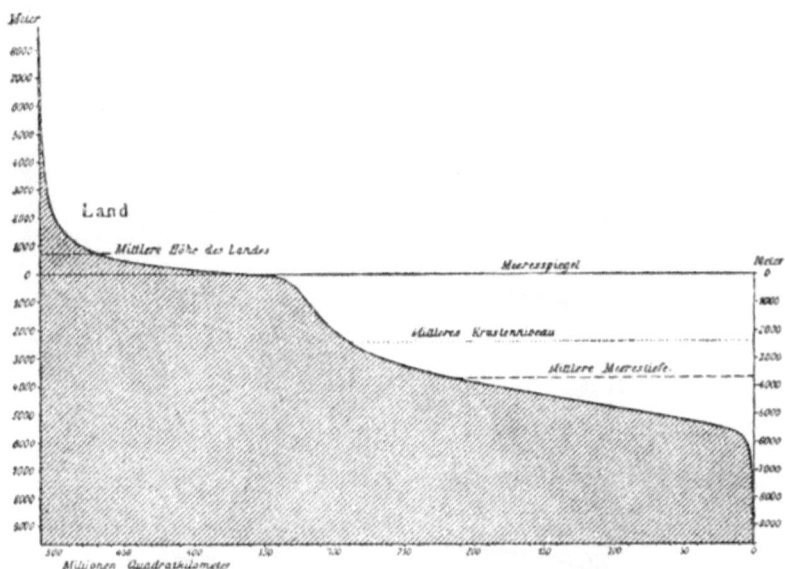

Hypsometrische Kurve der Erdoberfläche, nach *Krümmel.*

Die beiden Maxima liegen also bei einer Tiefe von etwa 4700 m und einer Erhebung von etwa 100 m. Bei der großen Wichtigkeit, welche der Gegenstand besitzt, seien diese Verhältnisse nochmals in anderer Weise in Fig. 4 veranschaulicht. Die als Abszissen dienenden Prozentzahlen beziehen sich auf Höhenstufen von 100 m Dicke. Bei diesen Zahlen ist noch zu beachten, daß mit der Zunahme der Lotungen der Steilabfall vom Kontinental- oder Schelfrand zur Tiefsee sich immer schroffer zeigt, wie jeder Vergleich älterer Tiefenkarten mit den neuen von *Groll*[32] entworfenen zeigt. Es ist daher zu erwarten, daß die beiden Häufigkeitsmaxima sich in Zukunft als noch steiler herausstellen werden, als sie es nach den bisher vorliegenden Beobachtungen tun.

Fig. 4.

34

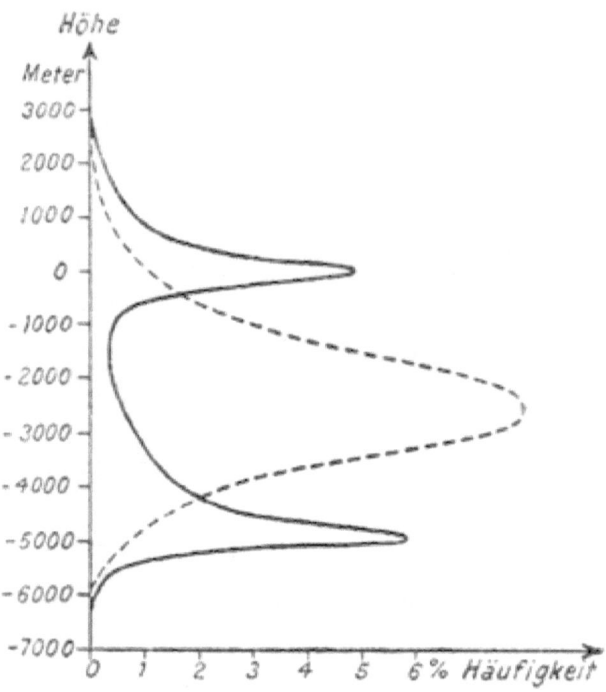

Die beiden Häufigkeitsmaxima der Höhen.

Auf dem ganzen Gebiet der Geophysik gibt es wohl kaum eine zweite Erscheinung, die ein so klares Gesetz erkennen läßt wie diese Höhenstatistik der Erdrinde. Es ist deshalb sehr merkwürdig, daß bis zu meinen ersten Veröffentlichungen darüber anscheinend noch von keiner Seite her ein Versuch zu einer Erklärung dieses Gesetzes gemacht worden ist, obwohl es doch schon so lange bekannt ist. Nur *Sörgel*[33] hat in seiner Polemik gegen die hier vertretenen Kontinentalverschiebungen den Versuch gemacht, dieses doppelte Niveau auf andere Weise zu erklären, in der richtigen Erkenntnis, daß die von mir gegebene einfache Erklärung eine starke Stütze für die Verschiebungstheorie darstellt. Aber seine Darstellung ruht auf einer irrigen Überlegung. Durch Hebungen und Senkungen, also Störungen des vorgegebenen Gleichgewichtsniveaus, können nur dann zwei verschiedene

Häufigkeitsmaxima der Höhen entstehen, wenn physikalische Ursachen für die Bevorzugung dieser beiden bestimmten Höhen vorhanden sind. Ist dies, wie bei uns, nicht der Fall, so regelt sich die Häufigkeit der Höhen nach dem *Gauß*schen Fehlergesetz, d. h. wir erhalten nur *ein* Häufigkeitsmaximum etwa in der Gegend des mittleren Krustenniveaus (-2300 m), und die Störungen werden um so seltener, je größer sie sind (vgl. die gestrichelte Linie in Fig. 4).

Die statt dessen vorhandene Duplizität des Häufigkeitsmaximums verlangt also auch eine Duplizität des ungestörten Ausgangsniveaus. Handelt es sich aber wirklich um zwei verschiedene Niveauflächen, die nebeneinander vorkommen, so bedeutet dies, daß wir es mit zwei verschiedenen Schichten des Erdkörpers zu tun haben: Die Kontinente gehören der Lithosphäre, die Tiefseeböden der Barysphäre der Erde an. Dieser Schluß erscheint uns durchaus unvermeidlich[34].

Daß die Schweremessungen über den Ozeanen durch diese Annahme des gänzlichen Fehlens der Lithosphäre ebenso gut dargestellt werden wie durch die frühere Annahme, daß dieselbe hier nur wesentlich dünner sei, liegt auf der Hand. Denn sie besagen ja nur, daß das Gestein unter den Ozeanen schwerer ist als das unter den Kontinenten.

Noch aus einem anderen Grunde erscheint diese neue Auffassung der Tiefseeböden unabweisbar. Es war schon oben darauf hingewiesen worden, daß es nach den neueren Ergebnissen der tektonischen Forschungen, insbesondere über den Deckfaltenbau der Gebirge, nach dem Urteil aller Spezialforscher unmöglich ist, diese gewaltigen Zusammenschübe auf Rechnung einer Kontraktion des Erdkörpers zu setzen. Wir verzichten hier auf eine Wiedergabe der Beweisführung, weil dies anscheinend ein heute allgemein anerkannter Satz ist. Wenn dies aber richtig ist, wenn also die Erde nicht in dem Maße kleiner geworden ist, wie ihre Rinde sich zusammenschob, so ist es ein logisch unvermeidbarer, nur bisher noch nicht gezogener Schluß, daß dann den großen Zusammenschüben andere Stellen gegenüberstehen müssen, wo die Rinde aufriß und die Erdoberfläche nicht mehr vollständig bedeckt. Auch dieser Schluß ist so einfach und selbstverständlich, daß ich nicht sehe, wie man ihn umgehen könnte.

Nach *E. Kayser*[35] sind die ältesten archäischen Gesteine überall auf der Erde stark gestört und gefaltet und finden sich ungefaltete Ablagerungen erst hier und da im Algonkium. Viele Gebiete erfuhren auch mehrmalige Faltungen, z. B. wurde das Alpengebiet bereits einmal im Karbon gefaltet. Ziehen wir in Betracht, daß nach unseren bisherigen Erfahrungen ein Zusammenschub auf die Hälfte des ursprünglichen Areals einen nicht unwahrscheinlichen Wert für eine einmalige Faltung darstellt, so erscheint es durchaus erklärlich, daß die Lithosphäre heute nur noch ein Drittel der Erdoberfläche bedeckt[36].

Die Frage nach der Natur der Tiefseeböden wäre sehr leicht zu lösen, wenn man Proben des anstehenden Gesteines von dort erhalten könnte. Leider ist das bisher nicht möglich. Allein man hat mit Dredschzügen große Mengen von Gesteinsbrocken und kleinen und kleinsten Splittern heraufgebracht, und man hat namentlich den roten Tiefseeton einer eingehenden Untersuchung unterzogen. Nach *Krümmel*[37] hat sich *Wyville Thomson*, der Leiter der Challenger-Expedition, nachdem er anfänglich anderer Meinung gewesen war, später der schon 1877 von *John Murray* vertretenen Ansicht angeschlossen, daß der rote Ton von der Zersetzung vulkanischen Materials herrühre. Beseitigt man die 6,7 Proz. Kalk, so bleiben Mineralien von sehr verschiedenem Ursprung. „Die Hauptmasse freilich ist, wie schon das Dredschmaterial erweist, vulkanisch, namentlich überwiegen Bimssteine aller Arten und Dimensionen..., sodann begegnen die Trümmer von Sanidin, Plagioklas, Hornblende, Magnetit, vulkanischem Glas und dessen Zersetzungsprodukt Palagonit, auch Lavabrocken von Basalten, Augitandesiten usf." *John Murray* meint, daß die vulkanischen Aschen am meisten vertreten seien; „nach seines Arbeitsgenossen *Renard* Ansicht aber sind es noch mehr die submarinen Eruptionen". *John Murrays* Ansicht ist wohl wenig wahrscheinlich. Denn wenn wirklich die ungeheuren Flächen der Tiefsee in solcher Weise mit Vulkanaschen überlagert wären, dann müßten diese Aschenregen doch wohl größere Spuren auch auf dem Lande hinterlassen haben. Aber auch *Renards* Ansicht kann in dieser Form kaum das Richtige treffen. Denn wenn es bloße Ausbrüche sind, wie sie auch auf dem Festlande sich vollziehen, warum bedecken diese Produkte auf dem Tiefseeboden so ungeheure Flächen? Viel einfacher und natürlicher ist unsere Annahme, daß der Tiefseeboden grundsätzlich aus diesem Material besteht. Vielleicht sehen wir auf Island, wie vorgreifend erwähnt sei, ein Stück solchen Tiefseebodens, der durch darunter geflossenes oder geschobenes lithosphärisches Material [Sial][38] gehoben ist. Vielleicht ist eine ähnliche Entstehung auch für das merkwürdige „Senkungsdreieck" im Winkel zwischen Abessinien und der Somalihalbinsel (zwischen Ankober, Berbera und Massaua) anzunehmen. Das ganze Land besteht auch hier aus jungen vulkanischen Laven und sieht nach *Traversi* aus wie eine durch eine riesige Feuersbrunst zerstörte Gegend, hat also große Ähnlichkeit mit den isländischen Lavawüsten. Man darf hier vielleicht annehmen, daß das untergeschobene Sial von der Unterseite des abessinischen Gebirgslandes stammt, welch letzteres vielleicht eine Stauchung darstellt, die bei einer Drehung (Schleppung) der Somalihalbinsel nach Norden im Zusammenhang mit dem großen lemurischen

Zusammenschub entstand. Auch die Abrolhos-Bank an der brasilianischen Küste dürfte in ähnlicher Weise auf ein Herausquellen flüssiger Sialmassen von der Unterseite der südamerikanischen Scholle zurückzuführen sein und würde vielleicht, wenn sie sich über den Meeresspiegel erhöbe, eine ähnliche Basalthaube zeigen. Vielleicht ist auch der Schelf der Seychellen in gleicher Weise am Rande von Madagaskar entstanden und sodann von diesem abgetrieben.

Einen weiteren Beweis für die Richtigkeit unserer Anschauung liefert, worauf mich *A. Nippoldt* aufmerksam machte, der Erdmagnetismus.

In der Theorie des Erdmagnetismus wird allgemein angenommen, daß die Abweichung der magnetischen Pole von den Rotationspolen der Erde durch die unregelmäßige Verteilung der Kontinentaltafeln und Tiefseeböden erzeugt wird. *Henry Wilde* (Roy. Soc. Proc. June 19, 1890 und January 22, 1891) hat ein viel diskutiertes magnetisches Modell der Erde gebaut, bei welchem er die größte Annäherung an die wirkliche Verteilung des Erdmagnetismus dadurch erzielte, daß er die Ozeanflächen mit Eisenblech belegte. *A. W. Rücker*[39] beschreibt diesen Versuch mit den Worten: „Herr *Wilde* hat ein gutes magnetisches Modell der Erde mit einer Versuchsanordnung vorgeführt, die aus der Wirkung eines primären Feldes einer gleichförmig magnetisierten Kugel und eines sekundären Feldes von Eisenmassen bestand, welche nahe der Oberfläche lagen und durch Induktion magnetisiert wurden. Die Hauptmasse des Eisens ist unter den Ozeanen angebracht... Herr *Wilde* legt das Hauptgewicht auf die Bedeckung der Ozeane mit Eisen." Auch *Raclot*[40] hat neuerdings bestätigt, daß dieser Versuch von *Wilde* in rohen Zügen das Verteilungsbild des Erdmagnetismus gut darstellt, so daß geschlossen werden muß, daß unter den Ozeanen eisenhaltigeres Gestein liegt als unter den Kontinenten. Da bekanntlich allgemein angenommen wird, daß bereits in dem Silikatmantel der Erde der Eisengehalt mit der Tiefe wächst und das Erdinnere weiterhin überhaupt vorwiegend aus Eisen besteht, so besagt dies, daß die Tiefseeböden eine tiefere Schicht der Erde darstellen und aus den eisenhaltigen Gesteinen der im nächsten Kapitel zu besprechenden Simagruppe (Hauptvertreter: Basalt) bestehen. Der Erdmagnetismus begegnet sich also in diesem Resultat mit den Schweremessungen, welche ein schwereres Gestein verlangen (was gleichfalls für Basalt erfüllt ist). Aber sein Ergebnis ist viel eindeutiger; denn bekanntlich erlischt der Magnetismus bei der Temperatur der Rotglut, welche unter Zugrundelegung der gewöhnlichen geothermischen Tiefenstufe[41] bereits in etwa 15 bis 20 km Tiefe erreicht wird. Der starke Magnetismus der Tiefseeböden muß also gerade schon in den obersten Gesteinschichten vorhanden sein, ein deutliches Anzeichen dafür, daß hier in der Tat die schwächer magnetische Lithosphäre ganz fehlt.

Ein weiteres, wenn auch weniger deutliches Anzeichen für die Richtigkeit unserer Auffassung bildet die Schlichtheit des Tiefseebodens. Schon vor langer Zeit ist man darauf aufmerksam geworden, daß der Tiefseeboden über weite Strecken oft erstaunlich geringe Höhenunterschiede zeigt, ein Umstand, der nicht ohne praktische Bedeutung für die Kabellegung ist. Z. B. sind unter den 100 Lotungen, welche für das Kabel zwischen den Midway-Inseln und Guam auf einer Strecke von 1540 km ausgeführt wurden, die Extremwerte (5510 und 6277 m) nur um 767 m verschieden. Auf einer 10 Seemeilen langen Teilstrecke, bei der das Mittel aus 14 Lotungen 5938 m ergab, waren die größten Abweichungen +36 und -38 m[42]. Allerdings ist der Satz von der Schlichtheit des Tiefseebodens in neuerer Zeit etwas eingeschränkt worden, da sich herausstellte, daß das Lotungsnetz meist noch zu weitmaschig ist, um solche

Schlüsse zu gestatten, und daß man auch auf dem Lande bei ähnlich zerstreuten einzelnen Höhenmessungen einen irrtümlichen Eindruck großer Schlichtheit gewinnen kann. Mit *Krümmel* sind aber wohl die meisten Forscher von der zeitweilig übertriebenen Skepsis zu der Auffassung zurückgekehrt, daß — abgesehen von den Tiefseerinnen — dennoch ein solcher grundsätzlicher Unterschied zwischen Land und Tiefsee besteht, während doch wegen des Gewichtsverlustes unter Wasser die Böschungen dort viel steiler sein könnten als in der Luft. In dieser größeren Schlichtheit tut sich eine größere Plastizität, ein höherer Grad von Flüssigkeit der Tiefseeböden kund.

Eine Äußerung der Schlichtheit ist auch das Fehlen von Faltengebirgen auf dem Meeresboden. Während die Kontinentalschollen von alten und jungen Faltungen kreuz und quer gerunzelt sind, kennen wir von den ungeheuren Flächen der Tiefsee trotz aller Lotungen bisher kein einziges Gebilde, welches wir mit einiger Wahrscheinlichkeit als ein Kettengebirge ansprechen könnten. Einige wollen zwar die Mittelatlantische Bodenschwelle und den Rücken zwischen den beiden vor Java liegenden Rinnen als entstehende Faltengebirge auffassen, allein diese Ansicht zählt nur so wenig Anhänger, daß wir uns hier mit einem Hinweis auf *Andrées* Kritik begnügen können[43]. Wie erklärt sich dieses Fehlen, da doch Zusammenschübe auch beim Tiefseeboden anzunehmen sind? Die Antwort ergibt sich von selbst, wenn wir die Isostasie bei der Gebirgsbildung berücksichtigen. Gebirgsbildung ist Faltung unter Wahrung der Isostasie. Da der weitaus größte Teil der 100 km dicken Kontinentalschollen in das barysphärische Magma eintaucht, muß auch der größte Teil der Schollenverdickung bei Faltung nach unten gerichtet sein. Nur ein sehr kleiner Teil des Zusammenschubes wird als Erhebung sichtbar, denn nach der Forderung der Isostasie muß das Verhältnis zwischen oberhalb und unterhalb des Barysphärenniveaus immer das gleiche bleiben. Geht aber bei den Kontinentalschollen bereits der größte Teil des Zusammenschubes nach unten, so kann ein Zusammenschub in der Barysphäre überhaupt nicht mehr zu einer Erhebung führen. Das Material weicht hier nur nach unten oder der Seite aus, ebenso wie das Wasser zwischen zwei sich nähernden Eisbergen. Deshalb wird durch das Fehlen von Faltengebirgen auf dem Tiefseeboden die Vorstellung bestätigt, daß hier die magmatische Barysphäre entblößt ist.

Es ist zu erwarten, daß sich auch auf dem Gebiet der Erdbebenkunde noch eine weitere unabhängige Kontrolle für unsere Vorstellungen ergibt, denn die Erdbebenwellen müssen offenbar, wenn das Gesteinsmaterial grundsätzlich verschieden ist, auch verschiedene Fortpflanzungsgeschwindigkeiten über den Ozeanen und den Kontinenten haben. Eine befriedigende Untersuchung über diese Frage steht noch aus, aber es lassen sich doch schon Anzeichen für das tatsächliche Bestehen eines solchen Unterschiedes erkennen. So erhielt *F. Omori*[44] für den sogenannten ersten Vorläufer beim

Guatemala-Beben (19. April 1902)	$v = 16{,}02$ km/Sek.
San Franzisko-Beben (18. April 1906)	$v = 13{,}97$ "
Indischen (Kangra-) Beben (4. April 1905)	$v = 11{,}36$ "

Die Bebenstrahlen verliefen im ersten Fall vorzugsweise über Tiefseeflächen, im zweiten Fall teils über Kontinente, teils über Tiefsee, im dritten vorzugsweise über Kontinente. Leider wird die Beweiskraft dieses Ergebnisses dadurch beeinträchtigt, daß die Mehrzahl der Geophysiker *Omoris*

Ansicht, nach welcher sich diese ersten Vorläufer längs der Erdoberfläche fortpflanzen, nicht teilt, sondern annimmt, daß sie auf dem kürzesten Wege durch das Erdinnere fortschreiten, so daß die Lithosphäre jedenfalls nur auf Teilstrecken zur Geltung kommen kann. Die „Hauptwellen", welche anerkanntermaßen Oberflächenwellen darstellen, haben aber im Seismogramm immer einen so unscharfen Einsatz, daß es sehr schwierig ist, die genauen Geschwindigkeiten aus den Zeitunterschieden ihres Eintreffens bei den verschiedenen Stationen zu bestimmen. Auch hängt ihre Geschwindigkeit, wie die Theorie lehrt, in solcher Weise von den verschiedenen Elastizitätskoeffizienten des Materials ab, daß die Einwirkung der größeren Dichte der Tiefseeböden durch diejenige ihrer größeren Plastizität teilweise wieder aufgehoben wird. Immerhin ist zu berücksichtigen, daß man dieser Frage bisher in der Seismologie noch keine genügende Beachtung geschenkt hat, und ich halte es durchaus für möglich, daß sich auch aus den bisher vorliegenden Registrierungen bereits ein solcher Geschwindigkeitsunterschied der Oberflächenwellen über Kontinenten und Tiefseeböden ergeben könnte. Desgleichen würde es sich verlohnen, die so auffällig verschiedenartigen Absorptionswerte, die sich in der Abnahme der Wellenamplitude äußern, nach diesen Gesichtspunkten zu untersuchen. —

Die in diesem Kapitel angeführten Beweise für die barysphärische Natur der Tiefseeböden reden eine sehr eindeutige und eindringliche Sprache. Daher hat denn auch dieser Teil unserer Vorstellungen bisher am wenigsten Widerspruch erfahren, und eine Reihe namhafter Gelehrter hat sich bereits mit ihm einverstanden erklärt.

Drittes Kapitel.

Geophysikalische Erläuterungen.

Die Ausführungen dieses Kapitels gehören nur zum kleinen Teile zur eigentlichen Beweisführung der Verschiebungstheorie. Zum größeren Teile setzen sie diese als gegeben voraus und stellen den Versuch dar, die von dieser Theorie angenommene Plastizität oder Zähflüssigkeit der Erdrinde durch Anwendung auf bekannte morphologische Erscheinungen der Erdoberfläche zu veranschaulichen. Ich habe selber bei den später zu besprechenden Rekonstruktionen anfangs bisweilen große Schwierigkeiten gehabt, ein anschauliches Bild von den großen plastischen Deformationen zu gewinnen, denen die Kontinentalschollen offenbar ausgesetzt gewesen sind, und für manche Stellen der Erdoberfläche bin ich auch heute noch keineswegs hierin zur Klarheit gelangt. Auch die Kritik, welche meine früheren Veröffentlichungen erfahren haben, zeigt aufs deutlichste, wie schwer es ist, sich diese Dinge richtig vorzustellen, die unseren gewöhnlichen Erfahrungen so fern liegen. Die folgenden Erläuterungen mögen also namentlich das Mißverständnis beseitigen, als seien die Kontinentalschollen starre Klötze, die sich nur dort deformiert hätten, wo diese Deformation durch Faltungen nachweislich geworden ist.

Allgemeines.

Fig. 5.

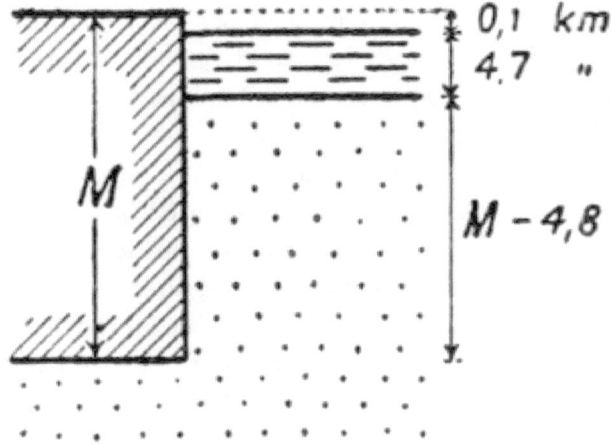

Schematischer Querschnitt durch
einen Kontinentalrand.

Im dritten Bande seines großen Werkes: „Das Antlitz der Erde" (S. 626) zeigt *E. Suess*, daß die nicht sedimentären Gesteine in zwei Gruppen zerfallen, nämlich in die sauren, d. h. an Kieselsäure reichen gneisartigen Urgesteine, und die basischen vulkanischen Tiefengesteine. Letztere nennt er „Sima" nach den Anfangsbuchstaben der Hauptkomponenten Silicium und Magnesium, erstere „Sal" nach Silicium und Aluminium. Einer Anregung *Pfeffers* folgend, möchte ich statt dessen, um die Identität mit dem lateinischen Wort für Salz zu vermeiden, „Sial" schreiben. Es ist wahrscheinlich, daß wir berechtigt sind, diese beiden Bezeichnungen auch für das Gesteinsmaterial der Tiefseeböden und der Kontinentalschollen anzuwenden. Was letztere betrifft, so muß man sich zunächst klar werden über die Rolle, welche die Sedimente in ihrem Aufbau spielen. Als größte Mächtigkeit der Sedimente kann man etwa 10 km betrachten, ein Wert, den die amerikanischen Geologen für die paläozoischen Sedimente der Appalachen berechnet haben; die andere Grenze ist Null, da an vielen Orten das Urgebirge jeder Sedimentdecke bar ist. *Clarke* schätzt die mittlere Mächtigkeit auf den Kontinentalschollen zu 2400 m. Da die Gesamtdicke der Kontinentalschollen aber, wie gleich zu zeigen ist, auf etwa 100 km veranschlagt werden darf, so bedeutet diese Sedimentdecke nur eine oberflächliche Verwitterungsschicht, bei deren völliger Entfernung überdies die Schollen zur Wiederherstellung der Isostasie fast bis zur früheren Höhe aufsteigen würden, so daß am Relief der Erdoberfläche wenig geändert würde. Als Material der Kontinentalschollen ist deshalb in erster Linie das Urgestein (Hauptvertreter: Gneis) zu betrachten, dessen „Ubiquität" heute trotz gewisser Bedenken nicht abzuleugnen ist. Es ist gerade das Material, welches wir mit „Sial" bezeichnen wollen. Als Material der Tiefseeböden aber haben wir uns, wie schon früher erwähnt, offenbar basaltartige Gesteine zu denken, die schwerer und eisenhaltiger sind. Basalt ist aber der Hauptvertreter der Simagruppe. Natürlich kann der Tiefseeboden noch besondere mineralogische Merkmale aufweisen, da ja schon atlantische und pazifische Laven solche Unterschiede zeigen. Aber wir sind jedenfalls wohl berechtigt, die beiden von *Suess* bezeichneten Klassen von Gesteinen auf die Herkunft von verschiedenen Schichten der Erde zu beziehen und diese Schichten mit der Lithosphäre und der Barysphäre zu identifizieren.

Es ist von größter Bedeutung, die spezifischen Gewichte von Gneis und Basalt zu vergleichen. Für ersteren fanden *Whitmann, Cross* und *Gilbert* im Mittel aus zwölf Proben 2,615. Andere Messungen geben Werte zwischen 2,5 und 2,7. Da alle Proben der Oberfläche entstammen, das spezifische Gewicht aber wohl überall mit der Tiefe wächst, darf man als Mittel für die ganze Scholle vielleicht 2,8 annehmen. Simische Gesteine, wie Basalt, Diabas, Melaphyr, Gabbro, Olivinfels, Andesit, Porphyrit, Diorit und andere, haben ein spezifisches Gewicht von etwa 3,0, nur selten bis 3,3. Da dies Material wohl meist etwa von der Unterseite der

Kontinentalschollen stammt, darf man für die höher gelegenen Simaschichten unter den Ozeanen wohl ein etwas geringeres Gewicht, vielleicht 2,9, annehmen[45]. Wir können diese spezifischen Gewichte mit der Eintauchtiefe der Kontinentalschollen vergleichen und auf diese Weise eine wenn auch nicht sehr scharfe Kontrolle für unsere Vorstellungen gewinnen. Da die Gewichte der kontinentalen und der ozeanischen Massensäulen, bis zur Unterseite der Kontinentalschollen hinab gemessen, gleich sein müssen, so erhalten wir für die Mächtigkeit M der letzteren, wie Fig. 5 zeigt, die folgende Gleichung, in welcher a, b, c die spezifischen Gewichte des Sials, des Simas und des Seewassers bezeichnen:

$$M\,a = (M - 4,8) + 4,7\,c$$

oder

$$M = \frac{4,8\,b - 4,7\,c}{b - a}.$$

Das spezifische Gewicht des Seewassers ist $c = 1,03$; setzt man $a = 2,8$, $b = 2,9$, so ergibt sich für die Schollenmächtigkeit der, wie wir gleich sehen werden, ganz plausible Wert 91 km. Es ist klar, daß dieser Wert sich sehr stark ändert, wenn die doch sehr unsicheren Ausgangswerte nur um ein weniges geändert werden, so daß man ihn durchaus nicht für zuverlässig halten darf. Er kann nur so viel zeigen, daß sich die spezifischen Gewichte mit den übrigen Vorstellungen in Einklang bringen lassen.

Um die Dicke der Kontinentalschollen zu bestimmen, gibt es genauere Methoden. *Hayford* hat aus den Lotabweichungen an mehreren hundert Stationen in den Vereinigten Staaten die sogenannte „Tiefe der Ausgleichsfläche" (nämlich des Druckes), welche identisch mit der unteren Fläche der Kontinentalschollen ist, berechnet und sie zu 114 km gefunden. Und fast die gleiche Zahl, nämlich 120 km, fand *Helmert* aus Schweremessungen (Pendel) an 51 Küstenstationen. Die gute Übereinstimmung beider auf so verschiedenem Wege gewonnener Zahlen gibt ihnen natürlich eine erhöhte Sicherheit, darf aber nicht dazu verleiten, den Kontinentalschollen etwa überall dieselbe Mächtigkeit zuzuschreiben. Das würde sich schon mit der Isostasie nicht vertragen. Bei Schelfen muß die Mächtigkeit viel geringer, bei Hochländern, wie Tibet, viel größer veranschlagt werden, so daß etwa 50 bis 200 km als Grenzen anzunehmen sind.

Man sollte erwarten, daß auch die Erdbebenforschung imstande sein müsse, die Dicke der Kontinentalschollen durch die Reflexionen zu bestimmen, welche die Erdbebenstrahlen an inneren Schichtgrenzen der Erde erfahren. Man ist aber hier noch nicht zu ganz eindeutigen

Resultaten gekommen. Aus Eigenschwingungen der Lithosphäre schloß *Wiechert* auf eine Dicke derselben von weniger als 100 km, ein Wert, den *Benndorf* für zu klein hält. *Mohorovičič* findet aus Reflexionen eine Schichtgrenze bei 50 km Tiefe. Die Herdtiefe der Erdbeben lag in den bisher gemessenen Fällen zwischen 1,5 und 170 km, was andeutet, daß letzterer Wert etwa die Maximalgrenze der Schollendicke darstellt. Es ist nicht unmöglich, daß bei künftiger Unterscheidung zwischen sialischen Kontinentalschollen und simischem Meeresboden auch hier eine bessere Übereinstimmung erzielt wird. Es ist aber vielleicht auch denkbar, daß das Material der Kontinentalschollen an ihrem Unterrande bereits so wenig von dem darunter liegenden verschieden ist, daß der Charakter der Schichtgrenze hier beinahe verwischt ist.

Um die im vorangehenden besprochenen Verhältnisse zu veranschaulichen, ist in Fig. 6 ein Querschnitt der Erde auf einem größten Kreise durch Südamerika und Afrika in getreuen Größenverhältnissen gegeben. Gebirge, Kontinente und ozeanische Vertiefungen bilden so geringfügige Unebenheiten, daß sie sich innerhalb der Kreislinie abspielen, welche in der Figur die Erdoberfläche bezeichnet. Der hauptsächlich aus Nickel und Eisen bestehende Kern der Erde trägt nach *Suess* die Bezeichnung Nife. Zum Vergleich sind auch die Hauptschichten der Atmosphäre eingetragen: Die Stickstoffsphäre bis 60 km Höhe, darüber bis 200 km die Wasserstoff- und über ihr die hypothetische Geokoroniumsphäre. Die Zone der Witterungserscheinungen, die nur bis 11 km Höhe reicht (Troposphäre), ist zu dünn, um zur Darstellung zu gelangen.

Fig. 6.

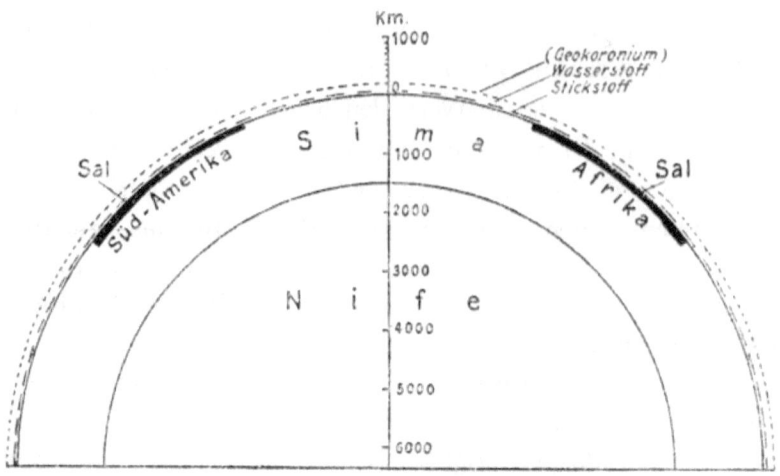

Schnitt im größten Kreise durch Südamerika und Afrika in getreuen
Größenverhältnissen.

Von Interesse sind ferner die Schmelztemperaturen. Die
zusammengesetzten Silikatgesteine haben, wie die Versuche
von *Doelter* und *Day* zeigen, keinen scharfen Schmelzpunkt,
sondern nur ein mitunter sehr großes Schmelzintervall; man
kann sagen, daß Diabas bei 1100°, die Vesuvlaven bei etwa
1400 bis 1500° schmelzen. Diese Zahlen gelten allerdings für
Atmosphärendruck, so daß man für 100 km Tiefe wohl
einige 100° zu addieren hat[46]. Auf der anderen Seite geben
die heute tiefsten Bohrlöcher Czuchow II und Paruschowitz
V in Oberschlesien für die obersten 2 km der Erdrinde eine
Temperaturzunahme von 3,1° pro 100 m Tiefe[47]. Diese
Messungen sind allerdings in Sedimenten ausgeführt, die
wohl geringere Wärmeleitfähigkeit besitzen, was zur Folge
haben muß, daß sich die Isothermen in ihnen
zusammendrängen. Im Urgestein des Gotthard-, Mönch-
und Simplontunnels ergab sich nur 2,2, 2,2 und 2,4° pro 100
m. Da hier wieder wegen der konvexen Bergform ein
abnorm schwaches Gefälle angenommen werden darf, so
wird man 2,5° pro 100 m als einen guten Durchschnittswert
für die Kontinentalschollen betrachten. Bei linearer

51

Extrapolation kämen wir hiermit für 100 km Tiefe bereits auf 2500°, also weit über den Schmelzpunkt der Gesteine. Indessen wird die zentrale Temperatur der Erde heute im Gegensatz zu früheren zügellos hohen Schätzungen meist nur zu etwa 3000 bis 5000° angenommen, so daß wir anzunehmen hätten, daß das Temperaturgefälle mit zunehmender Tiefe schnell abnimmt. Dann erhalten wir für 100 km Tiefe etwa Werte zwischen 1000 und 2000°, so daß die Annahme, am Unterrand der Kontinentalschollen sei etwa der Schmelzpunkt erreicht, nicht unwahrscheinlich wird. Im Einzelfall freilich werden große Abweichungen davon möglich sein. Insbesondere wird die Schmelzisotherme mitunter weit in die Kontinentalscholle hinaufwandern können. Die „Granitaufschmelzungen", deren Deutung durch die Beobachtungen von *Cloos* in Südafrika von den bisherigen Zweifeln befreit ist, zeigen ja, daß diese Isothermenfläche sogar bis zur Erdoberfläche heraufwandern kann. Gewisse Anzeichen dafür, daß geschmolzene sialische Massen von der Unterseite der Kontinentalscholle bei deren Verschiebung zurückbleiben und zum Vorschein kommen, oder, wie unter einem Gebirge, sich seitlich ausbreiten können, haben wir bereits im vorigen Kapitel besprochen.

Wichtig ist, daß nach *Doelter*[48] der Schmelzpunkt der sialischen Gesteine allgemein um etwa 200 bis 300° höher liegt als der der simischen, so daß bei gleicher Temperatur magmatisches Sima und festes Sial nebeneinander bestehen können.

Endlich müssen wir, um die großen, später zu erörternden Deformationen der Erdrinde zu verstehen, uns noch Rechenschaft geben von dem Starrheitsgrade der Erde oder, vom umgekehrten Standpunkt betrachtet, von der Zähigkeit dieser zähen Flüssigkeit. Aus dem Starrbleiben gegenüber den schnellen Erdbebenwellen und dem Fließen gegenüber der bei der Rotation auftretenden Zentrifugalkraft läßt sich die Zähigkeit der Erde höchstens in gewisse Grenzen einschließen. Die Mondflut im festen Erdkörper aber, welcher der Erdkörper nur zum Teil nachgibt, ermöglichte es *Lord Kelvin, v. Rebeur-Paschwitz, Hecker* und *Schweydar*, durch Messung dieses Teiles eine quantitative Bestimmung der Zähigkeit des Erdkörpers durchzuführen. Es ergab sich, daß die Erde im Durchschnitt aller Schichten die Zähigkeit von Stahl besitzt. Zu demselben Ergebnis gelangte man auch noch auf einem anderen Wege, nämlich aus der Diskussion der Polschwankungen. Diese zerfallen in zwei übereinanderliegende Perioden, nämlich eine „erzwungene" Schwingung von Jahresperiode, welche nach *Spitaler* und *Schweydar* auf die jährliche Verlagerung der Luftmassen und die damit verbundene geringe Veränderung der Trägheitsachse der Erde zurückzuführen ist, und als Haupterscheinung eine „freie" Schwingung von 14 Monaten, welche einem Kreisen des Rotationspoles um den Trägheitspol entspricht. Nach *Eulers* theoretischer Berechnung unter Annahme einer vollkommen starren Erde sollte die Periode dieser Schwingung nur 10 Monate betragen. *Newcomb* vermutete, daß sie durch die Plastizität der Erde verlängert sei, die eine teilweise Neuanpassung der Ellipsoidform der Erde an die jeweilige neue Rotationsrichtung gestattet, und *Hough* und *Schweydar* berechneten hieraus, daß sich die Erde dann wie Stahl verhalten müsse. Letzterer machte auch einen Versuch, die Schichtung im Erdkörper zu berücksichtigen, und fand für den von *Wiechert* aus Erdbebenbeobachtungen wahrscheinlich gemachten Eisenkern das Dreifache, für den 1500 km dicken Silikatmantel ein Achtel der Zähigkeit des Stahles[49].

Nun müssen wir indessen ein naheliegendes Mißverständnis beseitigen. Für unsere gewöhnlichen Begriffe ist Stahl durchaus ein „starrer Körper". Wir wissen aber, daß er schon bei solchen Drucken, die wir technisch herstellen können, seine Starrheit verliert und plastisch wird. Wir können nicht eine beliebig hohe Säule aus Stahl errichten, sondern wir kommen an eine Grenze, bei welcher der Fuß dieser Säule anfängt zu „fließen". Denken wir uns einen ganzen Kontinentalrand aus Stahl, so würde sein oberer Teil zwar starr bleiben, die tieferen Schichten würden aber unter dem Druck der darüber liegenden Massen plastisch werden und seitlich herausquellen. Für die großen Dimensionen des Erdkörpers ist also Stahl kein fester Körper mehr, sondern ein zähflüssiger. Und der Silikatmantel der Erde besitzt, wie erwähnt, nur ein Achtel der Zähigkeit des Stahles.

Die Eigenschaften zähflüssiger Körper sind deswegen paradox, weil es bei ihnen viel mehr auf die Zeitdauer, als auf die Größe der deformierenden Kräfte ankommt. Deshalb fangen solche Körper, wenn man ihnen nur Zeit läßt, unter dem Einfluß der Schwere an zu fließen, auch wenn sie sich gegen Schlag und Stoß wie ein absolut fester Körper verhalten. Ein Stück Kork läßt sich mit Gewalt nicht durch eine Schicht Pech hindurchtreiben, aber wenn man ihm Zeit läßt, genügt sein geringer Auftrieb, um vom Boden eines Gefäßes langsam durch das Pech hindurch aufzusteigen. Einen noch besseren Vergleich bietet Siegellack bei Zimmertemperatur. Wirft man eine Stange Siegellack auf den Boden, so zerspringt sie in scharfkantige Stücke. Läßt man sie aber, an zwei Punkten unterstützt, in der Schwebe liegen, so kann man schon nach wenigen Wochen ein Durchhängen bemerken, und nach einigen Monaten hängen die nicht unterstützten Teile fast vertikal herab. Aus den Mondgezeiten im festen Erdkörper berechnete *Schweydar*, daß die Zähigkeit des Simas noch etwa 10000mal so groß ist wie die des Siegellacks. Was also beim Siegellack ein Monat, ist beim Sima nahezu ein Jahrtausend. Ein anderes, für die Bewegungen der Erdrinde besonders lehrreiches Beispiel für Zähflüssigkeit bildet das Gletschereis. Auch hier erscheint das Fließen auf den ersten Blick paradox, so daß man besondere Ursachen, wie z. B. Regelation (Wiedergefrieren) dafür annehmen zu müssen glaubte, bis durch Beobachtung der gleichfalls fließenden polaren Gletscher mit ihren tiefen Innentemperaturen in jüngster Zeit eine richtigere Auffassung von der Zähflüssigkeit dieser Gebilde gewonnen worden ist.

Wir müssen nicht nur dem Sima, sondern auch dem Sial einen erheblichen Grad solcher Zähflüssigkeit zuschreiben, denn wir erkennen bei richtiger Deutung des Kartenbildes auch bei den Kontinentalschollen große Deformationen, die nicht immer in Faltungen ihr Äquivalent besitzen und also auf einem Fließen beruhen müssen. Da aber die Kontinentalschollen bis zu einem erheblichen Grade ihre Individualität trotz aller Deformationen im Laufe der Erdgeschichte bewahrt und sich nicht etwa wie eine flüssige Schicht wieder über die Simaoberfläche ausgebreitet haben, so ist doch ein deutlicher Unterschied in bezug auf den Flüssigkeitsgrad des Sials und des Simas festzustellen. Auch bei noch so langen Zeiten bedarf es anscheinend eines gewissen Schwellenwertes der verschiebenden Kräfte, um ein Fließen zu erzeugen, und dieser Schwellenwert scheint beim Sial wesentlich höher zu sein als beim Sima, so daß letzteres bereits unter dem Einfluß der Schwere fließt, während für ersteres doch größere Kräfte erforderlich scheinen.

Eine Wirkung der Zähigkeit des Simas ist das schon besprochene Nachhinken der isostatischen Ausgleichsbewegungen. Noch viele tausend Jahre nach Abschmelzen der Eisbedeckung steigt der herabgedrückte Krustenteil empor. Es ist nicht ohne Interesse, daß der früher für Skandinavien erwähnte Wert von 1 m in 100 Jahren — gleichförmigen Verlauf vorausgesetzt — zu der Annahme führt, daß die Gesamterhebung um 250 m etwa 25000 Jahre gebraucht hat. Da der wirkliche Verlauf aber wohl nicht gleichförmig ist, sondern sich asymptotisch dem Stillstande nähert, ist diese Zahl jedenfalls noch erheblich zu verkleinern. Wir kommen damit auf eine Zeitdauer, die zu unseren Vorstellungen vom Alter der letzten Eiszeit sehr gut paßt.

Erscheinungen der Kontinentaltafeln.

Fig. 7.

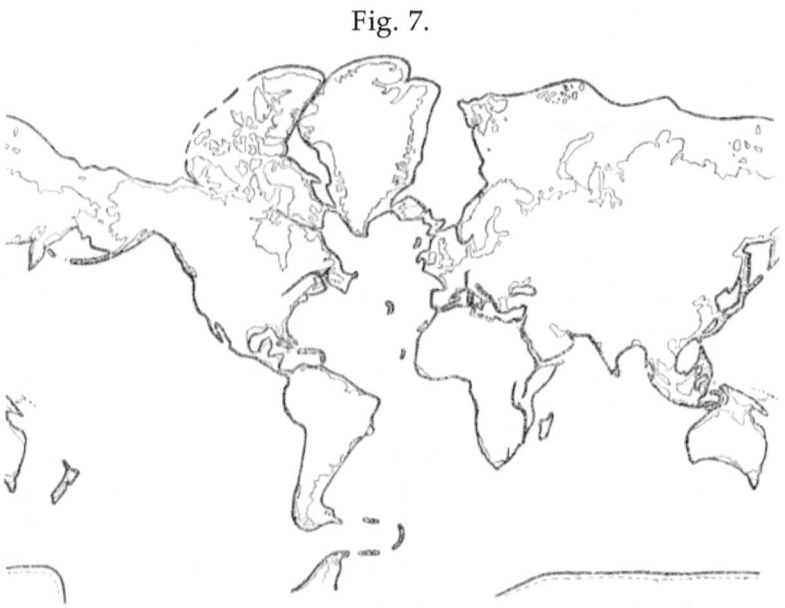

Karte der Kontinentalschollen in Merkatorprojektion.

Da unsere ganzen Betrachtungen sich nicht auf die Form der heutigen Küstenlinien, sondern auf die der Kontinentaltafeln einschließlich der Schelfe bezieht, so ist es notwendig, sich von dem gewohnten Bilde der Erdkarte etwas frei zu machen und eine gewisse Vertrautheit mit der Form der vollständigen Kontinentaltafeln zu gewinnen. Es sei deshalb in Fig. 7 eine Erdkarte der Kontinentalblöcke gegeben. In der Regel gibt die 200 m-Tiefenlinie am besten den Rand dieser Tafeln wieder, doch erreichen einige Teile, die noch sicher zu den Kontinentaltafeln gehören, auch 500 m Tiefe. Die größten Abweichungen von den Küstenlinien treten auf in der Umgebung der britischen Inseln, auf der Neufundland-Bank, im Nördlichen Eismeer, wo Spitzbergen, Franz Josef-Land und neusibirische Inseln mit Eurasien verbunden erscheinen, in der Umgebung der Falklandsinseln, die auf dem südamerikanischen Schelf liegen, bei den Sunda-Inseln, die einen großen, mit Asien zusammenhängenden Lappen bilden, und zwischen Australien und Neuguinea, die als eine einzige große Tafel erscheinen. Auch die nordamerikanische Scholle hängt durch den Schelf der Beringstraße unmittelbar mit der asiatischen zusammen.

Es ist von Wichtigkeit, den Prozeß der Gebirgsfaltung etwas näher ins Auge zu fassen. Er ist es ja, welcher den Zusammenschub der Lithosphäre zu immer größerer Dicke vorzugsweise bewirkt und damit die Kontinente aus dem Meere auftauchen läßt. Auch Tafelländer lassen ja die Faltung des Urgesteins meist noch deutlich erkennen, durch welche sie dem Urmeere entstiegen sind. Erst nachträglich sind diese anfangs als echte Kettengebirge entstandenen Faltungen durch Verwitterung oder Abrasion wieder eingeebnet worden, so daß man bisweilen aus dem Grade dieser Einebnung bereits einen rohen Schluß auf das Alter der Faltung ziehen kann. Deshalb ist es wichtig, ein möglichst klares Bild von dem Faltungsvorgang zu gewinnen.

James Hall wurde zuerst auf die unbestreitbare Tatsache aufmerksam, daß die Mächtigkeit der Sedimente gerade in

Faltengebirgen viel größer ist als in den benachbarten ungefalteten Gebieten. Da es sich meist um kilometermächtige Schichten handelt, die gleichwohl alle in flacher See abgelagert sind, deutete *Hall* die Erscheinung ganz richtig in der schon oben besprochenen Weise, daß am Orte des Gebirges anfangs eine Mulde (Geosynklinale) bestanden habe, deren Aufschüttung mit Sediment durch ein isostatisches Sinken der Scholle fast kompensiert wurde. Man kam so zu dem Gesetz: Kettengebirge entstehen aus Schelfen[50]. Daß gerade die Schelfe hier bevorzugt werden, kann verschiedene Gründe haben. *Reade* wies darauf hin, daß durch die kilometerdicken Ablagerungen das Urgestein in das Gebiet der höheren Temperatur hinabgedrängt und hierdurch plastischer gemacht würde, so daß beim Zusammenschub diese Stelle zuerst nachgeben muß. Vielleicht darf man auch annehmen, daß solche Geosynklinalen von Anfang an durch eine besonders hohe Lage der Isotherme der Schmelztemperatur ausgezeichnet waren, und daß deswegen ein Sinken der Scholle bei Sedimentauflagerung besonders leicht eintreten konnte, weil bei Schollenverdickung die geschmolzenen Massen an der Unterseite der Lithosphäre leichter seitwärts ausweichen konnten. Auch dadurch würde eine Bevorzugung dieser Stellen bei Faltung erklärbar. Außerdem muß aber beachtet werden, daß die Schollendicke aus isostatischen Gründen bei Schelfen viel geringer sein muß, als bei den höheren Teilen der Kontinentalschollen, wodurch die Schelfe als Zonen geringsten Widerstandes an sich schon für die Faltung prädestiniert erscheinen.

Fig. 8.

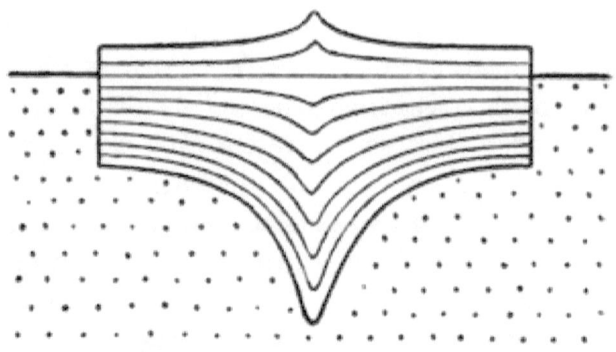

Zusammenschub unter Wahrung der Isostasie.

Die Faltung selbst geschieht, wie schon früher ausgesprochen, unter Wahrung der Isostasie. Die Rinde schwimmt ja auf der Barysphäre, und daher muß auch bei der entstehenden Verdickung das Verhältnis von oberhalb und unterhalb des barysphärischen Niveaus das gleiche bleiben wie vorher (Fig. 8). Nach oben gestaut werden also nur alle diejenigen Schichten, die schon vorher oberhalb des Tiefseebodens lagen, und diese betragen nur etwa 5 Proz. der ganzen Scholle, während 95 Proz. eingetaucht sind. Was wir also in den Gebirgen sehen, ist nur ein sehr kleiner Teil dieses Zusammenschubes, der weitaus größte Teil sinkt bei der Auffaltung nach unten. Da z. B. ein Schelf von 70 km Schollendicke nur um etwa 3½ km aus der Barysphäre herausragt, so wird, wenn er mit einer Sedimentschicht von der letzteren Dicke bedeckt ist, die nach oben gerichtete Faltung zunächst nur aus Sediment bestehen, während das darunter liegende Urgestein sich nach unten faltet, bis die Abtragung dies Verhältnis ändert. Die Schraubungen (Torossen) des Meereises im Polarmeer bilden eine Erscheinung, welche der Gebirgsfaltung ganz analog ist, ja geradezu als eine Kopie im kleinen gelten kann. Auch hier sind es schwimmende Schollen, bei denen der Hauptzusammenschub nach unten gerichtet ist, während der nach oben gerichtete Schraubwall nur den kleineren Teil darstellt. Auch die tektonischen Beben treten dabei im kleinen auf. Nur in bezug auf die Zähigkeit des Simas versagt der Vergleich; denn die Eisscholle findet natürlich im Wasser nicht genügend Stirnwiderstand, um einen Schraubwall an der freien Vorderkante zu bilden.

Mit der nach unten gerichteten Verdickung der Scholle wird nun meist noch eine weitere Veränderung vor sich gehen. Wenn, wie früher wahrscheinlich gemacht wurde, am Unterrand der ungefalteten Scholle etwa der Schmelzpunkt der Silikate erreicht ist, so werden die tiefer hinabrückenden Massen geschmolzen werden und sich an der Grenze zwischen der festen Scholle und dem darunter liegenden flüssigen, aber schweren Sima ausbreiten. Besitzt die Scholle keine fortschreitende Bewegung über das Sima, so wird diese Ausbreitung nur die Wirkung haben, daß das Gebirge selbst weniger hoch wird und statt dessen auch die benachbarten Teile der Scholle gehoben werden. Wenn aber, was in der Regel der Fall sein wird, eine solche fortschreitende Bewegung besteht, so müssen offenbar die geschmolzenen Massen einseitig sich ausbreiten, da sie ebenso wie das flüssige Sima zurückbleiben. In diesem Fall entsteht eine unsymmetrische Höhenverteilung, indem sich die Hebung nur auf die Rückseite des Gebirges (im Sinne der Bewegungsrichtung der Scholle) beschränkt, vor dem Gebirge dagegen eher eine Senkung (Vortiefe) auftritt. So dürfen wir z. B. bei den Alpen wie auch beim Himalaja annehmen, daß die tief hinabgesenkten und geschmolzenen Schollenteile einseitig nach Norden ausgewichen sind und hier zur Hebung des deutschen Mittelgebirges bzw. von Tibet beigetragen haben. Dementsprechend zeigen auch die Schweremessungen in den Alpen, daß das größte „Massendefizit" nicht unter der Mittellinie, sondern erheblich weiter nördlich unter dem Gebirge liegt.

Wenn keine derartige Schmelzung an der Unterseite der

Schollenverdickung einträte, so könnte man aus der mittleren Höhe des Gebirges und seiner Breite die Größe des Zusammenschubes berechnen. Nimmt man z. B. an, daß das Gebirgsland vor dem Zusammenschub einen Schelf bildete, dessen Oberfläche 200 m unter dem Meere lag (und daß die spezifischen Gewichte des Sials und des Simas 2,8 und 2,9 sind), so folgt für eine mittlere Seehöhe des Gebirges von 2000 (4000) m eine Verkürzung auf 0,6 (0,4) der ursprünglichen Breite. Aus der mittleren Seehöhe der Alpen würde man hiernach für dies Gebirge einen Zusammenschub berechnen, wie er zwar den älteren Anschauungen entsprach, aber mit dem heute erkannten Deckfaltenbau unvereinbar ist. Auch für den Himalaja erhält man durch diese Rechnung im günstigsten Falle nur einen Zusammenschub Lemuriens um 1500 km, was als viel zu klein erscheint. Hierin zeigt sich deutlich der Einfluß der Abschmelzung von unten. Daß diese Vorstellung aber überhaupt unabweisbar ist, zeigt eine Reihe anderer Erscheinungen, welche sich, wie schon erwähnt, wohl nur so erklären lassen, daß die geschmolzenen Sialmassen von der Unterseite einer Kontinentalscholle bei deren Verschiebung auch an ihrem Rande auftauchen können und so unmittelbar in Erscheinung treten (Island, das Dreieck im Winkel zwischen Abessinien und der Somali-Halbinsel, die Abrolhos-Bank, die Seychellen-Bank).

Eine besondere Erwähnung verdient die Staffelung der Gebirgsfalten. Die einzelnen Faltenzüge liegen meist nicht genau hintereinander, sondern gestaffelt, so daß, wenn man ein solches Gebirge weithin verfolgt, immer neue, anfangs noch zurückliegende Ketten an seinen Vorderrand treten, wo sie erlöschen und den nächst hinteren Platz machen. Sind die Faltenzüge gut getrennt, so läßt sich die Staffelung schon auf der topographischen Karte erkennen, wie z. B. zwischen Hindukusch und Baikalsee oder am Nordende der australischen Kordilleren. Sind die Falten eng zusammengeschoben, so ist die Staffelung entsprechend schwerer zu erkennen. Ein einfacher Versuch zeigt, unter welchen Bedingungen die Staffelung zustande kommt. Legen wir beide Hände auf ein ausgebreitetes Tischtuch und nähern sie einander in gerader Richtung, so entsteht meist zwischen ihnen nur eine einzige riesige (Deck-) Falte. Dies entspricht der Faltung ohne Staffelung, wie bei den Alpen. Versuchen wir aber, die beiden Hände aneinander vorbeizuschieben, so entsteht ein hübsches System kleiner, paralleler und namentlich gestaffelter Falten, welches der Staffelfaltung z. B. der Dinarischen Alpen entspricht. Man sieht nun leicht, wie die verschiedenen Arten der Faltung miteinander zusammenhängen: drängen die Schollen gerade gegeneinander an, so entstehen große Deckfalten, wollen sie halbwegs aneinander vorbei, so entstehen kleinere Staffelfalten. Die Fältelung wird immer enger, je mehr die Schollen einander aus dem Wege gehen; schließlich hört die Faltung ganz auf, und es entsteht nur noch eine horizontale Verwerfung (Blattverschiebung). Es ist hiernach klar, daß Staffelfalten besonders auch für das seitliche Ende großer Gebirge charakteristisch sein müssen. Bei den weiter unten zu besprechenden ostasiatischen Girlanden, welche abgelöste Randketten darstellen, ist diese Staffelung besonders deutlich sichtbar gemacht.

Ebenso wie die Faltung der Gebirge vollzieht sich auch ihre sofort einsetzende Abtragung unter Wahrung der Isostasie. In dem Maße, wie der höchste, mittelste Teil des Gebirges durch die Abtragung der Sedimente entlastet wird, steigt die Scholle hier wiederum isostatisch empor, so daß schließlich nach völliger Entfernung des Sediments ein Urgebirge von fast gleicher Höhe emporgewachsen ist. Dabei ist es wichtig, daß sich Sediment und Urgestein bei der Faltung etwas verschieden verhalten: Sediment splittert mehr und fällt daher dem rinnenden Wasser viel schneller anheim, als das darunter liegende Urgestein, welches bei Faltungen mehr fließt [51]. Daher läßt die Abtragung sehr nach, sobald die Sedimentdecke des Gebirges beseitigt ist. Der Himalaja mit seinen mächtigen Sedimentaufstauungen befindet sich noch im ersten Teile dieser Entwickelung. Die Abtragung ist hier eine gewaltige. Die Gletscher sind unter enormen Schuttmengen begraben. Bei den Alpen ist nur noch im Norden und Süden die Sedimentzone erhalten, in der Zentralkette ist das Sediment beseitigt und das Urgestein emporgestiegen; die Abtragung ist hier viel geringer geworden. Die Schönheit unserer Alpengletscher beruht zum großen Teil auf ihrer Moränenarmut. Und beim norwegischen Gebirge, das viel älter ist, ist die Sedimenthaube bereits ganz beseitigt, und die heutige Abtragung sehr gering.

Durch diese Betrachtungen wird offenbar allen denjenigen Theorien, welche gerade die „Erhebung" der Gebirge erklären wollen, der Boden entzogen. Denn sobald man überhaupt besondere Kräfte für diese Erhebung annimmt, setzt man fest, daß sie sich entgegen der Isostasie vollzieht, was für größere Gebirge zweifellos nicht der Fall ist.

Von der Natur der Faltungskräfte entwirft die Verschiebungstheorie ein ganz neues Bild. Von einem Gewölbedruck im Sinne der Schrumpfungshypothese ist ja keine Rede mehr, die lithosphärische Haut, die längst nicht mehr die ganze Erde umspannt, schwimmt frei auf einer zähflüssigen Unterlage. Die Kräfte, welche die Gebirge falten, müssen jetzt dieselben sein, welche auch die Horizontalverschiebungen der Kontinente bewirken. Dabei haben wir die Wahl zwischen zwei Möglichkeiten: Einmal könnte eine ungleiche Verteilung dieser Kräfte selbst bewirken, daß die verschiedenen Teile der Lithosphäre sich verschieden schnell bewegen und also falten müssen.

Andererseits kann aber auch bei gleichmäßiger Verteilung der Verschiebungskräfte ein solcher Unterschied in der Bewegung und damit eine Faltung dadurch erzeugt werden, daß die verschiedenen Teile der Lithosphäre bei ihrer Bewegung ungleiche Widerstände erfahren. Gerade diese letztere Erklärung erscheint von besonderer Bedeutung, denn wie die Karte zeigt, treten Faltungen mit Vorliebe am Vorderrande triftender Schollen auf, wo also zu dem überall gleichen Widerstand durch die Reibung an der Unterseite der Scholle noch ihr Stirnwiderstand hinzukommt, der nicht unbeträchtlich sein wird, weil es hier gerade die oberen, ausgekühlten und daher weniger plastischen Simaschichten zu verdrängen gilt. Das riesige Andengebirge z. B. ist — wenngleich auch ihm bereits ältere Faltungen zugrunde liegen — wesentlich tertiären Ursprungs, also gleichaltrig mit der Verschiebung der amerikanischen Schollen nach Westen. Der Schluß eines ursächlichen Zusammenhanges ist hier wohl kaum abzuweisen. Vielleicht noch klarer tritt dieselbe Erscheinung bei der Scholle Australien—Neuguinea auf: Das hohe jugendliche Gebirge auf Neuguinea liegt auf der jetzigen, die älteren Faltungen Neuseelands und Ostaustraliens auf der früheren Vorderseite der triftenden Scholle.

Auch in den Fällen, wo die Faltung an der einen Stelle durch ein Aufreißen der Lithosphäre an anderer Stelle kompensiert erscheint, ist diese Erklärung durch ungleichen Widerstand bei gleichmäßigen Verschiebungskräften anwendbar, wenn man nur die nicht unwahrscheinliche Annahme macht, daß auch die Reibung von unten an der zähflüssigen Simaunterlage örtlich verschieden ist. Insbesondere müßte dies also auch für das erste Aufreißen der Lithosphäre bei Gelegenheit der ersten Zusammenschübe der Fall gewesen sein.

Das letzte große Faltungssystem, das tertiäre, zeigt eine

merkwürdige Anordnung, nämlich eine große, dem damaligen Äquator ungefähr entsprechende Faltenzone, dem der Himalaja und die Alpen angehören, und dazu noch die große meridionale Faltenzone der Anden. Die erstere entspricht einem allseitigen Hinstreben der Kontinente zum Äquator, wie sie auch durch die europäischen Breitenbestimmungen bestätigt wird. Über diese Erscheinung einer „Polflucht" der Kontinente, die eine Hauptursache der Kontinentalverschiebungen zu sein scheint, wird in dem Kapitel über die Ursachen derselben näheres mitgeteilt werden. Es sei nur erwähnt, daß *Kreichgauer* diesen äquatorialen Faltungsring auch für die früheren geologischen Zeiten nachweisen zu können glaubt, namentlich für die karbonischen Faltungen, welche in einem dem damaligen Äquator entsprechenden Gürtel die Kohlenlager von Asien, Europa und Nordamerika enthalten. Das meridionale Andensystem aber läßt sich in Verbindung bringen mit der gleichfalls vorwiegend meridionalen Richtung der Spaltungen, hier insbesondere der atlantischen Spalte, die aber in der Richtung des Rheingrabens und namentlich des ostafrikanischen Spaltensystems, von dem im folgenden noch weiter die Rede sein wird, eine Parallele hat. Auch in dieser Hinsicht wird auf das Kapitel über die Ursachen der Verschiebungen verwiesen.

Fig. 9.

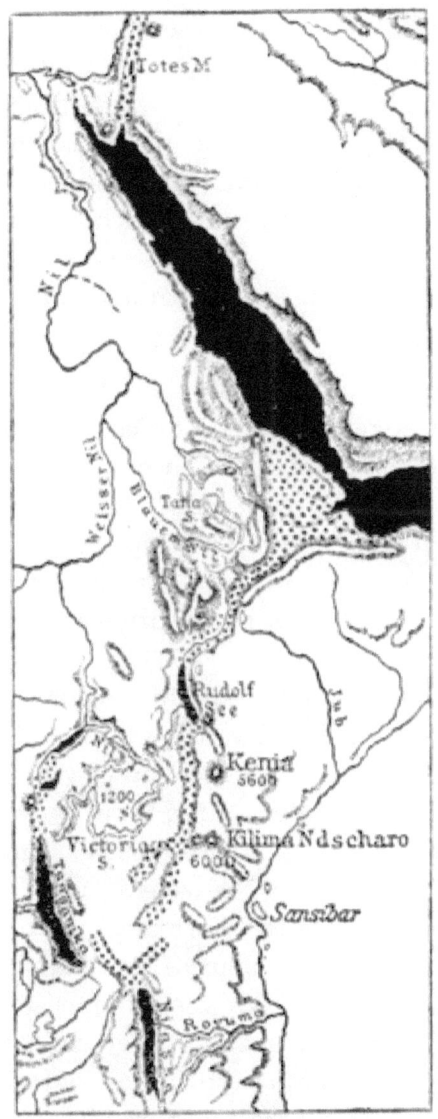

Die ostafrikanischen Gräben, nach *Supan*
gepunktet: Gräben, schwarz: mit Wasser bedeckte Grabenteile.

Dagegen müssen wir den Vorgang der Spaltungen schon hier etwas näher ins Auge fassen. Das schönste Beispiel solcher Spaltungen bilden die ostafrikanischen Gräben. Sie gehören einem großen Bruchsystem an, welches sich nach Norden noch durch das Rote Meer, den Golf von Akaba und das Jordantal bis an den Rand der taurischen Faltungen verfolgen läßt (Fig. 9). Nach neueren Untersuchungen setzen sich diese Brüche auch nach Süden noch bis zum Kaplande fort, doch sind sie am schönsten in Deutsch-Ostafrika ausgebildet[52]. Wir lassen hier eine kurze Beschreibung im engen Anschluß an *Neumayr-Uhlig* folgen[53].

Von der Sambesimündung aus zieht sich ein solcher 50 bis 80 km breiter Graben nach Norden, den Shirefluß und Njassasee enthaltend, um dann nach Nordwesten zu drehen und sich zu verlieren. Dafür beginnt dicht neben ihm und parallel zu ihm der Graben des Tanganikasees, von dessen Großartigkeit der Umstand zeugt, daß die Tiefe des Sees 1700 bis 2700 m, die Höhe des mauerförmigen Steilabfalles aber 2000 bis 2400 m, ja selbst 3000 m beträgt. In seiner nördlichen Fortsetzung enthält dieser Graben den Russisifluß, den Albert-Edward- und den Albertsee. „Die Ränder der Senkung erscheinen aufgewulstet, wie wenn hier das Bersten der Erde mit einer gewissen Aufwärtsbewegung der plötzlich freigewordenen Bruchränder verbunden gewesen wäre. Mit dieser eigentümlichen wulstigen Formung der Plateauränder hängt es wohl auch zusammen, daß unmittelbar östlich vom Abfall des Tanganika die Nilquellen entspringen, während sich der See selbst zum Kongo entleert." Ein dritter markanter Graben beginnt östlich des Viktoriasees, enthält weiter nördlich den Rudolfsee und biegt bei Abessinien nach Nordosten ab, wo er sich einerseits in das Rote Meer und andererseits in den Golf von Aden fortsetzt. Im Küstengebiet und im Innern von Deutsch-Ostafrika nehmen diese Brüche meist die Form von Bruchstufen an, deren Ostseite abgesunken ist[54].

Von besonderem Interesse ist das in Fig. 9 ebenso wie die Grabensohle punktiert gezeichnete große Dreieck im Winkel zwischen Abessinien und der Somalihalbinsel (zwischen Ankober, Berbera und Massaua), welches von vielen für eine riesige Verbreiterung des Spaltenbodens gehalten wird. Das ganze Land besteht, wie früher erwähnt, aus jungen vulkanischen Laven. Es wurde schon gesagt, daß es vermutlich geschmolzene Sialmassen von der Unterseite des abessinischen Gebirges sind, die hier in der Spalte aufgestiegen sind, und die oberste schon erstarrt angetroffene Simadecke als Haube bis über das Meeresniveau emporgetragen haben. Schon die Betrachtung der Parallelität der Küsten nötigt wohl zu dieser Auffassung als nachträgliche Störung.

Die Entstehung dieser in Ostafrika selbst maschenförmig angeordneten Brüche ist in geologisch junge Zeiten zu setzen. An mehreren Stellen durchschneiden sie junge basaltische Laven, einmal auch pliozäne Süßwasserbildungen. Jedenfalls können sie also nicht vor Schluß der Tertiärzeit entstanden sein. Andererseits scheinen sie zur Diluvialzeit schon vorhanden gewesen zu sein, wie man aus den Strandterrassen als Marken höheren Wasserstandes bei den abflußlosen, auf der Grabensohle liegenden Seen geschlossen hat. Beim Tanganikasee deutet auch seine offenbar früher marine, dann aber dem Süßwasser angepaßte sogenannte Reliktenfauna auf längeren Bestand. Die häufigen Erdbeben und der starke Vulkanismus der Bruchzone deuten aber wohl darauf hin, daß der Trennungsprozeß jedenfalls auch heute noch im Gange ist.

Fig. 10.

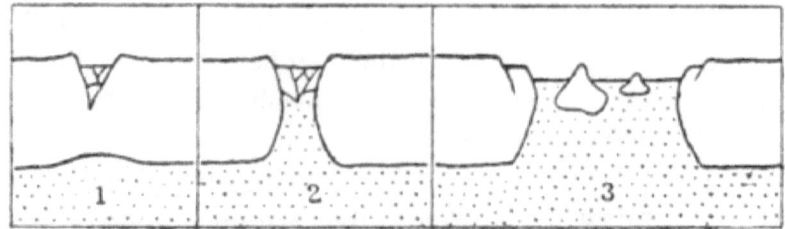

Spaltung (schematisch).

Für die mechanische Deutung solcher Grabenbrüche ergibt sich nur insofern etwas Neues, als diese die Vorstufe einer völligen Trennung der beiden Schollenteile darstellen, wobei es sich um rezente, noch nicht beendete Abspaltungen oder auch um frühere Versuche einer solchen handeln kann, die infolge Erlahmens der Zugkräfte wieder zur Ruhe gekommen sind. Eine vollständige Trennung würde sich nach unseren Vorstellungen etwa in der in <u>Fig. 10</u> schematisch dargestellten Weise vollziehen. Zunächst wird nur in den oberen, spröderen Schichten ein klaffender Riß entstehen, während die unteren plastischen sich ziehen. Da vertikale Steilwände von der hier in Betracht kommenden Höhe viel zu große Anforderungen an die Druckfestigkeit der Gesteine stellen würden, so bilden sich gleichzeitig mit der Spalte oder auch an Stelle von ihr schräge Rutschflächen aus, längs welchen die Randpartien der beiden Schollenteile unter zahlreichen lokalen Erdbeben in demselben Tempo in die Spalte absinken, wie diese sich öffnet, so daß immer nur ein Grabenbruch mäßiger Tiefe in Erscheinung tritt, dessen Boden aus verworfenen Schollen derselben Gesteinsserien besteht, die auch seitwärts des Grabens auf der Höhe anstehen. In diesem Stadium ist der Grabenbruch noch nicht isostatisch kompensiert, wie es denn auch nach *E. Kohlschütter*[55] bei einem großen Teil der jungen ostafrikanischen Gräben der Fall ist. Es ist ja ein unkompensiertes Massendefizit vorhanden; daher wird eine entsprechende Schwerestörung beobachtet, und außerdem

69

steigen beide Spaltenränder zum isostatischen Ausgleich empor, so daß der Eindruck entsteht, als gehe der Graben gerade in der Längsrichtung durch eine Aufwölbung hindurch. Schwarzwald und Vogesen beiderseits des oberrheinischen Grabenbruches sind die besten Beispiele für diesen Randwulst. Reißt endlich die Spalte ganz durch die Scholle hindurch, so steigt das Sima in ihr empor, so daß das bisherige Massendefizit ersetzt wird und der Graben sich nunmehr als Ganzes isostatisch kompensiert erweist. Den Boden des Grabens bedecken auch hier an den meisten Stellen vollständig die Bruchstücke der Spaltenränder, doch kommt natürlich bei weiterer Öffnung der Augenblick, wo auch die freie Simaoberfläche zutage tritt. Bei dem großen Graben des Roten Meeres, der nach *Triulzi* und *Hecker* bereits isostatisch kompensiert ist, dürfte die Entwickelung so weit fortgeschritten sein, daß an den tieferen Stellen bereits das Sima unbedeckt ist. Bei der weiteren Trennung der Schollen bleiben die vom Rande abgebrochenen Teile als Inseln zurück. Zu beachten ist dabei, daß diese Brocken, auch wenn sie mit ihren höchsten Teilen das Kontinentalniveau erreichen oder überschreiten, durchaus nicht dieselbe Mächtigkeit zu haben brauchen, wie die Kontinentalschollen. Sie brauchen statt dessen nur in dem eintauchenden Teil wesentlich breiter zu sein als in dem emporragenden. Es braucht eben auch hier nur die Bedingung erfüllt zu sein, daß das Verhältnis der Massen oberhalb und unterhalb des barysphärischen Niveaus das gleiche ist wie bei den großen Kontinentaltafeln. — Alle diese Vorstellungen über die Natur der Grabenbrüche stehen nicht im Widerspruche mit den landläufigen, sondern ergänzen diese nur.

Fig. 11.

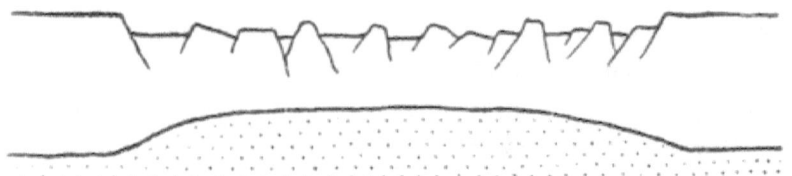

Größerer Einbruch durch Dehnung der Unterlage (schematisch).

Ebenso wie sich eine einzelne Spalte mitunter in ein ausgedehntes, maschiges Netz kleinerer Spalten auflösen kann (das System der ostafrikanischen Gräben, welches im Roten Meere in eine einzige Spalte übergeht, bildet ein Beispiel dafür), so kann sich auch statt eines einzelnen Grabenbruches der Niederbruch eines ausgedehnteren Gebietes vollziehen. Das Ägäische Meer ist das beste Beispiel dafür. Hier ist ein größeres Gebiet in jüngster geologischer Zeit in einzelne Schollen zerbrochen, die zu ungleicher Tiefe abgesunken sind. Wir müssen annehmen, daß die tieferen Schichten der Lithosphäre sich gezogen haben, so daß die Verwerfungsspalten sich nach unten allmählich verlieren. Der Betrag der Dehnung kann in unserer schematischen Fig. 11 an den schrägen Verwerfungsflächen, soweit sie frei sind, abgemessen werden. In ähnlicher Weise ist offenbar noch an vielen anderen Stellen eine Landverbindung versunken, z. B. auch in der Bass-Straße zwischen Tasmanien und Australien. Man sieht aber leicht, daß das Maß dieses Absinkens seine Grenze hat, und daß eine völlige Zerreißung und Trennung der beiden Schollen eintreten muß, lange bevor die absinkenden Stücke das barysphärische Niveau erreichen. Unmittelbar vor dem Abreißen Neufundlands von Irland fand nach unseren Vorstellungen der Einbruch des Kanals, der Nordsee und der anderen heute in Schelfgebiete verwandelten früheren Landgebiete um England statt. Aber es wurden doch nur flache Schelfe, dann trat eine völlige Trennung der Schollen ein.

Erscheinungen des Kontinentalrandes.

Fig. 12.

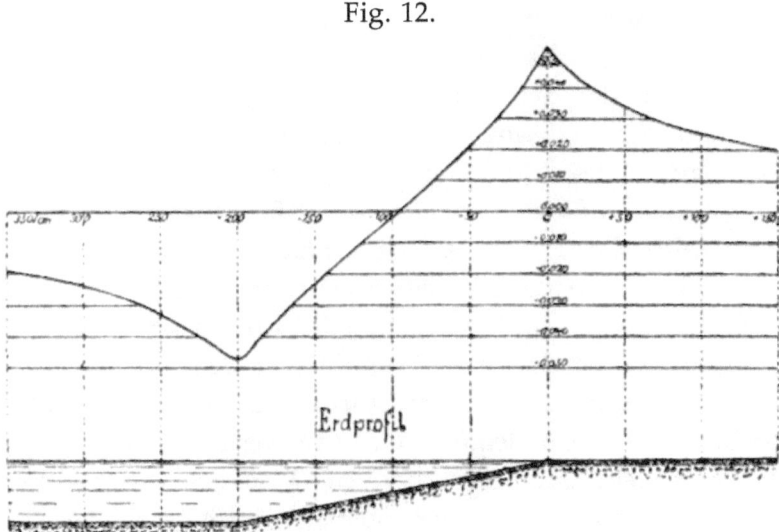

Schwerestörung an einem Kontinentalrand, nach *Helmert*.

Wie *Schiötz* zuerst aus den Schweremessungen der im
Polarmeere über dem Schelfrande treibenden „Fram"
erkannte und *Helmert*[56] später ausführlich ableitete, zeigen
die Pendelbeobachtungen am Rande der Kontinentalschollen
eine charakteristische Schwerestörung, welche in Fig. 12
nach Helmert wiedergegeben ist. Nähert man sich vom
Lande der Küste, so wächst die Schwere bis zu einem
Maximum an der Küste selbst, um dann schnell zu sinken
und an der Stelle, unter welcher der Boden der Tiefsee
beginnt, ein Minimum zu erreichen, worauf sich dann in
größerem Küstenabstande wieder der normale Wert einstellt.
Das Zustandekommen dieser Schwerestörung kann man
sich etwa folgendermaßen vorstellen. Der Beobachter auf
dem Lande, der im Inlande normale Schwere gehabt hat,
erreicht an der Küste ein Maximum, weil er sich dem schräg

unter ihm liegenden schweren Sima des Tiefseebodens nähert. Dieser Überschuß an Schwere sollte zwar dadurch wett gemacht werden, daß die obersten 4 km durch das leichte Seewasser ersetzt sind. Aber diese Schichten liegen neben, nicht mehr unter dem Beobachter und bewirken also, statt die Schwere wieder auf ihren Normalwert herabzudrücken, eine Lotabweichung im Sinne einer Anziehung des Lotes durch die Kontinentaltafel. Dem Beobachter auf See, der sich der Küste nähert, geht es umgekehrt: Das Pendel reagiert auf die Massenverringerung unter ihm, und die Massenvermehrung neben ihm kann nicht die Größe, sondern nur die Richtung der Schwerkraft beeinflussen, so daß ein Minimum der Schwere entsteht. Daß überhaupt eine Schwerestörung eintreten muß, folgt schon aus der Überlegung, daß eine vertikale Grenzfläche zwischen leichtem und schwerem Material, wie sie hier vorhanden ist, nicht einer isostatischen Massenlagerung entspricht, sondern lediglich durch die Molekularkräfte der Kontinentalscholle erhalten bleiben kann.

Man kann diese Verhältnisse auch noch auf eine andere Weise betrachten, welche geeignet ist, ihre Wirkungen unmittelbar zu erläutern. In einer Kontinentalscholle muß der Druck offenbar nach einem anderen Gesetz mit der Tiefe zunehmen als im ozeanischen Gebiete. Vergleichen wir die Drucke in gleichen Höhen, so finden wir, daß im Kontinentalblock überall — mit Ausnahme seiner Oberfläche und seiner Unterfläche — der Druck höher ist als im ozeanischen Gebiete. Legen wir die Zahlenverhältnisse von Fig. 5 (S. 23) zugrunde, so erhalten wir für diesen Drucküberschuß in der Kontinentaltafel die Werte:

Bei	100 m Höhe	Drucküberschuß	0 Atm.
„	0 m „	„	28 „
„	4 700 m Tiefe	„	860 „
„	100 000 m „	„	0 „

Fig. 13.

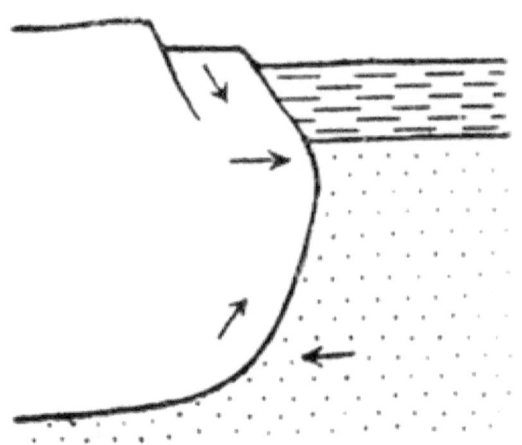

Wirkung der Druckkräfte am Kontinentalrand
(schematisch).

Der Drucküberschuß wächst also im obersten Teile sehr rasch, weil dort Gestein gegen Luft steht, im nächsten Abschnitt nur etwa zwei Drittel so rasch weiter, da hier bereits Wasser im ozeanischen Gebiete vorhanden ist. In der Tiefe des Tiefseebodens wird das Maximum des Drucküberschusses erreicht. In noch größerer Tiefe wird dieser wieder kleiner, da jetzt das schwerere Sima im ozeanischen Gebiete liegt und hier eine schnellere Druckzunahme bewirkt. Und am Unterrande der Kontinentalscholle müssen die Drucke natürlich ausgeglichen sein. Diese Druckunterschiede verursachen am vertikalen Kontinentalrande ein Spannungsfeld, welches bestrebt ist, das Material der Kontinentaltafeln in die ozeanischen Räume hinauszupressen, und zwar am meisten

75

in der Schicht des Tiefseebodens[57]. Wäre das Sial leichtflüssig, so würde es sich in dieser Schicht ausbreiten. Das ist nun nicht der Fall. Aber es ist doch plastisch genug, um diesen erheblichen Druckkräften merklich nachzugeben. Das zeigt sich klar in den stufenförmigen Brüchen, welche den Kontinentalrand in der Regel begleiten (Fig. 13).

Dies seitliche Vorquellen der tieferen plastischen Schichten ist auch der Grund dafür, daß die Ränder zerspaltener und weit getrennter Schollen, wie Südamerika und Afrika, in ihrer Küstenlinie die Parallelität besser bewahrt haben als in der Grenzlinie zwischen Kontinentalabfall und Tiefseeboden.

Es ist nicht undenkbar, daß der Vulkanismus aus dem Grunde so häufig an den Küsten auftritt, weil durch das geschilderte Spannungsfeld die Simaeinschlüsse der Lithosphäre — als welche wir *Stübels* periphere Herde bezeichnen können — zur Auspressung gelangen können. Ganz besonders sind diese Bedingungen natürlich bei ozeanischen Inseln zur Stelle, welche ringförmig von einem solchen Spannungsfelde umgeben sind[58]. Solche Inseln müßten außerdem in dem Maße, wie ihre untergetauchten Massen sich seitlich ausbreiten, nach und nach an Höhe verlieren, so daß sich das Sinken der Korallenatolle auch auf diese Weise erklären ließe.

Fig. 14.

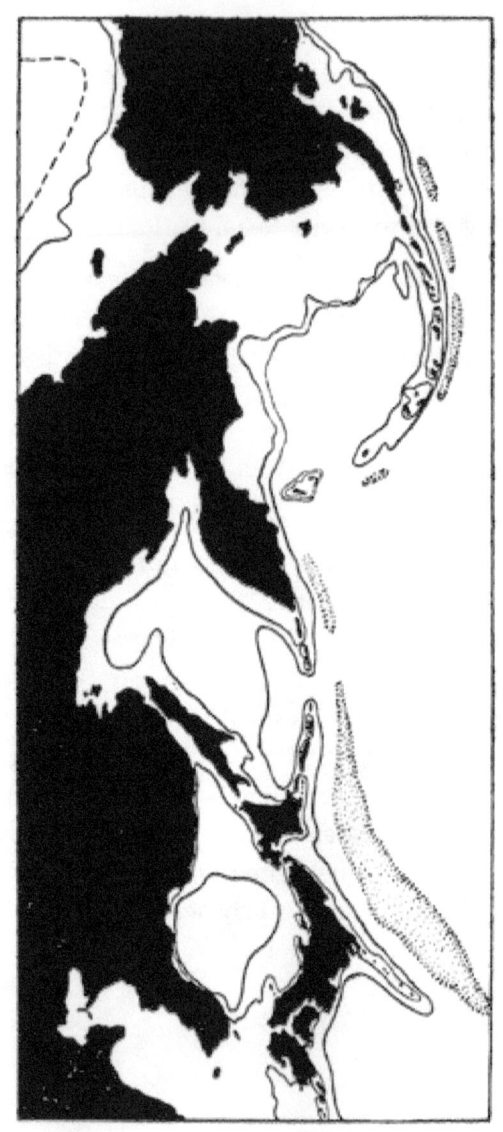

Girlanden von Nordost-Asien.
(Tiefenlinien 200 u. 2000 m; Tiefseerinnen punktiert.)

Die interessanteste Erscheinung des Kontinentalrandes bilden aber die Inselgirlanden, die namentlich an der ostasiatischen Küste ausgebildet sind (Fig. 14). Auf der

Grundlage der alten Vorstellungen hat *Richthofen* für sie eine Erklärung gegeben[59], die wohl bisher das größte Ansehen genießt, wenn auch schon verschiedentlich Widerspruch dagegen erhoben worden ist. *Richthofen* denkt sie sich entstanden durch einen vom Pazifik kommenden Zug in der Erdrinde. Zusammen mit einer breiten Zone des benachbarten Festlandes, die auch durch bogenförmigen Verlauf der Küste und der Erhebungen ausgezeichnet ist, sollten die Inselbögen ein großes Bruchsystem bilden. Das Gebiet zwischen Inselkette und Festlandsküste sei die erste „Landstaffel", welche infolge einer Kippbewegung im Westen unter den Meeresspiegel getaucht sei, während der Ostrand als Inselgirlande herausrage. Auf dem Festlande glaubte *Richthofen* noch zwei weitere derartige Landstaffeln zu sehen, deren Senkung jedoch geringer war. Die regelmäßige Bogenform dieser Brüche bildete zwar eine Schwierigkeit, doch glaubte man diesen Einwand mit dem Hinweise auf bogenförmige Sprünge im Asphalt und anderen Stoffen entkräften zu können. Es muß hervorgehoben werden, daß diese Theorie ein großes historisches Verdienst besitzt, nämlich insofern, als die Einführung von Zugkräften einen Bruch mit dem Dogma vom Gewölbedruck darstellte, und durch ihre Autorität die Zurückführung sonstiger Randbrüche der Kontinente auf Zugkräfte ermöglichte.

Indessen stehen dieser *Richthofen*schen Erklärung der ostasiatischen Inselgirlanden schwerwiegende Einwände entgegen. Beim Asphalt und anderen Beispielen dürften strukturelle Vorbedingungen nötig sein, um die Bogenform der Risse zu erzeugen. Wo solche fehlen, sehen wir in der Natur durch Zug meist nur geradlinige Risse entstehen, von den geplatzten Ölfarben alter Gemälde und den Trocknungsrissen in Lehm bis zu den Grabenbrüchen der Erdrinde und den Mondrillen. Die oben eingehend besprochenen Gräben Ostafrikas zeigen uns, wie solche durch Zug entstandenen Spalten der Lithosphäre aussehen. Wie *Horn* betont hat[60], zeigt Ostasien auch tektonisch gar nicht die Merkmale von Brüchen, sondern von einem Zusammenschub senkrecht zur Küste. Schon aus der topographischen Karte erkennt man, daß wir nicht ein durch Brüche zerstückeltes Tafelland wie Ostafrika vor uns haben, sondern daß die Inselreihen ebenso wie das kontinentale Küstenland aus Faltengebirgen aufgebaut sind, die zur Küste parallel verlaufen. Namentlich spricht aber die Tiefenkarte, so unvollkommen sie infolge mangelnder Lotungen auch heute noch ist, dafür, daß *Richthofens* Erklärung einer Abänderung bedarf. Denn sie zeigt, daß zwischen Girlande und Festlandsrand die Erdoberfläche sich nicht allmählich senkt, sondern ein Tiefseebecken eingeschaltet ist, welches bereits dicht innerhalb der Girlande große Tiefen erreicht. Nach unseren Vorstellungen von der barysphärischen Natur der Tiefseeböden liegt hier zwischen Girlande und dem Festlande das Sima fensterartig zutage. Die Inselgirlanden stellen also abgelöste oder in Ablösung begriffene Randketten der Kontinentalscholle dar.

Um zu einer genaueren Auffassung dieses Ablösungsvorganges zu gelangen, müssen wir die in den Girlanden auftretenden Gesetzmäßigkeiten etwas schärfer ins Auge fassen. Sehr auffällig ist ihr übereinstimmender geologischer Bau. Die konkave Seite der Girlande trägt stets eine Reihe von Vulkanen, offenbar eine Folge des bei ihrer Biegung hier entstehenden Druckes, der die Simaeinschlüsse herauspreßt. Die konvexe Seite dagegen trägt tertiäre Sedimente, während diese am entsprechenden Festlandsufer meist fehlen. Dies deutet an, daß die Ablösung erst in jüngster geologischer Zeit vor sich gegangen ist, und daß die Girlande zur Zeit der Ablagerung dieser Sedimente noch den Rand des Festlandes bildete. Diese tertiären Sedimente zeigen überall starke Lagerungsstörungen, eine Folge des bei der Biegung hier auftretenden Zuges, der zur Zerklüftung und zu vertikalen Verwerfungen führt. Daß dieser Außenrand der Girlande trotz der mit der Dehnung sonst überall verbundenen Senkung gehoben erscheint, deutet eine Kippbewegung der Girlande an, die man sich dadurch verursacht denken kann, daß sie gemäß der allgemeinen Westwanderung der Kontinentalscholle an ihren Endpunkten mitgeschleppt, in der Tiefe aber durch das Sima zurückgehalten wird. Mit demselben Vorgang scheint auch die meist ihren Außenrand begleitende Tiefseerinne zusammenzuhängen. Es ist sehr auffällig, daß sich diese Rinne niemals auf der frisch entblößten Simafläche zwischen Kontinent und Girlande, sondern stets nur an deren Außenrande, also an der Grenze des alten Tiefseebodens bildet. Sie erscheint hier als eine Spalte, deren eine Seite von dem stark ausgekühlten und bis in große Tiefen bereits erstarrten alten Tiefseeboden und deren andere Seite von dem lithosphärischen Material der Girlande gebildet wird. Gerade in Verbindung mit der genannten Kippbewegung der Girlande wäre die Bildung einer solchen Randspalte zwischen Sial und Sima sehr verständlich. Das frisch entblößte Sima am Kontinentalrand ist dagegen zu flüssig, um eine Spalte bilden zu können. Natürlich bedarf aber diese Vorstellung von der Natur der Tiefseerinnen noch der Kontrolle, namentlich durch Schweremessungen. Wir werden später auch Fälle kennen lernen, wo noch andere Ursachen für die Entstehung einzelner solcher Rinnen anzunehmen sind.

Es bestehen aber noch andere Gesetzmäßigkeiten bei den ostasiatischen Girlanden. Zunächst ist die bauchige Küstenlinie des Kontinents, dem sie vorgelagert sind, zu nennen. Namentlich, wenn wir außer der Küstenlinie selber auch die 200 m-Tiefenlinie in Fig. 14 betrachten, so zeigt sich, daß der Kontinentalrand stets das Spiegelbild einer S-Form aufweist, während die davor liegende Girlande einen einfachen konvexen Bogen bildet. Diese Verhältnisse sind schematisch in Fig. 15 B dargestellt. Die Erscheinung ist bei allen drei in Fig. 14 enthaltenen Girlanden in gleicher Weise ausgebildet und trifft z. B. auch beim ostaustralischen Kontinentalrand und seiner einstigen, durch den Südost-Ausläufer Neuguineas und Neuseeland gebildeten Girlande zu. Diese bauchigen Küstenlinien kennzeichnen einen Zusammenschub parallel zur Küste und also auch zur Streichrichtung der Küstengebirge. Sie sind als horizontale Großfalten zu betrachten. Es handelt sich hierbei um eine Teilerscheinung in dem gewaltigen Zusammenschub, den das ganze östliche Asien in der Richtung Nordost-Südwest erfahren hat. Macht man den Versuch, diese Schlangenlinie der ostasiatischen Festlandsküste zu glätten, so wächst die Entfernung zwischen Hinterindien und der Beringstraße, die jetzt 9100 km beträgt, auf 11100 km.

Fig. 15.

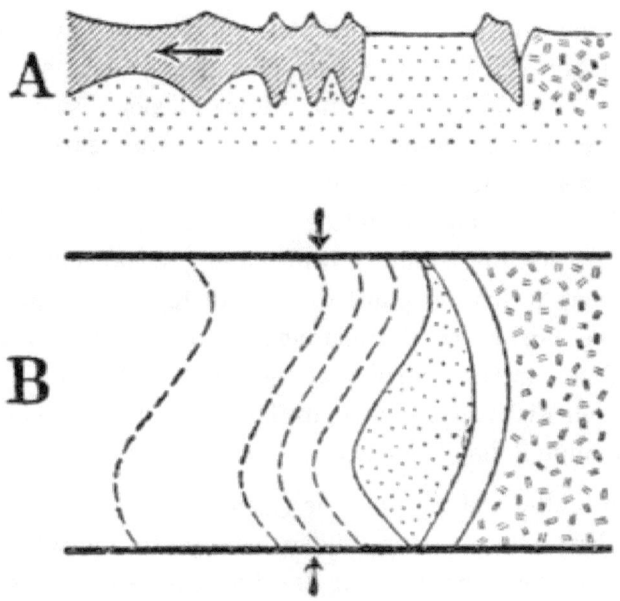

Schema der Entstehung von Inselgirlanden.
A Querschnitt; B Aufsicht.
(Der stark ausgekühlte Teil des Sima
ist durch Strichelung bezeichnet.)

Bei dieser Vorstellung eines Zusammenschubes in der Streichrichtung einer bereits vorhandenen Faltung müssen wir etwas verweilen. Durch Faltung wird die Struktur einer Kontinentalscholle wesentlich verändert. Namentlich wenn die einzelnen Gebirgsketten gut voneinander getrennt sind, muß offenbar eine Art Teilbarkeit nach parallelen vertikalen Ebenen entstehen (vgl. den schematischen Querschnitt A in Fig. 15). Wie wird sich ein solches Gebilde bei Zusammenschub in Richtung der Gebirgskämme verhalten? Ein extremes Beispiel haben wir in einem Spiel Karten. Legen wir es auf den Tisch, so haben wir horizontale Schichtung, und ein Zusammenschub führt zu der gewöhnlichen Gebirgsfaltung, bei der die Falten nur nach oben oder unten ausweichen. Stellen wir das Spiel aber auf die hohe Kante, so haben wir vertikale Teilbarkeit; ein

Zusammenschub führt jetzt zu seitlichem, horizontalem Ausweichen der Falten. Schon beim Kartenspiel sehen wir, daß oft zufällig einzelne Randglieder sich durch abweichende Krümmung abzweigen, während der Rest geschlossen bleibt. Bei den ostasiatischen Inselgirlanden wird diese Abzweigung offenbar durch die Westwanderung der Kontinentalmassen unmittelbar herbeigeführt. Alle Girlanden, welche wir auf der Erdkarte sehen, namentlich auch die Girlanden Mittelamerikas, die Antillen, bleiben nach Osten zurück oder doch — bei den Aleuten — nach derjenigen Richtung, welche im Diluvium mit Rücksicht auf die damalige Pollage Osten war.

Sehr auffällig ist ferner die gleichartige Staffelung der Girlanden. Die Aleuten bilden eine Kette, welche weiter östlich in Alaska nicht mehr Randkette ist, sondern aus dem Innern kommt. Sie endigen bei Kamtschatka, von wo ab nun die bisher innere Kamtschatka-Kette mit den Kurilen als äußerste Kette die Girlande bildet. Diese endigt wiederum bei Japan, um der bisher inneren Kette Sachalin-Japan den Platz zu räumen. Auch südlich von Japan läßt sich diese Anordnung noch weiter verfolgen, bis bei den Sunda-Inseln die Verhältnisse verworrener werden. Und auch die Antillen zeigen genau dieselbe Staffelung. Es liegt auf der Hand, daß diese Staffelung der Girlanden eine unmittelbare Folge der Staffelung der einstigen Randgebirge der Kontinente ist und also auf das früher besprochene allgemeine Gesetz der Staffelfalten zurückgeht. Die auffällig gleiche Länge der Girlanden [Aleuten 2900, Kamtschatka–Kurilen 2600, Sachalin–Japan 3000, Korea–Riu-Kiu 2500, Formosa–Borneo 2500, Neuguinea–Neuseeland ehemals 2700 km][61] könnte vielleicht auf diese Weise bereits tektonisch in der Anlage der Randgebirge vorgezeichnet sein; es könnte aber auch sein, daß sie die Grenze darstellt, bis zu welcher sich eine Druckübertragung beim Zusammenschub des

Kontinentalrandes geltend macht. Denn wenn wir auf unser Beispiel mit dem Kartenspiel zurückgehen, so ist klar, daß die sich abzweigenden Randketten nicht beliebig lang sein können, sondern nur so lang, daß eine Druckübertragung von den beiden Endpunkten her noch möglich ist.

Betrachten wir die Verteilung der Girlanden im Pazifik, so sehen wir ein großzügiges System. Namentlich wenn wir Neuseeland als einstige Girlande Australiens auffassen, so ist die ganze Westküste des Pazifik mit Girlanden bedeckt, während die Ostküste frei davon ist. Bei Nordamerika kann man vielleicht in der Abtrennung von Inseln zwischen 50 und 55° Breite, der Küstenausbauchung bei San Franzisko und der Abtrennung der kalifornischen Randkette noch unentwickelte Anfänge zur Girlandenbildung erkennen. Im Süden läßt sich möglicherweise die Westantarktis als Girlande (dann vermutlich Doppelgirlande) ansprechen. Im ganzen deutet also das Girlandenphänomen auf eine Verschiebung der westpazifischen Kontinentalmassen, die etwa nach Westnordwest, also für die diluviale Pollage etwa nach Westen gerichtet war, die ferner mit der Längsachse des Pazifik (Südamerika–Japan) und mit der Hauptrichtung der alten pazifischen Inselreihen (Hawaii-Inseln, Marshall-Inseln, Gesellschafts-Inseln usw.) zusammenfällt. Die Tiefseerinnen, einschließlich der Tongarinne, sind als Spalten senkrecht zu dieser Verschiebungsrichtung angeordnet. Es ist wohl keine Frage, daß alle diese Dinge ursächlich miteinander verknüpft sind. Stellen wir uns ein kreisrundes Blatt aus Gummi vor, welches in die Länge gezogen wird, so haben wir ein ähnliches Bild: der eine Durchmesser wächst, der andere verkleinert sich; durch das Ziehen des Gummis werden alle Punktgruppen (Inselgruppen) zu Ketten in die Länge gezogen, und senkrecht zur Zugrichtung reißen Spalten auf. Die ostasiatischen Inselgirlanden treten hierdurch in enge

Beziehung zum Bau des ganzen pazifischen Ozeans, ebenso wie sie in engster Beziehung zum Bau von Asien stehen.

Das Zurückbleiben der sich ablösenden Randketten leitet uns hinüber zu einem allgemeineren Gesetz, nach welchem überhaupt alle kleineren lithosphärischen Bruchstücke, also namentlich Inseln, aber auch vorspringende Halbinseln, bei der Westwanderung der Kontinente zurückbleiben; sie bleiben gewissermaßen im Sima stecken, während die großen Schollen sich über dasselbe fort verschieben. Es ist nicht schwer, einzusehen, daß der Grund hierfür in dem Stirnwiderstand der bewegten Schollen im Sima zu suchen ist, der für kleine Schollen relativ viel größer ist als für große, weil nämlich die Mächtigkeit oder Eintauchtiefe der kleineren Schollen nicht entsprechend ihrer Dimension verkleinert ist[62].

Fig. 16.

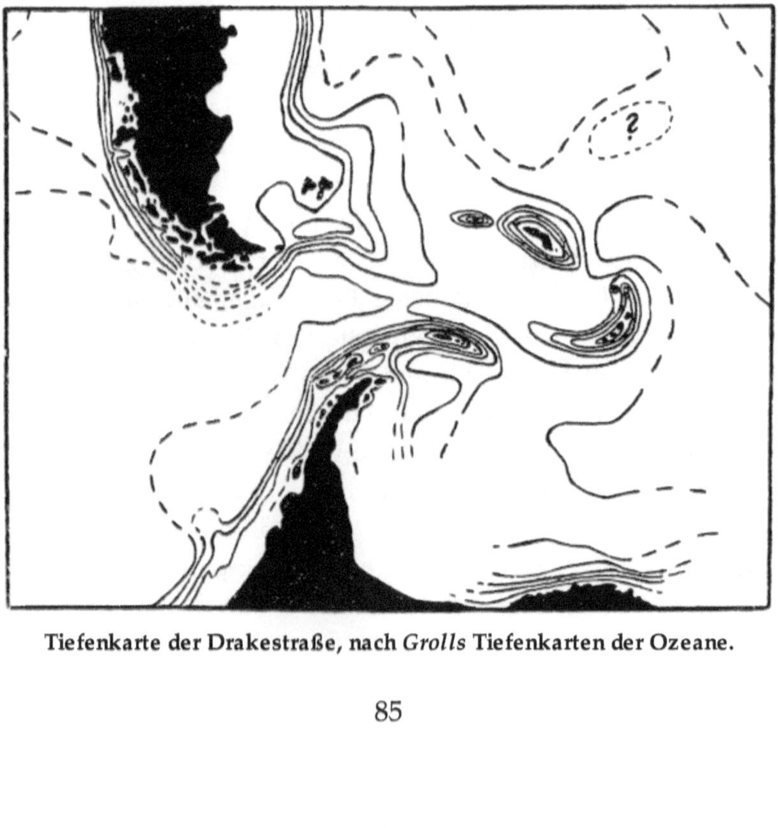

Tiefenkarte der Drakestraße, nach *Grolls* Tiefenkarten der Ozeane.

So bleiben nicht nur die Inselgirlanden und die ganz abgetrennten Inselgruppen im Sima stecken, während die Kontinentalscholle sich weiterschiebt, sondern auch der zerrissene lithosphärische Lappen Hinterindiens und der Sunda-Inseln bleibt nach Osten zurück, die Südspitze Grönlands, Florida, Feuerland und Grahamland. Die Tiefenkarte der Drakestraße (Fig. 16) mit diesen beiden nach Osten zurückbleibenden Landspitzen kann geradezu als Illustration für diese plastischen Deformationen dienen. Noch im Diluvium hat hier Landverbindung geherrscht, was nur möglich war, wenn beide Landspitzen noch in der Gegend des Inselbogens der Sandwichinseln lagen. Seitdem sind sie von da aus nach Westen weiter gewandert, ihre schmale Verbindung aber ist im Sima stecken geblieben.

Fig. 17.

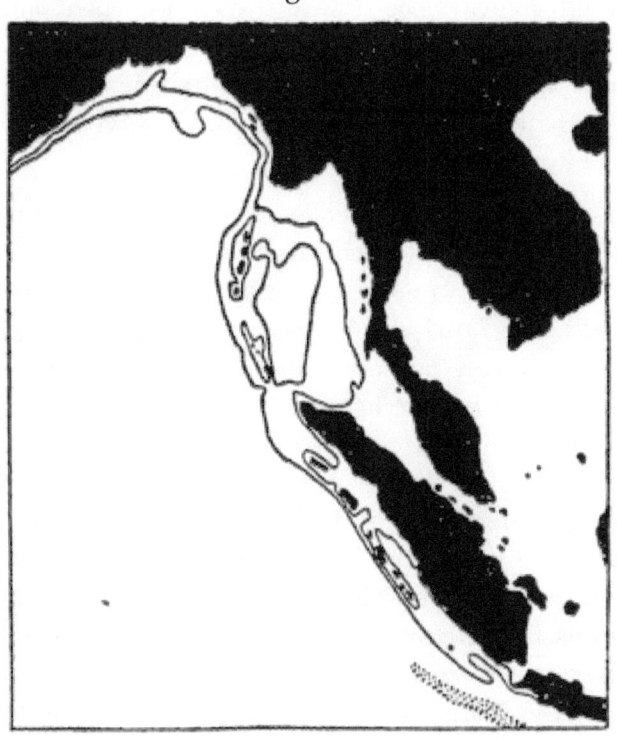

Wir können aus dieser Abbildung 16 noch eine weitere Erscheinung ablesen, die eine wichtige Rolle in der Großtektonik zu spielen scheint, nämlich das Gleiten der Randketten. Diese Erscheinung hat eine gewisse Verwandtschaft mit den Inselgirlanden, insofern es sich in beiden Fällen um eine Ablösung von Randketten handelt. In der Glaziologie besteht eine ganz entsprechende Verwandtschaft zwischen Spalten und Blaubändern. Beide entstehen als Diskontinuitäten infolge unzureichender Plastizität und stellen Trennungen dar, die offenen Spalten unter Zug, die Blaubänder unter Druck, beide unter Blattverschiebung. Die gleitenden Randketten der Gebirge entsprechen den Blaubändern, welche dem Seitenrand eines Gletschers folgen. Die Randkette klebt eben am alten Simaboden der Tiefsee, und es bildet sich zwischen Randkette und der nächst inneren Kette eine Gleitfläche aus, längs welcher nun beliebig große Blattverschiebungen eintreten können.

Noch zwei besondere Fälle seien erwähnt, um die plastischen Deformationen der Kontinentalschollen zu erläutern. In Fig. 17 ist eine Tiefenkarte von Hinterindien dargestellt. Der Knick der Malakka-Halbinsel entspricht dem Nordabbruch von Sumatra; aber es ist nicht möglich, die nördlich dieser Insel erkennbare fensterartige Entblößung der Barysphäre dadurch wieder zuzudecken, daß wir die Halbinsel Malakka wieder ausrichten. Das zeigt schon die vor dem Fenster liegende Inselkette der Andamanen. Wir müssen hier offenbar annehmen, daß der große Zusammenschub des Himalaja einen Zug auf die hinterindischen Ketten in ihrer Längsrichtung ausgeübt hat, daß unter diesem Zuge die Sumatrakette am Nordende dieser Insel gerissen ist und daß der nördliche Teil der Kette

(Arakan) wie ein Tauende nach Norden in den großen Zusammenschub hineingezogen worden ist und noch wird. Zu beiden Seiten dieser grandiosen Blattverschiebung müssen sich dabei Gleitflächen ausgebildet haben. Interessanterweise blieb die äußerste Randkette, die Andamanen und Nikobaren, am Sima haften, und es war erst die zweite Kette, die diese merkwürdige Verschiebung erfuhr.

Fig. 18.

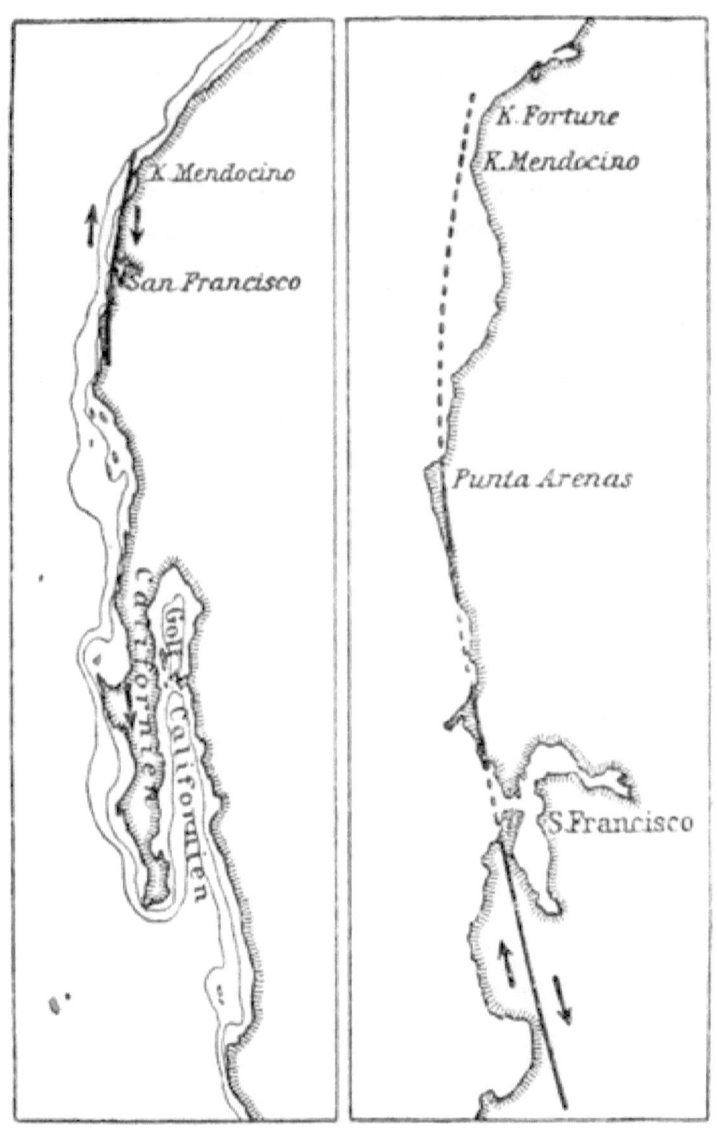

Kalifornien und die Erdbebenverwerfung von San Franzisko.

Das zweite Beispiel ist Kalifornien. Die kalifornische Halbinsel zeigt an ihren seitlichen Vorsprüngen Schleppungserscheinungen (Fig. 18), die ein Vorwärtsdrängen der Landmassen nach Südsüdost zu beweisen scheinen. Die Spitze der Halbinsel ist durch den Stirnwiderstand des Sima bereits amboßartig verdickt, und die Halbinsel erscheint im ganzen bereits stark verkürzt, wie aus dem Vergleich mit dem Ausschnitt des kalifornischen Golfs hervorgeht. Daß die Spitze früher wirklich in der vor ihr liegenden Einkerbung der mexikanischen Küste gelegen hat, bestätigt die geologische Karte durch das gleichartige ausgedehnte Vorkommen von Intrusivgesteinen (postkambrischen) hüben und drüben. Man braucht aber wohl nicht anzunehmen, daß diese Verkürzung ganz als Zusammenschub zu deuten ist, es handelt sich offenbar außerdem auch um ein Gleiten. Wir können die ganze Halbinsel und die nördlich sich anschließenden Küstenketten als gleitende Randketten betrachten, die allerdings im nördlichen Teil mit der Hauptscholle wieder fest zusammenhängen, wodurch die große Ausbauchung der Uferlinie bei San Franzisko ihre Erklärung als Stauung findet. Diese Auffassung wird in auffallender Weise bestätigt durch die berühmte Erdbebenverwerfung von San Franzisko vom 18. April 1906, die nach *Rudzki*[63] in unsere Fig. 18 eingezeichnet ist. Denn der östliche Teil schnellte hierbei nach Süden, der westliche nach Norden. Wie zu erwarten, zeigten die Vermessungen, daß der Betrag dieser Blattverschiebung mit zunehmender Entfernung von der Spalte immer geringer wurde und in größerer Entfernung nicht mehr nachweisbar war. Die große nordamerikanische Scholle strebt also, relativ zum Sima, nach Süden, und ihre westlichen Randketten erfahren so großen seitlichen Widerstand am Boden des Pazifik, daß sie an diesem kleben und infolgedessen an dem Hauptteil der Scholle entlanggleiten. Größtenteils ist diese Gleitbewegung wohl ein kontinuierliches Fließen; wächst aber das Spannungsfeld über die Grenze der Bruchfestigkeit hinaus, so kommt eben eine plötzliche Verwerfung den reinen Fließbewegungen zu Hilfe.

Endlich sei noch kurz des bekannten Unterschiedes zwischen „pazifischem" und „atlantischem" Küstentypus gedacht. Die „atlantischen" Küsten stellen Brüche eines Tafellandes dar, während die „pazifischen" durch Randketten und vorgelagerte Tiefseerinnen gekennzeichnet sind. Zu den Küsten mit atlantischem Bau zählt man auch diejenigen von Ostafrika mit Madagaskar, Vorderindien, West- und Südaustralien, sowie die Ostantarktis, zu den pazifischen auch die Westküste Hinterindiens und des Sunda-Archipels, die Ostküste Australiens mit Neuguinea und Neuseeland, und die Westantarktis. Auch Westindien mit den Antillen hat pazifischen Bau. Den tektonischen Unterschieden dieser beiden Typen entspricht auch ein verschiedenes Verhalten der Schwerkraft[64]. Die atlantischen Küsten sind, abgesehen von der oben beschriebenen Störung des Kontinentalrandes, isostatisch kompensiert, d. h. die schwimmenden Kontinentalschollen sind hier im Gleichgewicht. Dagegen herrscht bei den pazifischen Küsten keine Isostasie. Bekannt ist ferner, daß atlantische Küsten relativ frei von Erdbeben und auch von Vulkanen sind, während pazifische an beiden reich sind. Wo einmal an einer Küste atlantischen Typs ein Vulkan auftritt, zeigen seine Laven, worauf *Becke* hingewiesen hat, systematische mineralogische Unterschiede gegenüber den pazifischen Laven, sie sind nämlich schwerer und eisenreicher, scheinen also aus größerer Tiefe zu stammen.

Vom Standpunkt der Verschiebungstheorie ergibt sich noch ein weiterer Unterschied zwischen diesen beiden Küstentypen, welcher vielleicht geeignet ist, Licht auf den ursächlichen Zusammenhang dieser Erscheinungen zu werfen. Die atlantischen Küsten sind nämlich stets solche, welche sich erst seit dem Mesozoikum, zum Teil noch erheblich später, durch Spaltung der Scholle gebildet haben. Der vor ihnen liegende Meeresboden stellt also eine relativ frisch entblößte Sima-Oberfläche dar und muß daher als relativ flüssig betrachtet werden. Es kann aus diesem Grunde nicht überraschen, daß diese Küsten isostatisch kompensiert sind. Bei Verschiebungen ferner erfahren die Kontinentalränder wegen dieser größeren Flüssigkeit des Simas nur wenig Widerstand und werden daher weder gefaltet noch gepreßt, so daß weder Randgebirge noch Vulkane entstehen. Auch Erdbeben sind hier nicht zu erwarten, da das Sima flüssig genug ist, um alle erforderlichen Bewegungen ohne Diskontinuität, durch reines Fließen, zu ermöglichen. Die Kontinente verhalten sich hier, übertrieben ausgedrückt, wie starre Eisschollen in flüssigem Wasser.

Ganz anders aber bei den alten, tief ausgekühlten Meeresböden vor den pazifischen Küsten. Hier ist das Sima fast von gleicher, ja bisweilen vielleicht größerer Zähigkeit als das Sial des Kontinentalrandes. Die Kontinente verhalten sich hier nicht mehr wie starre Schollen auf einer Flüssigkeit, sondern wie eine plastische Haut auf einer sehr zähflüssigen Masse, z. B. wie Schlacken auf einer erstarrenden Schmelze. Bei Verschiebungen erfahren sie starken Stirnwiderstand (während die Reibung an ihrer Unterseite, wo das Sima wieder flüssiger ist, relativ gering ist), so daß Randgebirge aufgeworfen werden, sobald die Bewegung eine Komponente gegen den alten Tiefseeboden hin besitzt. Ist sie von ihm fortgerichtet, so haftet die Randkette am Tiefseeboden, und statt daß dieser sich zieht, zerreißt lieber die lithosphärische Haut und läßt die Randkette als Girlande zurück, während der Zwischenraum mit leichtflüssigerem Sima aus der Tiefe gefüllt wird. Die bis in große Tiefen fortgeschrittene Erstarrung des alten Meeresbodens befähigt diesen auch, spaltenähnliche Erscheinungen, die Tiefseerinnen, zu bilden. Bei dem geringen Flüssigkeitsgrade des Simas wird hier häufig die

Spannungsgrenze überschritten werden, bei der ein plötzliches Zerreißen der lithosphärischen Haut, also ein Erdbeben, eintritt. Daß auch die vulkanischen Magmen hier eine andere Zusammensetzung haben, erscheint gleichfalls verständlich.

Erscheinungen der Tiefseeböden.

Man braucht nicht anzunehmen, daß mit dem Zutagetreten des hoch temperierten Simas am Meeresboden irgendwelche katastrophalen Ereignisse verbunden wären. Der „kritische Druck" des Wassers beträgt ja nur 20 Atm. und wird also schon in 200 m Tiefe erreicht. In größeren Tiefen tritt also bei noch so großer Erhitzung keine Dampfbildung mehr ein, sondern das überkritisch erhitzte Wasser sucht nur vermöge seiner Gewichtsverminderung aufzusteigen, wobei es natürlich bald der Mischung mit den fast auf den Gefrierpunkt abgekühlten Wassermassen der Tiefsee anheimfällt. So pflegen ja auch unterseeische Lavaergüsse in aller Ruhe zu erfolgen. Nach *Bergeat* haben z. B. in den Jahren 1888, 1889 und 1892 in der Nähe von Vulcano solche unterseeischen Ausbrüche in 700 bis 1000 m Tiefe stattgefunden und eine Zerreißung des von Lipari nach Milazzo führenden Kabels zur Folge gehabt, wodurch man überhaupt erst auf sie aufmerksam wurde. Es gilt als eine bekannte Eigentümlichkeit solcher submarinen Eruptionen, sich fast geräuschlos zu vollziehen[65].

Die Tiefen der drei großen Ozeane sind nicht genau dieselben. *Krümmel*[66] gibt als mittlere Tiefe des Pazifik 4097, des Indik 3929 und des Atlantik nur 3858 m an, und auf Grund der Ausmessung der *Groll*schen Tiefenkarten fand *Kossinna*[67] noch größere Unterschiede, nämlich für den Pazifik 4286 m und den Indik 3977 m. Daß dieser Unterschied der Tiefen kein zufälliger ist, sondern ein systematischer, und daß er mit dem zwischen atlantischem und pazifischem Küstentyp zusammenhängt, zeigt am besten der Indik, dessen Westhälfte atlantischen, und dessen Osthälfte pazifischen Charakter trägt. Denn hier ist wiederum die Osthälfte erheblich tiefer als die Westhälfte. Diese Dinge haben für die Verschiebungstheorie deshalb ein besonderes Interesse, weil ein Blick auf die Karte zeigt, daß es gerade die ältesten Tiefseeböden sind, welche die größte Tiefe haben, während diejenigen, welche erst vor relativ kurzen Zeiten entblößt sind, die geringste Tiefe zeigen.

Fig. 19.

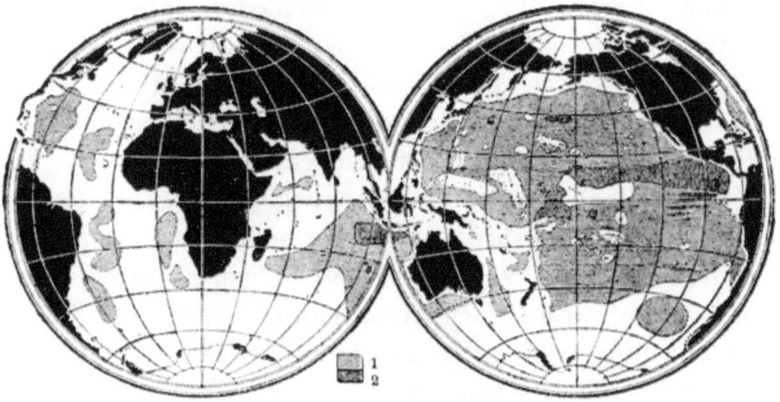

Karte der Tiefseesedimente, nach *Krümmel*.
1 roter Tiefseeton, 2 Radiolarienschlamm.

Ein getreues Bild dieser Tiefenverhältnisse und damit auch des Alters der Tiefseeböden gibt auch die Verteilung der Tiefseesedimente (Fig. 19), worauf *Krümmel* mich seinerzeit persönlich aufmerksam gemacht hat. In überraschender Weise sieht man hier sozusagen die Spur der Verschiebungen. Der rote Tiefseeton und der Radiolarienschlamm, die beiden echt „abyssischen" (Tiefsee-) Sedimente, sind wesentlich auf den Pazifik und östlichen Indik beschränkt, während Atlantik und westlicher Indik

94

von „epilophischen" Sedimenten bedeckt sind, deren größerer Kalkgehalt mit der geringeren Meerestiefe ursächlich verknüpft ist.

Diese Unterschiede der Tiefe der Ozeane können natürlich durch verschiedenes spezifisches Gewicht der darunterliegenden Gesteine verursacht sein. Der mineralogische Unterschied zwischen pazifischen und atlantischen Laven legt sogar diese Auffassung sehr nahe. Es könnte ja sein, daß sich die Zusammensetzung der zähen Simaflüssigkeit im Laufe der Erdgeschichte durch Auskristallisieren gewisser Bestandteile oder andere Ursachen etwas geändert hat, und daß die Tiefseeböden deshalb je nach ihrem Alter verschiedene Eigenschaften besitzen. Allein man sollte dann wohl erwarten, daß gerade junge Meeresböden die größten, nicht die kleinsten Tiefen aufweisen. Wahrscheinlicher dürfte es deshalb sein, daß es sich nur um den Einfluß der Temperatur handelt, daß also die alten Tiefseeböden stärker ausgekühlt und deshalb schwerer sind als junge. Beträgt nämlich das spezifische Gewicht des Sima 2,9, so würde es bei Temperaturerhöhung um 100° unter Zugrundelegung des kubischen Ausdehnungskoeffizienten für Granit 0,0000269 auf 2,892 verändert. Zwei um 100° verschieden temperierte Tiefseeböden, die miteinander im isostatischen Gleichgewicht stehen, müßten dann einen Tiefenunterschied von 300 m aufweisen, um welche der wärmere Boden höher liegt. Es ist freilich schwer vorstellbar, daß z. B. der Boden des Atlantik seine höhere Tiefentemperatur einen auf Millionen Jahre zu schätzenden Zeitraum hindurch bewahrt haben sollte, selbst wenn man den anfänglichen Temperaturunterschied viel höher (etwa 1500°) bemessen darf. Allein wir wissen ja nicht, aus welcher Quelle die Innenwärme der Erde überhaupt stammt. Wenn sie, wie manche meinen, durch den Zerfall der radioaktiven Stoffe erzeugt wird, und sogar wenn sie nur teilweise durch denselben unterhalten wird, dürfte der Gedanke, daß frisch entblößte Tiefenschichten vermöge ihres höheren Gehaltes an radioaktiven Stoffen selbst geologische Zeiträume hindurch erhöhte Temperatur aufweisen, wohl nicht gänzlich von der Hand zu weisen sein.

Wenn die Verschiebung der Kontinente auf der Flüssigkeit des barysphärischen Sima beruht, so wäre es merkwürdig, wenn bei diesen Prozessen das Sima als gänzlich ruhend zu betrachten wäre und seine Fähigkeit, zu strömen, sich nur darin äußerte, daß es den triftenden Kontinentalschollen nach unten ausweicht und hinter ihnen wieder emporsteigt. Es ist vielmehr wohl anzunehmen, daß bisweilen auch Strömungen selbständigeren Charakters im Sima auftreten. Die Karte gibt an einigen Stellen durch die Verzerrung früher anscheinend geradliniger Inselketten eine unmittelbare Anschauung von solchen mehr lokalen Strömungen des Simas. In Fig. 20 sind zwei Beispiele dafür gegeben, nämlich das der Seychellen, die einen von Madagaskar nach Vorderindien gerichteten, von der Mittellinie nach beiden Seiten schnell abnehmenden Strom anzuzeigen scheinen, und das der Fidschi-Inseln. Der erstere Strom paßt sehr gut zu unseren Vorstellungen von dem Zusammenschub der langen lemurischen Halbinsel gegen die asiatische Scholle, denn er läuft in der Spur von Lemurien, also im frisch entblößten Tiefseeboden, während die älteren Tiefseeböden nordwestlich und südöstlich davon sich langsamer bewegen. Die Form der Fidschi-Inseln dagegen, die an einen zweiarmigen Spiralnebel erinnert, scheint mit der Bewegungsänderung zusammenzuhängen, welche Australien erfuhr, als es seine letzte Verbindung (über Tasmanien) mit Antarktika zerriß und unter Zurücklassung der Girlande Neuseeland seine noch heute erkennbare Bewegung nach Nordwesten begann, die zur

Kollision mit dem hinterindischen Schelfgebiet führte. Den schon früher besprochenen Inselbogen zwischen Feuerland und Grahamland, der auf den ersten Blick gleichfalls hierher zu gehören scheint, möchte ich jedoch nicht als Ausdruck einer lokalen Strömung auffassen, sondern auf die allgemeine Verschiebung der Kontinente nach Westen zurückführen. Denn ein ähnliches Zurückbleiben der kleineren Brocken nach Osten sehen wir in allen Breiten: Bei Mittelamerika die Antillen, in Ostasien die Inselgirlanden; ein ähnlicher Inselbogen (Prinz-Edwards-Inseln, Crozet-Inseln, Kerguelen, Heard-Insel) verbindet auch Südafrika mit Antarktika, und auch zwischen Australien und Antarktika entspricht die östlichere Lage Neuseelands einem solchen Bogen über die Macquarie-Inseln nach Wilkes- oder Viktoria-Land.

Fig. 20.

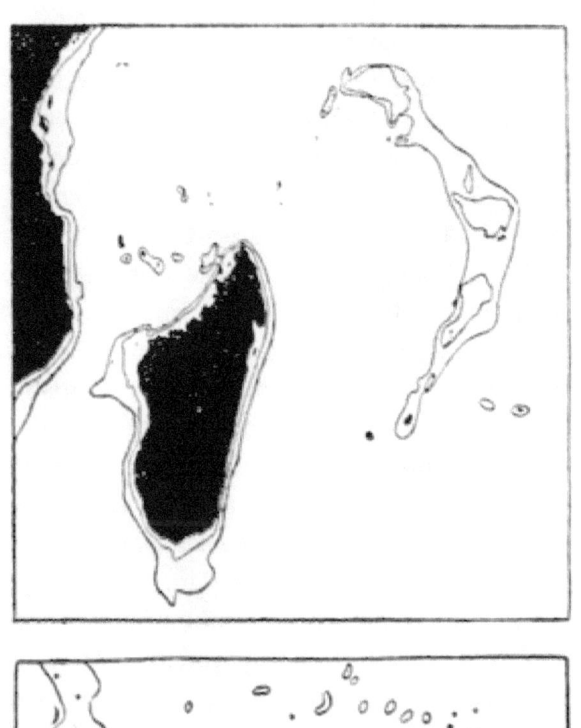

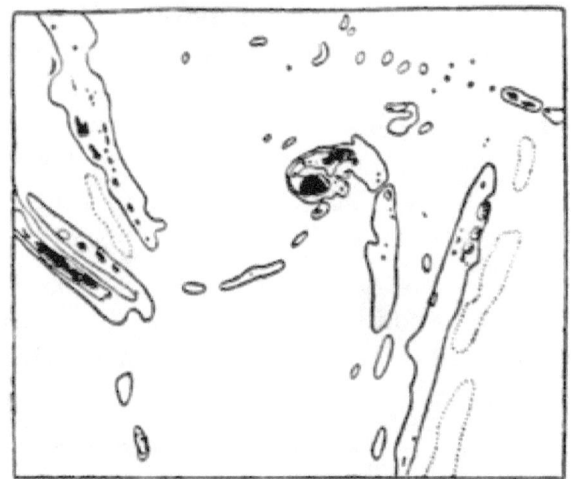

Oben: Madagaskar und Seychellen-Bank.
Unten: Die Fidschi-Inseln.
(Tiefenlinien 200 und 2000 m; Tiefseerinnen punktiert.)

Es sei in diesem Zusammenhange auch ganz kurz der
mittelatlantischen Bodenschwelle gedacht. Die Auffassung
von *Haug,* welcher den ganzen Atlantik als eine riesige

98

Geosynklinale und die mittelatlantische Schwelle als den Beginn der Faltung dieser Geosynklinale betrachten will, ist heute wohl ganz allgemein als unzureichend erkannt. Wir verweisen hier nur auf *Andrées* Kritik[68]. Auch für diese merkwürdige Erscheinung gibt die Verschiebungstheorie eine einfache Erklärung in die Hand: Es handelt sich hier wohl um die ehemalige Grabensohle aus der Zeit, als der Atlantik erst einen relativ schmalen Grabenbruch darstellte, der mit abgesunkenen Randpartien, Küstensedimenten und wohl teilweise auch geschmolzenen lithosphärischen Massen angefüllt war. Die Inseln, welche heute die lange Bodenschwelle krönen, sind wohl alle bereits zu dieser Zeit als Bruchstücke der Spaltenränder entstanden, was natürlich nicht hindert, daß ihr sichtbarer Aufbau ganz vulkanisch sein kann. Als sich dann im weiteren Verlauf der Verschiebung die atlantische Simaoberfläche wie Gummi auseinanderzog, nahm dieses sprödere Material an der Ausdehnung nicht teil, sondern blieb gesammelt, stets die Mitte zwischen beiden Kontinenten haltend. Die sogenannten Tiefseesande mit Mineralkomponenten bis zu 0,2 mm Durchmesser, die offenbar in Küstennähe abgelagert sind, aber von der Valdivia-Expedition und von der deutschen Südpolar-Expedition unter *v. Drygalski* mitten im Ozean entdeckt wurden, scheinen besonders auf ein solches Ziehen des Meeresbodens hinzudeuten, da nur auf diese Weise alle Teile desselben früher küstennah gewesen sein können.

Über die Natur der Tiefseerinnen[69] läßt sich wohl auf Grund der bisherigen, sehr dürftigen Beobachtungen noch kein abschließendes Bild gewinnen. Sie sind, wie schon oben erwähnt wurde, so häufig der konvexen Seite von Girlanden vorgelagert, daß sich ein ursächlicher Zusammenhang beider Erscheinungen wohl nicht von der Hand weisen läßt. Sie liegen hier offenbar an der Grenze

99

zwischen dem lithosphärischen Material und dem barysphärischen und scheinen jedenfalls relativ schnellen Prozessen zu entspringen, weil das Sima offenbar noch keine Zeit gefunden hat, die Vertiefung auszufüllen. Sie befinden sich immer am Rande des alten Tiefseebodens, z. B. östlich von Japan die Tuscarora-Rinne, während am entsprechenden Rande der Hauptscholle (Korea), wo die Simafläche erst frisch entblößt ist, keine Rinne vorhanden ist. Es scheint also, als sei der alte Tiefseeboden infolge seiner tiefergehenden Abkühlung und Erhärtung allein dazu befähigt, solche großen Spalten zu bilden. Die Zugkräfte, welche sie aufrissen, waren jedenfalls wohl dieselben, welche auch die Abtrennung der Girlande von der Hauptscholle verursachten. In Fig. 21 ist als Beispiel der Querschnitt der Yap-Rinne nach *G. Schott* und *P. Perlewitz* wiedergegeben, welche auch die typische „Horst"-Erhebung auf der der Inselreihe gegenüberliegenden Seite der Rinne zeigt. Die Tiefen darin sind fünffach übertieft; die gestrichelte Linie entspricht den natürlichen Verhältnissen.

Bei der tiefen, rechtwinklig gebogenen Rinne südlich und südöstlich der Insel Neu-Pommern beruht die Entstehung offensichtlich auf dem gewaltsamen Fortzerren der Insel nach Nordwesten infolge Kollision mit Neuguinea; die 100 km tief sich hinabsenkende Inselscholle pflügt das Sima, welches nachströmend das Loch noch nicht ganz gefüllt hat. Den Zusammenhang dieses ganzen einzigartigen Vorganges mit der Bewegung Australiens und Neuguineas werden wir später zu besprechen haben. Es ist dies wohl derjenige Fall, wo wir uns am genauesten Rechenschaft über die Entstehung einer Tiefseerinne ablegen können.

Fig. 21.

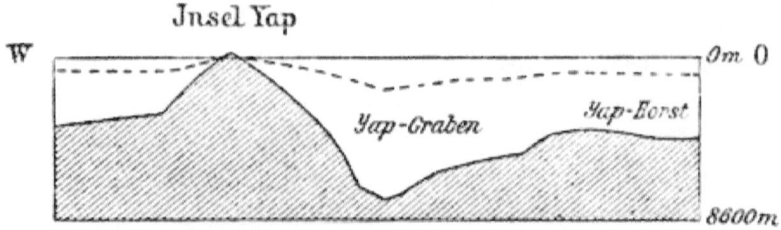

Übertiefter Querschnitt durch die Yap-Rinne.
(Oben gestrichelt die natürlichen Maßverhältnisse.)

Für die den südamerikanischen Anden westlich von Chile vorgelagerte Atakama-Rinne scheint sich die Möglichkeit einer noch anderen Erklärung zu bieten. Berücksichtigen wir nämlich, daß sich bei der Aufstauung dieses Gebirges alle Schichten unterhalb des Tiefseeniveaus nach unten stauchen, so muß hierdurch auch der benachbarte Tiefseeboden mit hinabgezogen werden. Dazu kommt noch ein weiterer Grund für das Sinken des Kontinentalrandes, nämlich die Abschmelzung der nach unten gerichteten Gebirgsfaltung und die durch die Westwanderung der Scholle bewirkte Entführung der geschmolzenen Massen nach Osten. Auch hierdurch muß der Kontinentalrand sinken und wird das benachbarte Sima mit hinabschleppen.

Indessen bedürfen alle diese Vorstellungen über die Natur der Tiefseerinnen noch durchaus der Bestätigung durch weitere genauere Erforschung, namentlich auch durch Schweremessungen. Bisher liegen hierüber meines Wissens nur *Heckers* Beobachtungen über der Tongarinne vor, welche eine Schwerestörung ergaben, was mit unserer Vorstellung, daß hier der isostatische Ausgleich durch Nachströmen des Sima noch nicht erfolgt sei, zu harmonieren scheint. Es wäre aber von großer Wichtigkeit, die Natur dieser interessanten Schwerestörung durch weitere Beobachtungen auch an anderen Rinnen genauer kennen zu lernen.

Viertes Kapitel.

Die Verschiebungen der Kontinentalschollen.

Zu irgend einer Zeit hat die lithosphärische Haut den ganzen Erdball bedeckt. Sie kann damals nicht 100, sondern nur etwa 30 km dick gewesen sein, und war mit einer „Panthalassa" bedeckt, deren durchschnittliche Tiefe *Penck* zu 2,64 km berechnet, und die wohl nur wenige oder gar keine Teile der Erdoberfläche frei ließ. Diese Vorstellung paßt durchaus zu dem, was wir über die älteste Entwickelung des Lebens auf der Erde wissen. „Es zweifelt wohl kaum jemand ernstlich daran, daß das Leben des Süßwassers, sowie des festen Landes und der Luft aus dem des Meeres hervorgegangen ist"[70]. Vor dem Karbon kennen wir noch keine Vierfüßler und Insekten, vor dem Devon keine Landpflanzen und vor dem Silur überhaupt keine luftatmenden Tiere.

Durch irgendwelche Kräfte wurde nun diese verschiebbare und selber plastische Erdhaut aufgerissen, und diesem Aufreißen auf der einen Seite entsprach auf der anderen Seite ein Zusammenschub. So bildeten sich die ersten Faltengebirge, und gleichzeitig begann das Meer, sich in Tiefsee und Flachsee zu gliedern, die auch damals schon durch einen Steilabfall geschieden waren. *Walther* schreibt: „Allgemeine biologische Gründe, die stratigraphische Stellung der heutigen Tiefseefauna, ebenso wie tektonische Untersuchungen drängen uns die Überzeugung auf, daß die Tiefsee als Lebensbezirk keine primitive Eigenschaft der Erde aus den ältesten Perioden ist, und daß ihre erste Anlage in dieselbe Zeit fällt, wo in allen Teilen der jetzigen Kontinente tektonische Faltungsbewegungen einsetzen und das Relief der Erdoberfläche so wesentlich umgestalten[71]". Diese ersten Risse der Lithosphäre, in denen die barysphärische Oberfläche zum ersten Male zutage trat, mögen denjenigen ähnlich gewesen sein, welche heute die meisten der ostasiatischen Inselgirlanden von der Hauptscholle trennen. Sie öffneten sich um so weiter, je größere Fortschritte die Faltung der lithosphärischen Haut machte. Es war ein Vorgang, den wir etwa mit dem Zusammenfalten eines runden Papierlampions vergleichen können. Auf der einen Seite Öffnung, auf der anderen Zusammenschub. Höchstwahrscheinlich ist es die Fläche des allgemein für sehr alt gehaltenen Pazifischen Ozeans, welche auf diese Weise zuerst ihres lithosphärischen Mantels beraubt wurde. Schon beim Aufreißen und auch noch bei der weiteren Öffnung des Risses bröckelten vom Rande dieses Mantels kleinere Stücke ab, welche im Sima stecken bleibend als Inseln oder submarine Erhebungen den Tiefseeboden bedeckten. Die Inselreihen des Pazifik zeigen eine merkwürdige Parallelität; *Arldt* hat 19 Reihen ausgemessen, welche alle sehr nahe N 62,5° West streichen[72]. Es liegt nahe, anzunehmen, daß dieser Strich des Pazifik jene alte Verschiebungsrichtung andeutet, durch welche sich dieses Tiefseebecken öffnete[73]. Vermutlich sehen wir das Äquivalent dieses Aufreißens des Pazifik in den alten Faltungen, welche die Gneismassive Brasiliens, Afrikas, Vorderindiens und Australiens durchziehen[74]. Diese Zusammenschübe hatten eine erhebliche Verdickung des Lithosphärenmantels zur notwendigen Folge, und die Überflutung desselben muß also im Laufe der Erdgeschichte — ganz abgesehen vom Wechsel ihres Ortes — im ganzen immer mehr abgenommen haben, ein Ergebnis, das mit der herrschenden Meinung übereinstimmt.

Fig. 22.

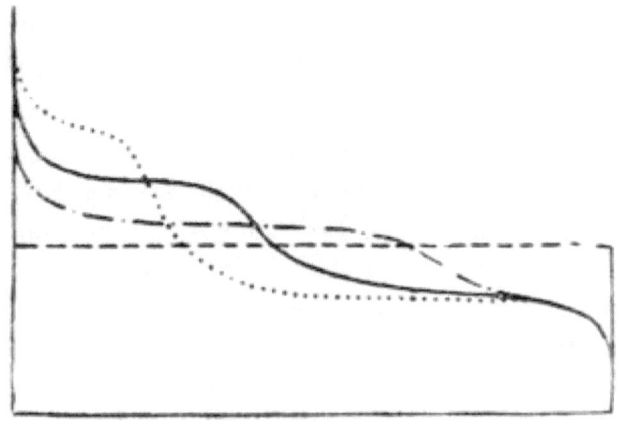

**Ehemalige und künftige hypsometrische Kurve
der Erdoberfläche.**
···· für die Zukunft, — — für die Gegenwart,
— · — für die Vorzeit, — — im Urzustand
(zugleich mittleres Krustenniveau).

Ein wechselndes Spiel von Zug- und Druckkräften in der schwimmenden und plastischen Erdrinde war also nicht imstande, seine Wirkungen selbst wieder aufzuheben; denn die Zugkräfte konnten nicht die Falten wieder glätten, welche die Druckkräfte aufgeworfen hatten, sondern führten nur zu Zerreißungen. Es war und ist also ein einseitig fortschreitender Prozeß, bei dem der Lithosphärenmantel fortgesetzt an Oberfläche und Zusammenhang verliert, während er gleichzeitig an Dicke wächst. In Fig. 22 sind die hypsometrischen Kurven dargestellt, welche hiernach für die Vorzeit, Gegenwart und Zukunft anzunehmen sind. Das heutige mittlere Krustenniveau stellt zugleich die ursprüngliche Oberfläche der noch ungespaltenen Lithosphäre dar.

Es ist einleuchtend, daß dieser Prozeß der Verkleinerung der Lithosphäre nicht in der ganzen Erdgeschichte dasselbe Tempo behalten konnte. Je kleiner die Kontinente werden und je mächtiger ihre Schollen sind, um so geringer wird das Ausmaß neuer Faltungen sein. Mit anderen Worten: Hat sich die Größe der Lithosphäre verringert, so muß die Gebirgsbildung in der Erdgeschichte schwächer geworden sein. Und dies ist in der Tat der Fall.

E. Kayser[75] schreibt: „Es ist von großer Bedeutung, daß die ältesten archäischen Gesteine überall auf der Erde stark gestört und gefaltet sind. Erst vom Algonkium an finden sich neben gefalteten hier und da ungefaltete oder nur schwach gefaltete Ablagerungen. Gehen wir zur nachalgonkischen Zeit über, so sehen wir, wie die Ausdehnung und Zahl der starren unnachgiebigen Massen hier immer größer, und dementsprechend der Umfang der faltbaren Krustenteile immer beschränkter wird. Dies gilt bereits für die carbonisch-permischen Stauungen. In nachpaläozoischer Zeit schwächten sich die faltenden Kräfte allmählich mehr und mehr ab, um indes in der jüngeren Jura- und der Kreidezeit wieder zu erwachen und in der jüngeren Tertiärzeit einen neuen Höhepunkt zu erreichen. Es ist aber sehr bezeichnend, daß das Verbreitungsgebiet dieser jüngsten großen Gebirgsstauung selbst hinter der carbonischen Faltung ganz beträchtlich zurückblieb". Diese Tatsache der allmählichen Abnahme der Faltungsvorgänge in der Erdgeschichte scheint unsere Vorstellungen von der Entwickelung der Erdrinde ganz besonders zu stützen. Denn die Faltungen müssen naturgemäß um so mehr abnehmen, je mehr sich die Lithosphäre in Stücke zerteilt und je mehr die Oberfläche dieser Stücke zusammenschrumpft. Kleine Schollen, wie z. B. Madagaskar, dürften in Zukunft überhaupt keiner Faltung mehr unterworfen sein. Auch im Tertiär ist die bedeutendste Faltung, nämlich die des Himalaja, gerade auf der größten Scholle erfolgt.

Hiernach hat die Annahme nichts Unwahrscheinliches, daß

im Mesozoikum die Lithosphäre nur noch etwa die Hälfte der Erdoberfläche bedeckte.

In Fig. 23 ist der Versuch gemacht, die Erdkarte für die Karbonzeit zu rekonstruieren. Freilich nicht in dem üblichen Sinne einer Unterscheidung zwischen Land und Wasser, sondern nur zwischen lithosphärischer und barysphärischer Oberfläche, oder zwischen Kontinentalschollen und Tiefseeböden. Die Hinzufügung der Epikontinentalmeere zu den Meeresräumen wird keine Schwierigkeiten machen, sobald diese Grundlage gegeben ist, und ist für die Verschiebungstheorie nicht von unmittelbarem Interesse.

Fig. 23.

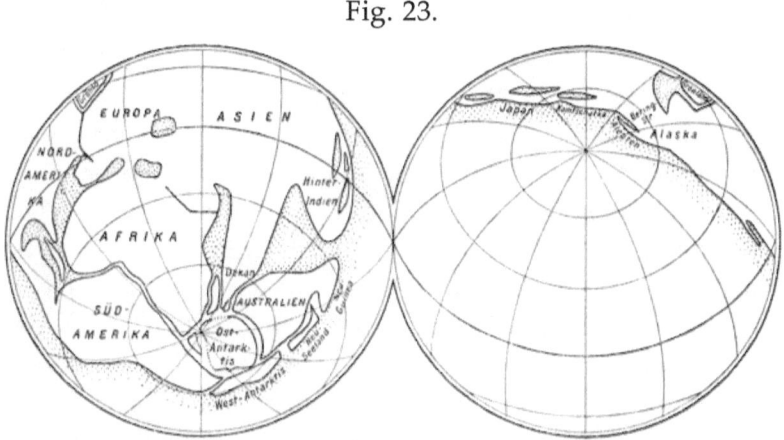

Lage der Kontinentalschollen für die Karbonzeit (ohne Rücksicht auf Wasserbedeckung).

Die Karte bietet naturgemäß ein fremdartiges Aussehen und wird die Vermutung nahelegen, daß bei ihrer Zeichnung ziemlich willkürlich verfahren wurde. Das ist indessen nicht der Fall. Es handelt sich um eine — innerhalb der gegebenen Grenzen — exakte Rekonstruktion, und es sei erwähnt, daß mehrfache unabhängige Wiederholungen keine merklichen

Abweichungen von der mitgeteilten Karte ergaben. Für die Rekonstruktion wurde ein Globus von 0,5 m Durchmesser benutzt. Auf ihm wurde die Form der Kontinente einschließlich der Schelfe auf Pauspapier durchgepaust, wobei die größeren, um der Kugelform zu genügen, mehrmals durchgeschnitten wurden. Sodann mußten die *nach* dem Kartentermin gefalteten Gebirge, also namentlich die tertiären, geglättet werden. Für den alpinen Faltengürtel wurde dabei ein Zusammenschub von 10 bis 15° angenommen. Die großen „herzynischen" Faltungen des Oberkarbons sind nicht mehr dabei berücksichtigt, so daß hiernach der Zeitpunkt der Karte das Ende des Karbons oder Anfang des Perms wäre. Die so ausgeschnittenen und vergrößerten Kontinente wurden nun gleich in der richtigen Lage zum Äquator auf dem Globus aufgeklebt, d. h. in diesem Falle so, daß Südafrika dicht beim Südpol lag und der Äquator durch Deutschland ging. Da das Gradnetz des Globus durch das Pauspapier hindurch zu sehen war, machte dann die Übertragung auf eine vorbereitete Gradnetzprojektion keine Schwierigkeiten mehr. Die Zusammenfügung der Kontinente geschah in erster Linie nach parallelen Konturen; oft gab die Tiefenkarte noch in anderer Weise Auskunft über die Triftbahnen der Kontinentalteile, nämlich durch zurückbleibende Inseln oder unterseeische Bodenerhöhungen. Am sichersten ist die Zusammenfügung da, wo neben der Parallelität der Konturen auch noch von hüben nach drüben hinübersetzende tektonische Brücken verwertet werden konnten (atlantische Spalte); unsicher da, wo nur die biologischen Beziehungen verwertbar sind, wie rings um Antarktika. Hier stört unsere Unkenntnis der Konturen und der Landausdehnung sehr. Unter der mir bis jetzt durchaus wahrscheinlichen Annahme, daß Dekan unmittelbar mit der madagassischen Ostküste einerseits und der australischen Westküste andererseits zusammengehangen hat, bleibt nicht genug Platz für eine zusammenhängende antarktische Landmasse von der Größe, wie sie unsere heutigen Karten unter hypothetischer Verbindung der bekannten Küstenstrecken darstellen. Ich habe deshalb hier die Hypothese gemacht, daß die Westantarktis und König-Eduard-Land, welche zusammen gerade eine Länge gleich zwei ostasiatischen Inselgirlanden haben (z. B. von Jesso bis Formosa), tatsächlich eine solche Doppelgirlande darstellen, welche schon erheblich nach der Seite Südamerikas zurückgeblieben ist. Der etwas zu kleine Raum, der zwischen Australien, Afrika und Südamerika für die Ostantarktis bleibt, legt hier die in der Karte angedeutete Annahme nahe, daß Coatsland nicht mit Viktoria-Land und Wilkesland zusammenhängt, sondern gleichfalls ein zurückgebliebenes Kontinentalstück darstellt, bei dessen Heranschiebung das Gesamtareal der Ostantarktis erheblich kleiner wird. Bei der in der Figur gezeichneten Lage der Westantarktis wird erreicht, daß dieselbe auch gleich noch einen Teil der jetzigen australischen Ostküste abdeckt. Dies ist nicht unerwünscht, denn das Fehlen tertiärer Marinschichten an dieser Westküste im Gegensatz zur Südküste deutet an, daß das heutige Ufer noch im Tertiär vom Meere durch eine Gebirgskette, die spätere Girlande, getrennt war. Und die Girlande Neuseeland, welche, wie zwei lange Rücken am Meeresboden zeigen, in der Korallensee zwischen Neuseeland und Australien anzusetzen ist, ist wohl nicht lang genug, um die ganze australische Ostküste zu decken. Der östliche Ausläufer Neuguineas erscheint in der Rekonstruktion gleichfalls als Girlandenteil, etwa ähnlich wie das heutige Kamtschatka. Der große Kontinentallappen Hinterindien, der heute bei der allgemeinen Westwanderung der Kontinente stark östlich zurückbleibt, wurde in der Rekonstruktion nach Westen gedrückt, wodurch einerseits erreicht wird, daß sich die Schollen hier zum Zusammenschluß nähern, und

110

andererseits, daß ein einheitlicher Zug von Girlanden entsteht, der von der Westantarktis über Neuseeland, Neuguinea, die Sunda-Inseln, Japan usw. bis zu den Aleuten hinauf geht. Erteilt man in unserer Karte der ganzen Kontinentalmasse eine Rotation nach Westen um die Erdachse, wie es der Westwanderung der Kontinente entspricht, so sieht man ohne weiteres, daß diejenige Hälfte des Kontinentalrandes, welche Girlanden trägt (von Kap Horn über Japan zur Beringstraße), die Rückseite der Scholle darstellt, während die Seite ohne Girlanden (von Kap Horn über San Franzisko zur Beringstraße) die Vorderseite wird. Die übereinstimmende, heute von OSO nach WNW weisende Richtung der pazifischen Inselreihen wird parallel zum karbonischen Äquator und stimmt mit der Richtung der Westwanderung der Kontinente überein. Im übrigen enthält unser Kärtchen noch allerlei bewußte Ungenauigkeiten zum Zwecke besserer Orientierung, wie z. B. die Entblößungen der Barysphäre zwischen den Girlanden und der Hauptscholle, die natürlich im Karbon noch nicht bestanden haben, u. a.

Der Besprechung der einzelnen, in dieser Rekonstruktion angenommenen Kontinentalverbindungen sei die folgende Tabelle vorausgeschickt, welche nach *Arldt* angibt, wie viele von 20 Spezialforschern für die verschiedenen geologischen Zeiten die im Kopf angegebenen Landbrücken annehmen oder leugnen[76]. Unter der „lemurischen" Brücke ist eine Landverbindung zwischen Madagaskar und Vorderindien, unter der „gondwanischen" in etwas ungewöhnlicher Weise eine solche lediglich zwischen Afrika plus Madagaskar und Australien verstanden. Die „südgeorgische" ist der Landweg zwischen Südamerika und Westantarktis, die Macquarie-Brücke derjenige zwischen Australien und Ostantarktis. Die indoaustralische Brücke verbindet Hinterindien, z. T. auch Vorderindien mit Australien, die amerikanische Nord- und

Südamerika; die südpazifische Brücke ist als Kontinent im südlichen Pazifik gedacht, welcher hier (und nicht über die Antarktis) Australien mit Südamerika verbinden soll. Die nordpazifische Brücke geht über den Schelf der Beringstraße. Es ist natürlich eine mißliche Sache, die Stellungnahme zur Frage der Existenz einer Landbrücke sozusagen von einer Abstimmung abhängig zu machen. Allein bei dem ungeheuren Tatsachenmaterial paläontologischer und biologischer Art, welches hierfür in Betracht zu ziehen ist, und dem Umstand, daß der einzelne Forscher fast immer ein bestimmtes Spezialgebiet vorzugsweise berücksichtigt, bleibt kaum ein anderer Weg[77].

Annahme (+) oder Ablehnung (-) von Landbrücken durch 20 Spezialforscher, nach *Arldt*.

		NORDADLANTISCHE BRÜCKE		SÜDADLANTISCHE BRÜCKE		LEMURISSHE BRÜCKE		GONDWANISCHE BRÜCKE		SÜDGEORGISCHE BRÜCKE		MACQUARIE- BRÜCKE		INDO-AUSTRALISCHE BRÜCKE	
		+	−	+	−	+	−	+	−	+	−	+	−	+	−
Unter-	Kambrium		5	2	1		2		2		2		2	1	2
Ober-			6	3	1	3		3	1		3		3	2	3
Unter-	Silur	6	1	4	1	5		5			4		4		5
Ober-		6	1	4	1	5		5			4		4		5
Unter-	Devon	6		4	1	5		5			4		4		5
Mittel-		7	1	5	1	5	1	5	1	1	4	1	4		6
Ober-		3		2		2		2			1		1		2
Unter-	Karbon	6		5		4		5		1	3		4		5
Mittel-		7		5		5		5		1	3		4		5
Ober-		8		6		6		6			5		5		6
Unter-	Perm	3	1	3		3		3		1	2	1	2		3
Mittel-		1	2	2		2		1	1		2		2		2
Ober-		1	2	3		3		2	1		3		3		3
Unter-	Trias	4	1	4	1	5		4	1	1	3		4		5
Mittel-		5		4		4		4			3		3		4
Ober-		4	3	5	1	6		5	2	1	4		5		6

	NORDADLANTISCHE BRÜCKE +	−	SÜDADLANTISCHE BRÜCKE +	−	LEMURISSHE BRÜCKE +	−	GONDWANISCHE BRÜCKE +	−	SÜDGEORGISCHE BRÜCKE +	−	MACQUARIE- BRÜCKE +	−	INDO-AUSTRALISCHE BRÜCKE +	−
Rhaet	3		2		2		2			1		1		2
Lias		4	5		5		2	3		4		4		3
Unter- Dogger	2	1	4		4		1	3		3		2		2
Ober- Dogger		2	3		3			3		2	1	2		3
Ältere (Unter- Kreide)	5	3	4	2	6			6	1	4	2	3	1	5
Jüngere (Unter- Kreide)		1		1	1			1		1		1		1
Mittel- Kreide	1	5	1	4	6			5	1	4	1	4		6
Ober- Kreide	7	1	2	5	8			7	1	6	1	6		8
Unteres Eozän	5	2	3	3	1	5		6	6		3	3	1	6
Oberes Eozän	6	2	1	5	1	5		6	2	4	1	5		6
Oligozän	4	2		4	2	2		4	1	4		4		4
Miozän	4	4		6	1	4		6	1	6		6		6
Pliozän	2	2		3		3		3	1	3		3		3
Quartär	1	3		3		3		3		3		3		3

114

		AMERIKANISCHE BRÜCKE		SÜDPAZIFISCHE BRÜCKE		NORDPAZIFISCHE BRÜCKE		ARABISCHE BRÜCKE		EURAFRISCHE BRÜCKE		EURASISCHE BRÜCKE	
		+	−	+	−	+	−	+	−	+	−	+	−
Unter-	Kambrium		5		3		5	1	2		3	2	
Ober-			6		4		6	2	3		4	3	
Unter-	Silur	4	3		5	1	6		5		5		5
Ober-		1	7		5	1	6		5		5		5
Unter-	Devon	3	3	1	5	2	4		5		5		5
Mittel-		4	4	2	5	1	7		6		6		6
Ober-		1	2	1	1		3		2		2		3
Unter-	Karbon	1	7	1	5		7		5		5	2	4
Mittel-			7	1	5	2	5		5		5		6
Ober-			8	1	6	2	6		6		6		7
Unter-	Perm	1	2	1	3	2	1		3	3	1		5
Mittel-		1	2	1	2	2	1		2	1	1		3
Ober-		2	1	1	3		3	1	2	2	1	2	2
Unter-	Trias	3	3	1	5		5	1	4	2	3	2	3
Mittel-		2	3	1	4		4	2	2	2	3	5	
Ober-			8	1	6		8		6		6	6	

	AMERIKANISCHE BRÜCKE		SÜDPAZIFISCHE BRÜCKE		NORDPAZIFISCHE BRÜCKE		ARABISCHE BRÜCKE		EURAFRISCHE BRÜCKE		EURASISCHE BRÜCKE	
	+	−	+	−	+	−	+	−	+	−	+	−
Rhaet			2	1	2		2		2		3	3
Lias			6	1	5	4	2	2	2		5	5
Unter- ⎱ Dogger			4	1	5	3	1	2	1		4	4
Ober- ⎰			3	1	3	1	2		2		3	4
Ältere ⎫			8	1	6		7		6		6	7
Jüngere Unter- ⎬ Kreide	1	1	1	1	2				1		1	1
Mittel- ⎪	3	4	2	5	2	5	6		6		3	3
Ober- ⎭	4	6	2	7	4	6	8		8		8	1
Unteres ⎱ Eozän	2	5	1	5	7	1	1	5	6		3	5
Oberes ⎰		8		5	7	1	6		6		6	
Oligozän				6	4	7	4		4		5	
Miozän	2	6		6	7	1	3	4	7		6	1
Pliozän	4			3	3	1	3		1	2	3	
Quartär	4			3	3		3		1	2	4	

Die Tabelle enthält nicht nur Landbrücken über heutige Tiefseeflächen, sondern auch solche über heutige Schelfgebiete, wie die Beringstraße („nordpazifische Brücke"), oder sogar solche über heutige Landgebiete, die aber früher zeitweise Schelfverbindungen waren, wie die zwischen Nord- und Südamerika, die arabische und die eurasische Brücke. In letzterem Falle kann man wohl überhaupt kaum von einer Brücke reden. Wir werden auf diese lehrreiche Tabelle im folgenden wiederholt

116

zurückgreifen.

Die atlantische Spalte.

Für die am besten bekannten Ränder des Atlantik habe ich in Fig. 24 eine etwas ausführlichere Rekonstruktion zu geben versucht, für deren Erläuterung ich den Leser bitte, einen guten Atlas zur Hand zu nehmen. Sie gilt etwa für das Eozän, d. i. für den Beginn des Aufreißens der großen, nahezu meridionalen Spalte.

Der Schelfrand zwischen Spitzbergen und Hammerfest ist auf *Grolls* Tiefenkarte durch seinen Steilabfall so gut erkennbar, daß ein Zweifel über die Schelfnatur der östlich davon liegenden Meeresteile nicht herrschen kann und somit auch die Angliederung Grönlands so geschehen muß, wie es unsere Karte zeigt. Bei Grönland bleibt die Südspitze etwas nach Osten zurück und muß also zur Rekonstruktion wieder nach Westen gedrückt werden. Für Island wurde angenommen, daß es zwischen einer Doppelspalte lag, worauf die Form der Tiefenlinien in seiner heutigen Umgebung hinzudeuten scheint. Es ist, wie früher erwähnt, nicht unwahrscheinlich, daß seine Entstehung hier auf besondere Weise zu denken ist. Vielleicht entstand hier zuerst eine einfache Spalte, die sich mit Sima anfüllte und in die dann geschmolzene Sialmassen von den Unterseiten der Schollen nachdrangen, die erhärtete Basaltdecke mit emportragend. Bei der endgültigen Trennung wäre dann dieser Spaltenboden im Norden an der grönländischen, im Süden an der europäischen Scholle haften geblieben, während Island das Verbindungsstück darstellt. Jedenfalls zeigt die rein vulkanische Natur Islands, daß hier eine besondere Erscheinung irgendwelcher Art vorliegt, so daß wir nicht erwarten können, seine Konturen bei den Nachbarschollen wiederzufinden.

In Nordamerika zeigt unsere Rekonstruktion eine Abweichung von der heutigen Karte, indem Labrador stark nach Nordwesten gedrückt erscheint. Es wurde angenommen, daß der starke Zug, der schließlich zum Abreißen Neufundlands von Irland führte, unmittelbar vor dem Abriß eine Dehnung und oberflächliche Zerreißung der beiderseitigen Schollenteile bewirkte. Auf der amerikanischen Seite wurde nicht nur die neufundländische Scholle (einschließlich der Neufundlandbank) herausgebrochen und um etwa 30° gedreht, sondern ganz Labrador sackte bei dieser Gelegenheit nach Südosten, so daß der vorher geradlinige Grabenbruch St. Lorenzstrom–Belle-Islestraße seine jetzige S-förmige Biegung erhielt. Wahrscheinlich entstand gleichzeitig auch der Graben der Hudsonstraße, die also bei der Rekonstruktion wieder zu schließen ist. Auch die Hudsonbai mag teilweise auf eine mit diesen Vorgängen zusammenhängende horizontale Dehnung der Scholle zurückzuführen sein. Die Lage des Neufundlandschelfs erfährt also eine zweifache Korrektion, nämlich eine Drehung und eine Verschiebung nach Nordwest, und paßt sich dadurch der Schelflinie bei Neu-Schottland wieder an, über die er gegenwärtig weit hinausragt.

Fig. 24.

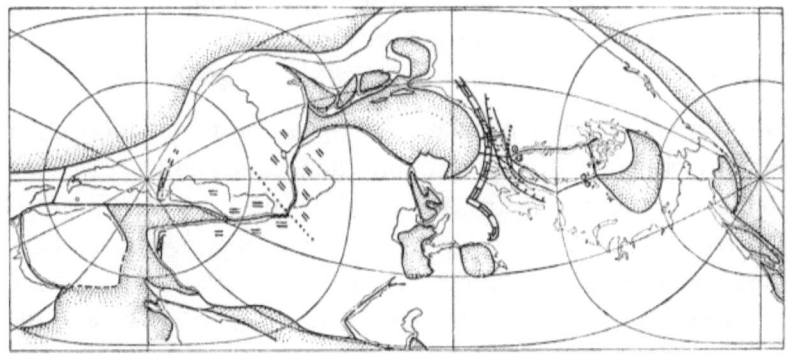

Die Signaturen beiderseits der atlantischen Spalte bedeuten: in Grönland–Grinnelland die Grenze zwischen triadischen und devonischen Ablagerungen; desgl. –Spitzbergen karbonische Ablagerungen; desgl. –Labrador präkambrische Intrusivgesteine. Von da der Reihe nach südwärts: algonkische (punktiert), kaledonische (gezahnt), armorikanische Faltung (doppelt, gefeldert), Streichrichtungen in Afrika und Brasilien (Grenze punktiert), karbonische Faltung im Kapland und bei Buenos Aires.]

Den keilförmigen, 5000 m tiefen Teil des Golfes von Biskaya habe ich als eine buchförmig sich öffnende Spalte betrachtet, bei deren Öffnung sich Spanien um das Westende der Pyrenäen drehte. Die Pyrenäenfaltung, namentlich ihr Ostende, wo sie breiter ist und die Küstenlinie die große Ausbauchung zeigt, entspricht dem Buchrücken, der den entsprechenden Zusammenschub zu tragen hat. Die Nordküste Spaniens ist heute allerdings kürzer als der gegenüberliegende Rand der Biskayaspalte. Es ist möglich, daß sie sich durch Zusammenschübe inzwischen etwas verkleinert hat; aber namentlich möchte ich annehmen, daß sich das nördliche Schelfgebiet vor dem Abreißen von Amerika um fast den ganzen Betrag der Differenz gezogen hat, wobei dann auch große, bisher landfeste Teile, wie der Kanal, die Nordsee usw., unter den Meeresspiegel versanken.

Die Azoren dürften Brocken vom Westrande der iberischen Halbinsel sein. An der afrikanischen Küste folgt nun eine Reihe von Erscheinungen, welche von der Küste nach Westen oder Südwesten in den Ozean hineinweisen und ein langsames Einströmen des Sima in die atlantische Spalte anzudeuten scheinen, nämlich die Kanaren, Kapverden, die

Vulkanreihe von Fernando Póo, der Walfischrücken und ein entsprechender vom Kap der guten Hoffnung nach Südwesten streichender unterseeischer Rücken. Die Vulkaninseln Fernando Póo, Principe, St. Thomé und Annobom bilden die Fortsetzung der durch Kamerun in nordöstlicher Richtung hindurchziehenden Bruchlinie, welche auch den vulkanischen Kamerunberg trägt. Vom Standpunkte der Verschiebungstheorie ist diese Stelle ganz besonders prädestiniert für vulkanische Erscheinungen, da die beiden großen Lappen von Nordwest- und Südafrika nur unbedeutende Verschiebungen gegeneinander zu erfahren brauchen, um gerade hier am Winkel zwischen ihnen bedeutende horizontale Druckkräfte zu erzeugen, welche die flüssigen Simaeinschlüsse herauspressen. Ob diese Kamerunlinie auch mit dem noch zu besprechenden Wechsel der Streichrichtung der alten Gneisfaltungen etwas zu tun hat, der, wie wir sehen werden, in dieses Gebiet fällt, sei dahingestellt.

Entgegen meiner früheren Darstellung habe ich diesmal vorgezogen, die atlantische Spalte zwischen Nordamerika und Afrika nicht ganz zu schließen. Daß sie früher auch hier irgend einmal ganz geschlossen gewesen ist, halte ich zwar für sehr wahrscheinlich. Aber es ist doch möglich, daß dieser Teil der Spalte sich schon viel früher geöffnet hat. Die Gegensätzlichkeit zwischen der spanischen Halbinsel und der gegenüberliegenden amerikanischen Küste scheint darauf hinzudeuten, daß hier bereits frühzeitig eine Fortsetzung der mittelmeerischen Bruchzone vorhanden gewesen ist; das Atlasgebirge begann sich bereits in der Kreide zu falten (Hauptfaltung allerdings erst im Oligozän) und findet auf der Gegenseite keine Fortsetzung; auch die große Meerestiefe im westlichen Teile des Nordatlantik scheint anzudeuten, daß hier der Meeresboden bereits älter ist. Nach unserer Tabelle scheinen auch die paläontologischen Befunde anzudeuten, daß die ungehinderte Landverbindung zwischen Ost und West nur im nördlichen Gebiet geherrscht hat.

Für Mittelamerika, bei welchem die plastischen Deformationen besonders groß gewesen sein müssen, möchte ich die Rekonstruktion ausdrücklich für eine provisorische erklären. Für eine in allen Einzelheiten begründete Rekonstruktion wären hier umfangreiche Vorarbeiten nötig, deren Durchführung mir bisher nicht möglich war.

Das Nigerdelta wurde bei der Rekonstruktion stark zurückgeschnitten. Es ganz fortzulassen, liegt kein zwingender Grund vor, da sich an der brasilianischen Nordküste eine kleine, ihm entsprechende Einbuchtung zeigt.

Ganz fortgelassen wurde jedoch auf amerikanischer Seite die Abrolhosbank. Ihre zackige Kontur stellt sie in scharfen Gegensatz zu dem weiter südlich recht geradlinig verlaufenden südamerikanischen Schelfrand und deutet eine besondere Entstehung an. Es dürfte, wie schon mehrfach erwähnt, nicht unwahrscheinlich sein, daß wir es auch hier mit geschmolzenen Massen von der Unterseite der südamerikanischen Scholle zu tun haben, die durch deren Verschiebung an ihrem rückwärtigen Rande auftauchen. Es ist dabei wohl kein Zufall, daß diese Massen gerade von derjenigen Stelle zu kommen scheinen, an welcher die Anden die größte Breite haben, also wahrscheinlich auch die unter die Schmelzisotherme hinabgesenkten Massen am größten sind. Wenn sich die Oberfläche der Abrolhosbank über den Meeresspiegel erhöbe, würde sie wahrscheinlich eine ähnliche basaltische und vulkanische Haube zeigen, wie Island oder das Dreieck zwischen Abessinien und der Somalihalbinsel, die wohl ebenso entstanden sind.

Eine besondere Beachtung verdient auch in diesem Zusammenhange die schon früher besprochene Tiefenkarte der Drakestraße zwischen Feuerland und Grahamland (vgl. Fig. 16, S. 48). Die früher zusammenhängende Scholle Südamerika–Westantarktis ist, wie schon dort auseinandergesetzt, an der schmalsten Stelle bei der Verschiebung nach Westen stecken geblieben. Die Inselreihe Südgeorgien, Sandwich- und Südorkneyinseln bilden dies Verbindungsglied, und zwar haben wir die letzteren beiden Gruppen als gleitende Randketten aufgefaßt, was durch ihre zueinander und zum Ausläufer von Grahamland gestaffelte Lage angedeutet wird.

Eine ganz entsprechende, nach Osten zurückbleibende Inselkette bilden auch die Antillen; auch hier bleibt die schmalste Kette, die kleinen Antillen, am weitesten zurück, weniger die größeren Brocken, wie Haiti und Kuba. Diese ganze Anordnung läßt unmittelbar die zur Öffnung des Atlantik führende Verschiebung der amerikanischen Scholle nach Westen erkennen und bildet schon allein für sich einen starken Beweis für die Realität von Kontinentalverschiebungen.

Daß aber wirklich die ganze Breite des Atlantik durch ein solches Auseinanderziehen der Kontinentalmassen entstanden ist, das lehrt ganz besonders die strenge Kongruenz der südatlantischen Ost- und Westküste. Wo plastische Deformationen eingetreten sind, wie bei Mittelamerika oder bei der Südspitze von Südamerika, ist diese Übereinstimmung natürlich verloren gegangen. Aber bei den anerkanntermaßen fast ganz ungestört gebliebenen großen Tafeln von Brasilien und Afrika ist die Kongruenz noch fast in allen Einzelheiten erhalten. Man vergleiche diese beiden Küsten auf dem Globus und messe mit dem Zirkel die Länge der Buchten und Vorsprünge aus: sie sind vollkommen gleich. Wie will man diese Kongruenz (noch dazu ohne Parallelität) bei einem heutigen Abstande von 4000 bis 6000 km erklären, wenn man davon ausgeht, daß das Zwischenland versunken sein soll? Wie eingangs erwähnt, war es diese äußerst packende Gleichheit der Küstenlinien, welche mich auf den Gedanken eines unmittelbaren Zusammenhanges dieser Kontinente brachte, lange bevor ich mit der paläogeographischen Annahme über einen früheren Landzusammenhang bekannt wurde. Wenn uns nicht ein glücklicher Zufall diese Konturen so ungestört erhalten hätte, so wäre der Weg zur richtigen Deutung der Großformen der Erdrinde wohl wesentlich länger und mühsamer gewesen.

Die atlantische Spalte ist am breitesten im Süden, wo sie zuerst aufriß. Ihre Breite beträgt hier 6220 km. Zwischen Kap San Roque und Kamerun liegen nur noch 4880, zwischen der Neufundlandsbank und dem britischen Schelf nur noch 2410, zwischen Scoresbysund und Hammerfest 1300, und zwischen den Schelfrändern von Nordostgrönland und Spitzbergen wohl nur noch etwa 200 bis 300 km. Hier scheint der Abriß erst in allerjüngster Zeit erfolgt zu sein.

Nach dieser Durchmusterung der Karte gehen wir nunmehr zur Besprechung der biologischen Beziehungen zwischen der Ost- und Westseite des Nordatlantik über. Bei dem ungeheuren Tatsachenmaterial können wir allerdings nicht daran denken, hier alle biologischen Gründe für eine frühere Landverbindung zwischen Nordamerika und Europa anzuführen. Man lese die inhaltreiche Zusammenstellung dieser Argumente bei *Arldt* [78]. Unsere Tabelle, S. 64, zeigt, daß für manche Zeiten jedenfalls von der Mehrzahl der Fachgelehrten eine Landverbindung angenommen wird, während freilich zu anderen Zeiten die Landverbindung durch Transgressionen wieder abgebrochen erscheint. Interessant sind die von *Arldt* angegebenen Prozentzahlen identischer Arten hüben und drüben, die hier in Tabellenform folgen mögen:

	Reptilien Proz.	Säugetiere Proz.
Karbon	64	—
Perm	12	—
Trias	82	—
Jura	48	—
Untere Kreide	17	—
Obere Kreide	24	—
Eozän	32	35
Oligozän	29	31
Miozän	27	24
Pliozän	?	19
Quartär	?	30

Der Gang dieser Zahlen stimmt erfreulich überein mit unserer Tabelle, S. 64, nach welcher die Landverbindung im Karbon, in der Trias, dann allerdings nur für den unteren, nicht mehr den oberen Jura, aber wieder von der Oberkreide ab das ältere Tertiär hindurch von der Mehrzahl der Fachgelehrten angenommen wird. Für die Verbreitung derjenigen Organismen, welche am meisten entscheidend sind, hat *Arldt* das Kärtchen Fig. 25 gegeben. Die jungen Regenwurmgattungen der Lumbricinen sind in ununterbrochenem Zuge von Japan bis Spanien, jenseits des Ozeans aber nur im Osten der Union verbreitet. Die Perlmuschel kommt an den·Abrißstellen der Kontinente, auf Irland und Neufundland und den beiderseits angrenzenden Gebieten vor. Noch auffälliger ist die Verbreitung der Gartenschnecke von Süddeutschland über die britischen Inseln, Island und Grönland hinüber zur amerikanischen Seite, wo sie aber nur in Labrador, Neufundland und dem Osten der Union vorkommt. Ähnliches gilt von der Familie der Barsche (Perciden) und anderen Süßwasserfischen. Vielleicht wäre noch das gemeine Heidekraut (Calluna vulgaris) zu nennen, das sich außer in Europa nur in Neufundland und den daran angrenzenden Gebieten findet, wie denn auch umgekehrt sich besonders viele amerikanische Arten in Europa ganz auf den Westen Irlands beschränken. Es spricht manches dafür, daß diese Landbrücke bei Neufundland und Irland noch bis zum Beginn des Quartärs erhalten blieb. Außerdem scheint eine zweite Brücke weiter im Norden bestanden zu haben, die wohl kaum vor der Mitte des Quartärs abriß[79]. Lehrreich sind in dieser Hinsicht auch die Untersuchungen *Warmings* und *Nathorsts* über die grönländische Flora, welche zeigen, daß an der Südostküste Grönlands, also gerade auf der Strecke, welche nach der Verschiebungstheorie noch im Diluvium Skandinavien und Nordschottland vorgelagert war, die europäischen Elemente überwiegen, während auf der ganzen übrigen grönländischen Küste einschließlich Nordostgrönland der amerikanische Einfluß vorherrscht[80]. Ich habe deshalb angenommen, daß die Trennung der Schollen hier erst zwischen der großen und der letzten europäischen Eiszeit eintrat. Von Spanien ab südwärts nehmen die meisten Autoren keine Landverbindung mehr an; als Südgrenze der Landbrücke wird von *Arldt* u. a. die 1000 oder 2000 m Tiefenlinie angenommen. Nördlich von dieser Breite werden in Schottland die weiter südlich marinen devonischen Sedimente durch Sandsteine ersetzt, es kommen in Nordirland, den Hebriden, den Färöern, Island, an der Ost- und Westküste Grönlands und auf Spitzbergen in gleichartiger Weise Landpflanzen führende Kohlen zwischen zwei basaltischen Lavadecken vor. Dies deutet auf Landzusammenhang hin, und zwar legt es einen unmittelbaren Zusammenhang im Sinne der Verschiebungstheorie noch näher als einen durch einen Brückenkontinent vermittelten. Damit sind wir aber bereits

126

auf dem Gebiete der geologischen Beweisgründe für die Verschiebungstheorie, die wir nunmehr in Kürze besprechen wollen.

Fig. 25.

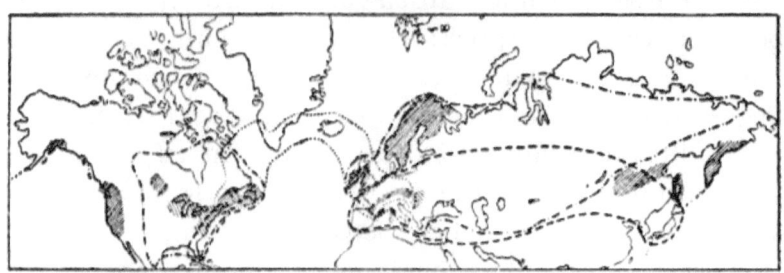

Verbreitung nordatlantischer Organismen, nach *Arldt*.
Punktiert: Gartenschnecke. Gestrichelt: Lumbriciden-Regenwürmer.
Strichpunktiert: Barsche.
Schraffiert Nordost–Südwest: Perlmuschel; desgl. Nordwest–Südost:
Hundsfische (Umbra).

Für die Zulässigkeit und Richtigkeit unserer Zusammensetzung spricht eine große Reihe tektonischer Züge im beiderseitigen Bau der Kontinentaltafeln. Gerade diese Übereinstimmungen bilden wohl den stärksten Beweis für die Richtigkeit der Verschiebungstheorie und ihren besonderen Vorzug gegenüber der Hypothese der versunkenen Kontinente; denn wenn die Schollen wirklich schon bei der Entstehung dieser älteren Erscheinungen in ihrem heutigen Abstande von so viel Tausend Kilometern gelegen hätten, so wäre es ein ganz unwahrscheinlicher Zufall, daß sich die Fortsetzung einer solchen Erscheinung auf der anderen Seite gerade an derjenigen Stelle befinden sollte, die bei der Rekonstruktion zur Berührung mit der diesseitigen kommt.

Beginnen wir im Norden, wo die Spalte offenbar erst vor kurzem aufgerissen und noch nicht sehr breit ist. In

Nordostgrönland steht auf 81° nördl. Br., jäh am Meere abbrechend, ein vereinzelter, noch ungefalteter Rest karbonischer Ablagerungen an, welche in gleicher Weise an der gegenüberliegenden Kante Spitzbergens wiedergefunden werden. Von 75° ab südwärts beginnen auf grönländischer Seite die Reste einer großen tertiären Basaltdecke, welche hier namentlich die große, den Scoresbysund im Süden begrenzende Halbinsel zusammensetzt. Außer dem losgelösten und halbwegs mitwandernden Jan Mayen gehören hierzu namentlich Island und die Färöer, und weiter südlich taucht diese Basaltzone wieder am Nord- und Nordwestrande Schottlands auf. Ihre Verlegung von der grönländischen Seite (im Norden) zur europäischen (im Süden) entspricht wohl, wie oben erwähnt, dem Umstande, daß an dieser Stelle die sonst einfache Spalte sich in zwei parallele Spalten auflöste, welche Island und die Färöer einschlossen.

Auch zwischen Grönland und Nordamerika herrscht die geforderte Übereinstimmung des Baues. Bei Kap Farvel und nordwestlich davon treten vielfach präkambrische Intrusivgesteine im Gneis auf, welche man amerikanischerseits genau an der entsprechenden Stelle, nämlich auf der Nordseite der Belle-Islestraße, wiederfindet[81]. Beim Smithsund und Robesonkanal im Nordwesten Grönlands besteht die Verschiebung nicht in einem Auseinanderziehen der Spaltenränder, sondern in einer horizontalen Verwerfung von großen Dimensionen, einer sogenannten Blattverschiebung. Grinnelland gleitet an Grönland entlang, wodurch wohl auch die merkwürdig geradlinige Begrenzung der beiden Schollen erzeugt wird. Man kann diese Verschiebung in dem verkleinerten Ausschnitte aus der geologischen Karte von Nordamerika (Fig. 26) erkennen, wenn man die Grenze zwischen Devon und Trias[82] aufsucht, welche in Grinnelland auf 80° 10′, in

Grönland auf 81° 30′ nördl. Br. liegt. Es geht hieraus hervor, daß Nordamerika seit diesem Abreißen von Grönland eine mindestens starke, vielleicht überwiegende Südkomponente der Bewegung besitzt, wie dies nach unseren früheren Ausführungen durch die Form der kalifornischen Halbinsel und die Erdbebenspalte von San Franzisko bestätigt wird.

Fig. 26.

Geologische Karte des Smith-Sundes u. des Robeson-Kanals,
nach der Geologic Map of North America.
1 Trias, 2 Devon, 3 Silur, 4 Karbon, 5 Gneis, 6 Vorkambrium,
7 Spättertiär, 8 Kambrium und Unter-Ordovicium.

Diese Übereinstimmungen beziehen sich freilich zunächst nur auf relativ benachbarte Küsten. Erheblich beweiskräftiger werden deshalb diejenigen zwischen Europa und Nordamerika selber sein. Dem sehr alten (algonkischen) Gneisgebirge der Hebriden und Nordschottlands entsprechen drüben die Gneisgebirge von Labrador, welche bis an die Belle-Islestraße nach Süden reichen und sich weit nach Kanada hineinziehen. Die Streichrichtung ist in Europa Nordost–Südwest, in Amerika wechselnd von derselben Richtung bis Ost–West. *Dacqué* bemerkt hierzu: „Daraus kann man folgern, daß die Kette über den nordatlantischen Ozean hinüberreichte[83]." Das angeblich versunkene Verbindungsglied müßte allerdings die gewaltige Länge von 3000 km besessen haben. Heute liegt die amerikanische Fortsetzung übrigens nicht in der geraden Verlängerung des europäischen Gebirgszuges, sondern letztere weist mehrere Tausend Kilometer an jenem vorbei nach Südamerika. Bei dem rekonstruktiven Zusammenfügen der Schollen nach der Verschiebungstheorie erfährt dagegen das amerikanische Gebirge gerade eine solche Querversetzung nach Osten und eine solche Drehung, daß es unmittelbar an das europäische anschließt und als seine Verlängerung erscheint.

In Europa folgen, südlich daran anschließend, die Faltenzüge eines etwas jüngeren, zwischen Silur und Devon aufgeworfenen Gebirges, welches sich durch Norwegen und Nordengland hindurchzieht. *E. Suess* nennt es das kaledonische Gebirge. Mit der Frage der Fortsetzung dieser Gebirgsfaltung in den „Kanadischen Kaledoniden" (*Termier*), nämlich den schon kaledonisch gefalteten kanadischen Appalachen, haben sich *Andrée*[84] und *Tilmann*[85] beschäftigt. Es beeinträchtigt natürlich nicht die Übereinstimmung, daß diese kanadische Faltung in Amerika von der gleich zu besprechenden „armorikanischen" Faltung noch einmal überarbeitet wurde, was hüben nur im mittleren Europa (Hohes Venn und Ardennen), aber nicht im nördlichen Europa der Fall war. Die Berührungsstücke dieser kaledonischen Faltungen dürften in den schottischen Hochlanden und Nordirland einerseits und Neufundland andererseits zu suchen sein.

Am schlagendsten ist aber die Übereinstimmung bei dem wiederum südlich sich anschließenden karbonischen Faltengebirge, welches E. *Suess* das Armorikanische Gebirge nennt, und welches die Kohlenlager Nordamerikas als die unmittelbare Fortsetzung der europäischen erscheinen läßt. Dieses heute stark eingeebnete Gebirge zieht sich in Europa, aus dem Innern des Kontinents kommend, in bogenförmigem Verlauf zuerst gegen WNW, dann gegen W, um an der Südwestküste von Irland und der Bretagne eine wild zerrissene Küste (sogenannte Riasküste) zu bilden. Natürlich ist anzunehmen, daß sich die Faltung auch durch den der Küste vorgelagerten, durch die Abrasion der Brandungswoge abgehobelten Schelf hindurchzieht. Die Fortsetzung auf der amerikanischen Seite bilden, wie *Bertrand* zuerst 1887 entdeckte, die Ausläufer der Appalachen auf Neuschottland und dem südöstlichen Neufundland. Hier endigt gleichfalls ein karbonisches Faltengebirge, ebenso wie das europäische nach Norden gefaltet, indem es eine Riasküste erzeugt und davor wohl noch den Schelf der Neufundlandbank durchzieht. Seine Richtung, sonst nordöstlich, geht nahe der Abrißstelle in die rein östliche über. Die im Karbon besonders gut bekannte Fauna und Flora zeigt eine mit wachsendem Beobachtungsmaterial immer klarer erkannte Identität. Auf die zahlreichen Arbeiten hierüber von *Dawson, Bertrand, Walcott, Ami, Salter* u. a. können wir hier natürlich nicht eingehen. Das Abbrechen dieser „transatlantischen Altaiden", wie E. *Suess* sie auch nennt, gerade an denjenigen Stellen der beiden

Kontinentalränder, welche aus biologischen Gründen als Pfeiler einer letzten Landbrücke zwischen den beiden Kontinenten erscheinen, bildet eine sehr scharfe Kontrolle für die Richtigkeit der Verschiebungstheorie. Wie Fig. 24 zeigt, besteht diese die Probe aber glänzend, indem die beiden freien Enden der Faltungen bei der Rekonstruktion genau zur Berührung gebracht werden und das ganze Gebirge als ein zusammenhängender Bogen ohne Knickung erscheint. Nach der Hypothese der versunkenen Landbrücken müßte — was *Penck* bereits als Schwierigkeit hervorgehoben hat — das versunkene Stück größer gewesen sein als die uns bekannte Erstreckung. Auf der Verbindungslinie liegen einige vereinzelte Erhöhungen des Meeresbodens, die man bisher als Gipfel der versunkenen Kette betrachtet hat; nach der Verschiebungstheorie wären es geschmolzene und aufgequollene Massen von der Unterseite oder auch abgebrochene vom Oberrande der triftenden Schollen, deren Loslösung gerade in solchen tektonischen Störungszonen natürlich besonders plausibel ist.

Fast in dasselbe Gebiet fallen auch die Endmoränen der großen diluvialen Inlandeiskappen Nordamerikas und Europas. Auch diese fügen sich ohne Lücke oder Knick zusammen, was doch sehr unwahrscheinlich wäre, wenn die Küsten zur Zeit der Ablagerung ihren heutigen Abstand von 2500 km gehabt hätten. Das amerikanische Ende liegt heute 4 ½ Breitengrade südlicher als das europäische.

Weiter im Süden finden wir auf afrikanischer Seite das tertiäre Atlasgebirge, welches, wie das ganze alpine Faltungssystem, dem es zugerechnet wird, auf amerikanischer Seite keine Fortsetzung hat[86]. Wie schon erwähnt, tut sich darin kund, daß zur Zeit dieser Faltung im Westen von ihr bereits ein Stück Tiefseeboden vorhanden war, so daß die Faltung am Rande der Kontinentaltafel ihr natürliches Ende fand. Die Azoren, Kanaren und Kapverden sind nach der bereits früher erörterten Auffassung Brocken vom Kontinentalrande, vergleichbar mit Kalbeisstücken vor einem schwimmenden Eisberge. So kommt auch *Gagel* für die Kanaren und Madeira zu dem Schluß, „daß diese Inseln abgesprengte Reste des europäisch-afrikanischen Kontinents sind, von dem sie erst in verhältnismäßig junger Zeit getrennt wurden[87]".

Daß auch zwischen Südamerika und Afrika einstmals eine Landverbindung bestanden haben muß, darüber herrscht, wie unsere Tabelle, S. 64, lehrt, fast völlige Einigkeit. Gestört wurde die Verbindung erst in der Unterkreide[88], vermutlich durch den schon damals entstehenden, aber noch nicht sogleich zur völligen Trennung führenden Grabenbruch, jedenfalls zunächst durch ein Epikontinentalmeer. Im oberen Eozän brechen dann die letzten Beziehungen ab.

Um auch hier die älteren Strukturen beiderseits zu vergleichen, benutzen wir die in Fig. 27 wiedergegebene, von *Lemoine* entworfene Karte der Streichrichtungen im nordwestlichen Afrika[89]. Die Karte ist für andere Zwecke entworfen und zeigt daher das, was wir brauchen, nicht sehr deutlich, aber sie zeigt es doch. Der ganze afrikanische Kontinent besteht aus einem sehr alten, gefalteten Gneismassiv, in welchem hauptsächlich zwei etwas verschieden alte Streichrichtungen vorkommen. Im Sudan herrscht die ältere nordöstliche Streichrichtung vor, welche sich schon in dem geradlinigen gleichgerichteten Oberlauf des Niger zeigt und noch bis Kamerun beobachtet wird. Sie schneidet die Küste unter einem Winkel von etwa 45°. Südlich von Kamerun dagegen — auf der Karte gerade noch erkennbar — tritt die andere, jüngere Streichrichtung in den Vordergrund, welche etwa von Nord nach Süd weist und der Küste (auch mit ihren Krümmungen) parallel verläuft.

Fig. 27.

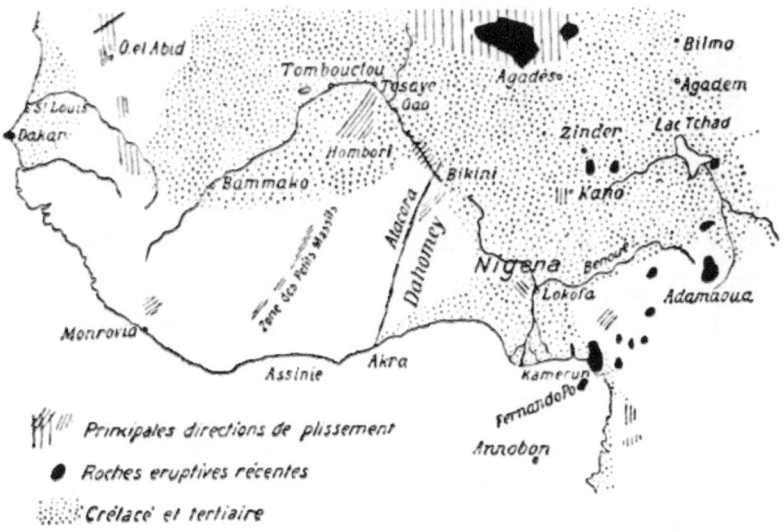

Streichrichtungen in Afrika, nach *Lemoine*.

Denselben Wechsel der Streichrichtung finden wir nach *E. Suess* in Südamerika wieder. „Die Karte des östlichen Guayana... zeigt mehr oder minder ostwestliches Streichen der alten Felsarten, aus welchen dieses Gebiet besteht. Auch die eingelagerten paläozoischen Schichten, welche den nördlichen Teil der Mulde des Amazonas ausmachen, verfolgen diese Richtung, und der Verlauf der Küste von Cayenne gegen die Mündung des Amazonas ist daher quer auf das Streichen... Soweit der Bau Brasiliens heute bekannt ist, muß angenommen werden, daß auch bis Kap San Roque der Umriß des Festlandes das Streichen des Gebirges quert, aber von diesem Vorgebirge an wird allerdings bis nach Uruguay hinab die Lage der Küste durch das Gebirge vorgezeichnet." Auch hier folgen die Flußläufe in großen Zügen der Streichrichtung. Schieben wir Südamerika zur Rekonstruktion an Afrika heran, wozu eine Drehung Südamerikas um etwa 45° erforderlich ist, so wird der jetzt

West–Ost fließende Amazonas parallel zum Oberlauf des Niger. Die Streichrichtung des nördlichen Teiles von Südamerika fällt dann mit derjenigen im Sudan zusammen, und selbstverständlich auch die andere Streichrichtung südlich Kap San Roque mit derjenigen südlich von Kamerun. — Daß dieser Wechsel der Streichrichtung hüben und drüben gerade an denjenigen Stellen eintritt, die bei der Rekonstruktion zur Deckung gebracht werden, müßte nach der Hypothese der versunkenen Landbrücken wiederum ein Zufall sein, ebenso wie die Erreichung der Parallelität der Streichrichtungen nach der für die Rekonstruktion nötigen Drehung Südamerikas.

Nach der Verschiebungstheorie gibt uns dieser Wechsel der Streichrichtung auch eine Erklärung für den eigenartigen Knick, den die Spalte gerade hier erfährt. Die Zugkräfte, welche sie aufrissen, waren anscheinend so orientiert, daß die Spalte eigentlich nicht genau von Süden nach Norden, sondern etwa von Südsüdost nach Nordnordwest aufreißen sollte. Sie wurde aber durch die nordsüdliche Streichrichtung wegen der leichteren Teilbarkeit der Scholle nach dieser Richtung abgelenkt, bis sie bei Kamerun bzw. Kap San Roque an das andere Faltungssystem herankam, welches sie allzuweit aus der Richtung abgelenkt hätte. Daher wurde dieses System quer durchgerissen in einem fast rechten Winkel zur bisherigen Richtung[90].

Ganz im Süden Afrikas findet sich noch ein von Ost nach West streichendes karbonisches Faltengebirge (die Zwarten Berge); kurz vor Erreichung des Ufers biegt zwar ein Arm desselben (die Cedar-Berge) nach Norden ab, um bald zu endigen. Aber dies ist offenbar eine lokale Abzweigung, während die Hauptstreichrichtung Ost–West ist. Die Verlängerung dieser Kette trifft in der Rekonstruktion auf die nach der Karte zunächst durch nichts hervorgehobene Partie südlich von Buenos Aires. Die dort befindlichen

Sierren wurden nun in der Tat ganz neuerdings von *Keidel*[91] als eine gleichfalls karbonische Faltung erkannt, welche mit dem Kapgebirge in Bau und Geschichte völlig übereinstimmt. Diese karbonische (und teilweise vorkarbonische) Sierrenfaltung scheint weiter westlich ebenso wie der afrikanische Zweig nach Norden abzubiegen und sich an die „Präkordilleren" anzuschmiegen. Man wird zugeben, daß gerade diese Beziehung ein sehr schlagender Beweis für die Richtigkeit der Verschiebungstheorie ist. An keiner anderen Stelle dieser beiden großen Kontinentaltafeln sind karbonische Faltungen vorhanden. Heute sind die beiden Schelfränder um 6220 km voneinander entfernt. Ist es da wirklich gestattet, anzunehmen, sie seien nur durch Zufall gerade so gelegen, daß sie bei der Rekonstruktion zur Berührung gebracht werden? Die rekonstruktive Zusammenfügung der beiden Schollen Südamerika und Afrika läßt der Phantasie durchaus keinerlei Spielraum. Denn die Ränder haben sich hier so genau kongruent erhalten, daß man den einen Kontinent um keine 100 km gegen den anderen verschieben könnte. Die Sierren von Buenos Aires brauchten also nur um einige Hundert Kilometer nördlicher oder südlicher zu liegen, um zu einer Diskrepanz in Gestalt einer unerklärten horizontalen Verwerfung bei der Zusammenfügung zu führen. Dies tun sie aber nicht, sondern sie liegen gerade an der Stelle, wo sie nach der Verschiebungstheorie zu erwarten sind.

Von den Gegnern der Verschiebungstheorie werden diese Verhältnisse meist nicht richtig gewürdigt. Es kommt nicht so sehr auf die bloße Tatsache an, daß eine solche alte Faltung drüben auch ihre Fortsetzung findet, als vielmehr auf die Frage, ob diese Fortsetzung richtig liegt. Nehmen wir, um uns die Größenordnungen klar zu machen, an, daß bei der heutigen Entfernung beider Küsten eine jenseitige Küstenstrecke von 2000 km als Ort der Fortsetzung in Frage kommt, und daß alle 200 km-Abschnitte dieser Strecke gleiche Wahrscheinlichkeit für sich haben. Dann ist die Wahrscheinlichkeit, daß sich die Fortsetzung der Faltung durch Zufall gerade in demjenigen Teilabschnitte befindet, der durch die Rekonstruktion mit dem diesseitigen Faltungsende zur Berührung gebracht wird, gleich $\frac{1}{10}$, d. h. man kann bereits 9 gegen 1 wetten, daß dies Zusammentreffen *kein* Zufall ist. Wenn aber an mehreren Stellen gleichzeitig dieser „Zufall" eintreten soll, so potenziert sich die Unwahrscheinlichkeit. Betrachten wir in diesem Sinne, von Norden nach Süden gerechnet, die Eiszeitmoräne als erste, das algonkische Gebirge als zweite, das kaledonische als dritte, das karbonische als vierte Übereinstimmung, den Streichrichtungswechsel bei Kap San Roque–Kamerun als fünfte und das Kapgebirge als sechste Übereinstimmung, und nehmen wir der Einfachheit halber für jeden dieser Fälle dieselben Bedingungen an, so wird die Wahrscheinlichkeit, daß uns hier ein Zufall täuscht, gleich $(\frac{1}{10})^6$ oder $1 : 1\,000\,000$, d. h. wir können 999 999 gegen 1 wetten, daß die Verschiebungstheorie Recht hat. Man mag gern glauben, daß diese Zahl übertrieben ist; aber man soll bei seinem Urteil berücksichtigen, daß sich die Wahrscheinlichkeit potenziert, wenn sich die Übereinstimmungen addieren. Es ist deshalb meines Erachtens nicht mehr möglich, an der prinzipiellen Richtigkeit der Verschiebungstheorie zu zweifeln.

In unserer Tabelle kommt noch die „amerikanische" Brücke zwischen Nord- und Südamerika und die „nordpazifische" Brücke zwischen Nordamerika und Sibirien vor, die wir noch in diesem Zusammenhange kurz besprechen wollen, um gewisse Mißverständnisse zu beseitigen. Die Betrachtung der Karte zeigt sofort, daß die jetzige Schollenverbindung zwischen Süd- und Mittelamerika nicht auf zufälliger Berührung beruht. Diese Schollen haben offenbar von alters her zusammengehangen, wenn auch zeitweise, wie unsere Tabelle lehrt, unter Wasser. Damit steht keineswegs im Widerspruch, daß sich Südamerika eher von Afrika ablöste und seine Wanderung nach Westen begann, als Nordamerika. Denn die Bewegung Südamerikas bestand anfangs wohl vorwiegend in einer Drehung etwa um Panama als Mittelpunkt. Gerade bei Mittelamerika legen die Konturen nahe, daß sich hier bei der Ablösung und in der folgenden Zeit bedeutende plastische Deformationen vollzogen. Unsere Tabelle zeigt vier Perioden, in denen diese Brücke von Panama anscheinend über Wasser gelegen hat, nämlich 1. Silur und Devon, 2. Perm bis Mittel-Trias, 3. Kreide, 4. vom Miozän ab; aber nur die vierte ist ganz unbestritten. Dieses vierte Auftauchen darf man vielleicht mit der Abwanderung der amerikanischen Schollen in Zusammenhang bringen. Stellt man sich vor, daß die Abtrennung Südamerikas eine Drehung dieser Scholle um bisher 45° mit sich brachte, und daß die atlantische Spalte von Süden nach Norden fortschritt, so ist einleuchtend, daß dieser Vorgang zu bedeutenden Stauchungen und Zerrungen des mittelamerikanischen Schelfgebietes führen mußte, welche zur Zertrümmerung und Verkleinerung der Bruchstücke führte, gleichzeitig aber letztere, namentlich an ihrem Westrande, mehr aus dem Wasser herauswachsen ließ. Durch dieses drehende Abrücken Südamerikas erklärt sich auch, warum die Andenfaltung am Nordende dieses Kontinents nach Osten zurückbog und nur eine schwache Fortsetzung in den Antillen fand. Das Verbindungsstück zwischen den beiden großen Schollen war eben schmal und plastisch.

Auch für die Beringstraße muß ein schon früher (S. 9) erwähntes Mißverständnis beseitigt werden[92]. *Diener* hat gemeint, wenn man Nordamerika an Europa heranrücke, so werde dadurch zwischen Amerika und Asien eine breite

Tiefseeöffnung geschaffen, während die Paläontologie zur Annahme einer früheren Landbrücke über den heutigen Schelf führt[93]. In der Tat zeigt unsere Tabelle, daß eine solche Landverbindung 1. im Silur und Devon, 2. vom Mittelkarbon bis Mittelperm, 3. im Lias und Dogger und 4. von der Kreide bis zum Quartär angenommen wird; besonders in der letzteren Periode ist seit dem Beginn des Tertiär diese Landbrücke recht sicher. Wenn sie im Miozän und Pliozän von einzelnen Forschern geleugnet wird, so darf man vielleicht annehmen, daß die Nähe des Pols in dieser Zeit die Verbindung durch Vereisung zeitweise unwirksam gemacht hat. Hierüber wird im nächsten Kapitel Ausführlicheres mitgeteilt werden. Jedenfalls genügt bereits ein Blick auf die Tiefenkarte, um zu sehen, daß nichts uns berechtigt, anzunehmen, die beiden Schollen seien früher getrennt gewesen und erst neuerdings zur Berührung gelangt. Aber *Dieners* Annahme ist nicht richtig. Unsere auf dem Globus ausgeführte Rekonstruktion ist gewiß in manchen Punkten schwierig und unsicher, würde aber durchaus nicht verbessert, wenn man die Schollen bei der Beringstraße abreißen ließe. Es handelt sich eben auch bei Nordamerika mehr um eine Drehung als um eine Parallelverschiebung, wie ja schon die nach Norden abnehmende Breite des Atlantik nahelegt. *Diener* hat nur auf der Merkatorkarte recht.

Lemurien.

In bezug auf die „lemurische" Landbrücke zwischen Madagaskar und Vorderindien zeigt unsere Tabelle (S. 64) eine Übereinstimmung der Ansichten, wie sie vollkommener wohl kaum irgendwo erwartet werden kann. Für die gesamte Vorzeit bis zum Beginn des Tertiär wird eine solche, offenbar stets so gut wie ungestörte Landverbindung

139

angenommen, vom Eozän ab herrschte aber nach der Ansicht der Mehrzahl, die vom Pliozän ab unbestritten ist, Trennung. Es ist nicht ohne Interesse, daß der Abbruch des Austausches kein momentaner war, sondern letzterer vom Eozän bis zum Miozän anscheinend in beschränkter Weise noch andauert. Es gibt eben viele „peregrine" Formen sowohl im Tier- wie im Pflanzenreich, welche zur überseeischen Ausbreitung in gewissen Grenzen befähigt sind, und daher wird das völlige Erlöschen des Austausches erst eintreten, nachdem die Schollen bereits einen gewissen Abstand voneinander erreicht haben.

Nach den bisherigen Anschauungen nahm man an, daß diese Landverbindung zwischen Vorderindien und Madagaskar bei unveränderter Lage dieser beiden Teile durch einen jetzt versunkenen Brückenkontinent „Lemuria" gebildet wurde. Auf unserer Rekonstruktion (Fig. 23, S. 61) finden wir an Stelle dieses langgestreckten Brückenkontinents eine lange, von Hochasien ausgehende Halbinsel von genau derselben Form wie jene hypothetische Lemuria. Aber das Dreieck Vorderindien bildet auf ihr die Südspitze dieser langen Zunge und hängt unmittelbar ohne Brücke mit Madagaskar zusammen. Für eine versunkene Lemuria im alten Sinne bleibt kein Platz.

Betrachten wir das heutige Kartenbild. Die riesigen, wesentlich im Tertiär gebildeten Falten des Himalajagebirges bedeuten den Zusammenschub eines erheblichen Stückes der Erdrinde, durch dessen Rekonstruktion die Umrisse des asiatischen Kontinents ganz andere werden. Wahrscheinlich nahm das ganze östliche Asien über Tibet und die Mongolei hinweg bis zum Baikalsee und vielleicht sogar bis zur Beringstraße an diesem Zusammenschub teil; beschränken wir uns aber auf die höchste, im Mittel etwa 4000 m über dem Meere liegende Region, die in der Schubrichtung 1000 km mißt, und nehmen wir (trotz der größeren Höhe) nur eine gleiche Verkürzung wie bei den Alpen, nämlich auf den vierten Teil ihrer ursprünglichen Erstreckung, an, so erhalten wir eine Verschiebung Vorderindiens um 3000 km, so daß es vor dem Zusammenschub neben Madagaskar gelegen hätte.

Fig. 28.

Der lemurische Zusammenschub.

Die Spuren dieses ungeheuren Zusammenschubes, den die Lithosphäre hier erfahren hat, sind auch rechts und links von der Schubzone noch zu erkennen. Die schon im Trias durch einen Grabenbruch vorbereitete, aber erst im Quartär

141

endgültig vollzogene Loslösung Madagaskars von der südwestlich davon liegenden afrikanischen Küstenstrecke, das ganze System junger Grabenbrüche in Ostafrika, zu dem auch das rote Meer und das Jordantal gehört, bilden Teilerscheinungen davon. Die Somalihalbinsel erscheint, wie schon früher erwähnt, nach Norden herumgeschleppt, wobei wohl das abessinische Gebirge aufgestaut wurde, dessen Abschmelzung von unten zum Herausquellen der Massen im Winkel zwischen Abessinien und der Somalihalbinsel führte. Auch Arabien spürte diesen Zug nach Nordosten und zeigt eine dementsprechende plastische Stauchung, indem die Ausläufer des Akdargebirges wie ein Sporn in die persischen Gebirgsketten hineindrängen. Die fächerförmige Scharung der Bergketten des Hindukusch- und Soleimangebirges deutet an, daß hier die westliche Grenze des Himalajazusammenschubes erreicht ist; ihr getreues Spiegelbild tritt auch am Ostrande desselben auf, wo die Bergketten von Burma aus der durch Annam, Malakka und Sumatra vorgezeichneten Richtung heraus bis zur Nordsüdrichtung herumgeschleppt wurden. Das Aufbrechen der Arakan-Sumatrakette gerade neben dem Knick von Malakka war schon früher dahin gedeutet worden, daß diese Kette riß und gleitend nach Norden in den Zusammenschub hineingezogen wurde. Aber, wie schon erwähnt, ist wohl das ganze östliche Asien von diesem riesigen Zusammenschub betroffen worden, der seine westliche Begrenzung in dem gestaffelten Faltensystem zwischen Hindukusch und Baikalsee und dessen Fortsetzung bis zur Beringstraße findet, während die Ostgrenze durch die bauchigen Küstenformen mit den Inselgirlanden Ostasiens gebildet wird.

Madagaskar besteht wie das benachbarte Afrika aus einer Tafel gefalteten Gneises mit nordöstlicher Streichrichtung. An der Abrißlinie sind beiderseits identische marine

Sedimente abgelagert, welche andeuten, daß seit der Trias beide Länder durch einen überschwemmten Grabenbruch getrennt waren, was auch die madagassische Landfauna verlangt. Aber noch in der Mitte der Tertiärzeit, als Indien bereits abgerückt war, sind nach *Lemoine* zwei Tiere, der Potamochoerus und der Hippopotamus, von Afrika eingewandert, die, wie *Lemoine* meint, höchstens einen Meeresarm von 30 km Breite durchschwimmen konnten[94], während jetzt der Kanal von Mozambique gut 400 km breit ist. Erst nach dieser Zeit kann sich also die madagassische Scholle auch untermeerisch von Afrika losgerissen haben, wodurch sich der weite Vorsprung erklärt, den Vorderindien in der Verschiebung nach Nordosten gegenüber Madagaskar bekommen hat.

Auch Vorderindien ist eine flache Tafel aus gefaltetem Gneis. Die Faltung wirkt noch heute formengebend in dem uralten Arvaligebirge im äußersten Nordwesten (am Rande der Wüste Tharr) und in den gleichfalls sehr alten Koranabergen. Nach *Suess* weist sie im ersteren nach N 36° O, in letzteren nach Nordost. Beide Richtungen stimmen also hinreichend mit der afrikanischen und madagassischen Streichrichtung überein, zumal nach der geringen, bei der Rekonstruktion nötigen Drehung Indiens. Übrigens tritt hier noch eine etwas jüngere, jedoch immer noch mesozoische Faltung in den Ghats von Nellore oder dem Vellakondagebirge auf, welche von Nord nach Süd streicht und vielleicht mit der gleichfalls jüngeren nordsüdlichen Streichrichtung in Afrika gleichzusetzen ist.

Vielleicht darf man annehmen, daß die indische Westküste mit der Ostküste Madagaskars zusammengehangen hat. Beide Küsten bestehen aus einem auffällig geradlinigen Abbruch eines Gneisplateaus, der den Gedanken nahelegt, sie könnten nach der Spaltenbildung aneinander entlang geglitten sein, ähnlich wie Grinnell-Land und Grönland.

143

Am nördlichen Ende dieses an beiden Küsten etwa 10 Breitengrade langen Abbruches treten beiderseits Basalte auf. In Indien ist es die bei 16° Nordbreite beginnende Basaltdecke des Dekan, die aus dem Beginn des Tertiär stammt und deshalb vielleicht in ursächlichen Zusammenhang mit der Ablösung gebracht werden darf. Und auf Madagaskar ist der nördlichste Teil der Insel ganz aus zwei verschieden alten Basalten aufgebaut.

Die Ostküste Vorderindiens könnte möglicherweise mit der Westküste Australiens unmittelbar zusammengehangen haben. Sie stellt gleichfalls einen jähen Abbruch des Gneisplateaus dar. Eine Unterbrechung erfährt dies nur durch das grabenartig schmale Kohlengebiet des Godávari, welches aus den unteren Gondwanaschichten besteht. Die oberen Gondwanaschichten liegen, der Küste folgend, diskordant quer über seinem Ende.

Daß wir uns überhaupt auf dem Boden der Tatsachen befinden, wenn wir das Erlöschen der Landverbindung zwischen Indien und Madagaskar mit der Faltung des Himalaja in Zusammenhang bringen, geht aus der bisher nicht beachteten Gleichzeitigkeit beider Erscheinungen hervor. Wie alle größeren Gebirge ist auch der Himalaja das Produkt einer Mehrzahl von Stauungen; die Hauptrolle aber spielt diejenige in der jüngeren Tertiärzeit, welche nach unserer Tabelle (S. 64) dem Abbruch der Landverbindung mit Madagaskar folgte. Daß der Faltungsprozeß des Himalaja auch heute noch andauert, dafür spricht unter anderem auch die starke zeitliche Veränderlichkeit der Schwerkraft, die am Fuße seiner Ketten durch wiederholte Messungen festgestellt wurde.

Gondwana-Land.

Das Gondwana-Land umfaßt einerseits die Verbindung Australiens über Vorderindien und Madagaskar nach Südafrika und andererseits diejenige von Australien über Antarktika nach Südamerika. Über diese Verbindungen gibt uns die australische Tierwelt Aufschlüsse. *Hedley* unterscheidet drei Elemente in ihr: zunächst eine älteste, „gondwanische" Fauna, die hauptsächlich im äußersten Südwesten Australiens anzutreffen ist; zweitens eine weitere endemische Fauna mit den bezeichnenden Kloakentieren, Beutlern usw., ausgebreitet über das ganze Festland, in einzelnen Vertretern übergreifend bis Neuguinea und bis zu den Salomoinseln; und drittens als jüngstes Element die Papua-Fauna, die von Neuguinea her hauptsächlich an der Ostküste von Queensland vordrängt. Die erste dieser Faunen entspricht offenbar der Verbindung mit Vorderindien, Madagaskar und Südafrika, die zweite der antarktisch-südamerikanischen Brücke, und die dritte der heutigen nahen Berührung mit dem Sunda-Archipel.

Die erste dieser Brücken ist in unserer Tabelle auf S. 64 nach *Arldt* als „gondwanische" Brücke bezeichnet, obwohl man sonst unter Gondwanaland meist den ganzen Kontinentalkomplex versteht, zu dem Südamerika, Südafrika, Vorderindien, Australien und Antarktika gehören. Wie die Tabelle zeigt, herrscht über die Existenz dieser „gondwanischen" Brücke fast völlige Einigkeit. Sie erlosch schon früh, nämlich im Lias oder spätestens Unterdogger, so daß Australien schon seit dieser Zeit von Südafrika und Madagaskar und damit auch von Vorderindien abgesperrt wurde. In unserer Tabelle ist übrigens nur die Verbindung mit Südafrika und Madagaskar, nicht die mit Vorderindien, berücksichtigt. Da aber Madagaskar mit Vorderindien eine Einheit (Lemurien) bildet, so ist nicht einzusehen, auf welche Weise Vorderindien von dieser Gemeinschaft auszuschließen wäre.

Die Regenwürmer Australiens stehen nach *Michaelsen*[95] in engster Beziehung gerade zu denen Vorderindiens. So verbinden die Octochaetinen unmittelbar Neuseeland mit Madagaskar und Vorderindien samt dem nördlichen Hinterindien unter interessanter Überspringung der dazwischenliegenden Hauptscholle Australiens. Die lebhaftesten Beziehungen zeigen aber die gattungsreichen Megascolecinen, welche Australien zum Teil unter Einschluß der Nordinsel Neuseelands oder des ganzen Neuseelandgebietes mit Ceylon und besonders dem südlichen Vorderindien, zum Teil außerdem auch dem nördlichen Vorder- und Hinterindien verbinden (und merkwürdigerweise zum Teil auch mit der nordamerikanischen Westküste). Dagegen zeigen die australischen Regenwürmer keine unmittelbaren Beziehungen zu Afrika oder gar Südamerika. Wir dürfen hiernach vielleicht annehmen, daß in der gondwanischen Brücke Vorderindien sogar das nächste Glied war, welches mit Australien vielleicht unmittelbar zusammenhing.

Die zweite, antarktische Brücke Australiens hat dessen Beziehungen zu Südamerika zum Gegenstand. Diese Beziehungen sind sehr bekannt, denn es gehört hierher namentlich die eigenartige Säugetierfauna Australiens, welche im schroffen Gegensatz zu der des Sunda-Archipels steht, wie *Wallace* zuerst erkannte (*Wallace*-Grenze der Säugetiere). Sie besteht nämlich wesentlich aus Beuteltieren, deren nächste Verwandte die südamerikanischen Beutelratten sind. Diese zweite Fauna *Hedleys* hat die besondere Eigentümlichkeit, daß sie keine kältescheuen Formen enthält. Schon *Wallace* bemerkte über die Verbindung mit Südamerika: „Aber welchen Beweis wir auch haben mögen, der eine frühere Verbindung dieser Länder zu involvieren scheint, er deutet darauf hin, daß dieselbe, wenn sie überhaupt vorhanden war, nach ihren kalten südlichen Grenzen zu lag, da die tropischen Faunen im ganzen keine Ähnlichkeit zeigen". Diese Worte beziehen sich zwar nur auf die Säugetiere. Aber bei der Besprechung der Reptilien, Amphibien und Fische sagt er gleichfalls: „Es ist wichtig, hier zu bemerken, daß die Hitze liebenden Reptilien kaum einen Beweis einer nahen Verwandtschaft zwischen den beiden Regionen liefern, während es die Kälte aushaltenden Amphibien und Süßwasserfische im Überfluß tun"[96]. Auch die Regenwürmer haben diese Landbrücke nicht benutzt. Da man auf diese Weise geradezu auf Antarktika als Verbindungsstück der Brücke hingewiesen wird, und da dasselbe obendrein auch auf dem größten Kreis zwischen Australien und Südamerika liegt, also den kürzesten Weg darstellt, so ist es nicht zu verwundern, daß die von wenigen Autoren statt dessen vorgeschlagene „südpazifische" Brücke, die nur auf der Merkatorkarte die kürzeste Verbindung vortäuscht, fast einstimmig abgelehnt wird, wie unsere Tabelle, S. 64, zeigt. Nur *Burckhardt* vertritt ihre Existenz vom Devon bis zum Eozän, in einem Falle von *Katzer*, in zwei anderen von *Arldt* unterstützt. Er hat für seine Annahme keinen biologischen, sondern einen geologischen Grund: Es finden sich an der Westküste Südamerikas zwischen 32 und 39° Südbreite grobe porphyrähnliche Konglomerate, die von früheren Autoren als vulkanisch angesprochen, von *Burckhardt* aber als verfestigtes Strandgeröll betrachtet werden. *Burckhardt* fand nun, daß dies Konglomerat weiter östlich überall durch Sande ersetzt wird. Er schloß hieraus, daß es sich um eine Küstenlinie handeln müsse — und zwar im Mündungsgebiet eines großen Flusses —, bei welcher die Verteilung von Wasser und Land gerade umgekehrt war wie heute. Westlich im Gebiet des Pazifik Land, östlich davon im Gebiet des heutigen Landes Wasser. Das gröbere Geröll entspräche dann dem Strande, der feinere Sand dem tieferen Wasser. Dagegen hat *Simroth*[97] geltend gemacht, daß

147

keinerlei biologische Anzeichen für die Existenz einer solchen Landmasse im Südpazifik, die womöglich von Südamerika bis nach Australien reichen soll, angeführt werden können, und daß *Burckhardts* Beobachtungen, auch wenn ihre unmittelbare Deutung richtig ist, auch schon durch die Annahme befriedigt werden, daß der östliche Teil der Anden und ihr östliches Vorland damals einen langen schmalen, von Norden nach Süden weisenden Meeresarm darstellten. Der Fluß, dessen Größe wohl immer nur recht unsicher wird geschätzt werden können, kann umgebogen sein, und sein Hinterland nicht im Westen, sondern im Norden oder Süden gehabt haben. Im übrigen bieten gerade die Beobachtungen aus Südamerika, wie im Kapitel über die Polwanderungen gezeigt werden wird, noch so viel Widerspruchsvolles, daß hier doppelte Vorsicht am Platze ist. Die Mehrzahl der Fachgelehrten hat denn auch angenommen, daß die in Rede stehende südpazifische Brücke nicht existiert hat, und daß für *Burckhardts* Beobachtungen eine andere Erklärung gesucht werden muß[98].

Statt dessen interessieren uns nunmehr in unserer Tabelle die Südgeorgische Brücke zwischen Südamerika und Westantarktis und die Macquarie-Brücke zwischen Australien und Ostantarktis. Wegen unserer Unkenntnis der Antarktis sind hier die Angaben der Tabelle anders zu bewerten als die früheren. Denn viele Autoren haben es offensichtlich nur deshalb unterlassen, eine Landbrücke anzunehmen, weil sie mangels Beobachtungen noch keine Ursache hatten, es zu tun. Es kommt hier also hauptsächlich nur auf die bejahenden Urteile an. Unsere Tabelle scheint dann zu zeigen, daß die Macquarie-Brücke bereits im oberen Eozän, die südgeorgische aber erst im Pliozän ganz abbrach, nachdem sie schon seit dem Oligozän stark behindert war. Aus biologischen Gründen hat man übrigens eine doppelte Brücke angenommen, die eine von

Wilkesland über Tasmanien nach Westaustralien, die andere über die Westantarktis nach Neuseeland und Neuguinea. Die beiden Einwanderungsströme zeigen charakteristische Unterschiede.

Die südgeorgische Brücke brach erst im Pliozän ab, konnte aber nach der Isolierung Australiens diesem nichts mehr liefern.

Die dritte Fauna *Hedleys* ist die jüngste, von den Sunda-Inseln eingewanderte. Die heutige Lage Australiens gewährt keine Absperrung mehr gegen die Tier- und Pflanzenwelt der Sunda-Inseln. Die altertümlichen australischen Säugetiere dringen im Sunda-Archipel immer weiter vor, so daß man die *Wallace*-Grenze schon weit jenseits der Schollengrenze zwischen den kleinen Sunda-Inseln Bali und Lombok hindurch und weiter durch die Makassarstraße zieht, und andererseits wanderten der Dingo (wilder Hund), Nagetiere und Fledermäuse u. a. postdiluvianisch nach Australien ein. Die junge Regenwurmgattung Pheretima, welche mit großer Lebenskraft auf den Sunda-Inseln, den südostasiatischen Küstengebieten von der Malaiischen Halbinsel bis China und auf Japan die meisten älteren Gattungen verdrängt hat, hat auch Neuguinea vollständig erobert und bereits auf der Nordspitze Australiens festen Fuß gefaßt. Alles dies beweist einen regen Austausch von Fauna und Flora, der erst in jüngster geologischer Zeit begonnen haben kann. Er zeigt deutlich, daß man ohne Kontinentalverschiebungen nicht auskommt, denn in der gegenwärtigen Lage könnte sich natürlich die Eigenart der australischen Tierwelt nicht entwickelt haben.

Fig. 29.

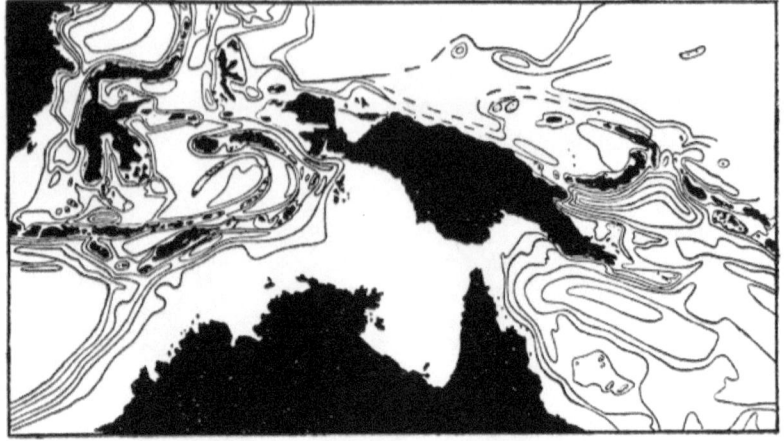

Tiefenkarte der Umgebung von Neuguinea,
Nach den Tiefenkarten der Ozeane von *Groll*.

Auch bei Australien bestätigt die Tiefenkarte aufs schönste unsere Annahme, daß hier jüngst eine Kollision dieser großen Scholle mit den zerteilten Ketten des Sunda-Archipels stattgefunden hat. Betrachten wir die beiden südlichsten Reihen der Sunda-Inseln (Fig. 29). Die genau westöstlich streichende Kette von Java, Bali, Lombok, Soembava, Flores, Wetter usw., biegt sich bei Annäherung an die große Tafel Australien–Neuguinea in spiraligem Bogen allmählich nach Nordost, Nord, Nordwest, West, Südwest. Die ihr vorgelagerte Timorkette bezeugt schon durch ihre gestörte, wechselnde Richtung die Kollision mit dem australischen Schelf und wird weiterhin in derselben energischen Weise in einer Spirale zurückgebogen. Die australische Tafel erfaßt hier, aus Südosten herandrängend, die ursprünglich geradlinigen, nach Osten weisenden Inselreihen und schiebt sie vor sich her. Und eine sehr interessante Ergänzung zu diesem Vorgang sieht man auf

151

der Ostseite Neuguineas. Als Nordende der großen australischen Tafel aus Südosten kommend, hat Neuguinea die Inseln des Bismarckarchipels gleitend gestreift, hat dabei aber Neupommern an seinem früheren Südostende erfaßt und mit sich geschleppt, die lange Insel um mehr als 90° herumdrehend und sie halbkreisförmig biegend. Die tiefe Rinne, die der Meeresboden im Süden und Osten dieser Insel aufweist, zeugt von der Gewaltsamkeit dieses Vorganges, da das Sima sie noch nicht wieder auszufüllen vermocht hat.

Zwei unterseeische Rücken verbinden Neuguinea und Nordostaustralien mit den beiden neuseeländischen Inseln und scheinen den Weg der Verschiebung zu weisen, vielleicht als geschmolzene, zurückgebliebene Massen von der Unterseite der Scholle. Auch auf biologischem Wege ist *Hedley* zu dem Resultat gekommen, daß Neuguinea mit Neukaledonien, den neuen Hebriden und den Salomoinseln eine Einheit bildet.

Auch Australien, insbesondere sein südwestlicher Teil, wird von einer ähnlichen Gneistafel mit welliger Oberfläche gebildet wie Vorderindien und Afrika. Sie fällt längs der Küste mit einem langen Steilrande, der „Darling Range" und ihrer nördlichen Fortsetzung zum Meere ab. Vor dem Steilrand liegt ein abgesunkener Streifen flachen Landes, der aus paläozoischen und mesozoischen Schichten aufgebaut und an wenigen Stellen von Basalten durchbrochen ist, und vor diesem wieder ein schmaler, bisweilen ganz verschwindender Gneiszug an der Küste. Die genannten Sedimente enthalten am Irvinflusse auch ein Kohlengebiet. Es liegt nahe, anzunehmen, daß diese australische Westküste einstmals die Fortsetzung der indischen Ostküste einschließlich Ceylons gebildet hat, schon nach den Konturen und der Tiefenkarte, aber auch weil gerade manche biologische Beziehungen (Regenwürmer) Südwestaustralien besonders eng an Ceylon anschließen.

Die heutige Streichrichtung der Gneisfaltung ist in Australien überall meridional gerichtet und würde also bei dieser Angliederung an Vorderindien in Nordost–Südwest verwandelt und somit parallel zur dortigen Hauptrichtung werden.

Im Osten Australiens verlaufen die wesentlich im Karbon gefalteten australischen Kordilleren längs der Küste von Süden nach Norden, um hier in einem staffelförmig nach Westen zurückweichenden Faltensystem, dessen einzelne Falten immer genau nordsüdlich verlaufen, zu endigen. Ebenso wie bei den staffelförmigen Falten zwischen Hindukusch und Baikalsee zeigt dies die seitliche Grenze des Zusammenschubes an; die riesenhafte Andenfaltung, welche, in Alaska beginnend, durch vier Erdteile hindurchzieht, erreicht hier ihr Ende. Die westlichsten Ketten der australischen Kordilleren sind die ältesten, die östlichsten die jüngsten. Tasmanien bildet eine Fortsetzung dieses Faltensystems. Interessant ist im Bau des Gebirges die spiegelbildliche Ähnlichkeit mit den südamerikanischen Anden, wo wegen der Lage jenseits des Poles die östlichsten Ketten die ältesten sind. Indessen fehlen in Australien die jüngsten Ketten. *Suess* findet sie in Neuseeland wieder[99], dessen Gebirge in der Trias-Jura-Zeit gefaltet wurde[100]. Schon diese Verhältnisse legen die Annahme nahe, daß Neuseeland im Karbon noch ein Randschelf neben den australischen Kordilleren, im Jura eine Randkette derselben bildete, die sich erst im Tertiär als Girlande ablöste. Hiermit stimmt die Verteilung der marinen tertiären Randsedimente Australiens überein. Der breite Streifen tertiärer Sedimente, der die ganze Südkante Australiens begleitet und sich durch die Bass-Straße hindurchzieht, deutet an, daß hier im Tertiär mindestens schon ein überschwemmter Grabenbruch Australien von Antarktika trennte; vielleicht war sogar die völlige Trennung schon erfolgt bis auf den tasmanischen

Anker, der erst etwas später durchgerissen wurde. Die Fortsetzung dieser tertiären Sedimente findet man erst auf Neuseeland wieder, während die australische Ostküste völlig frei von ihnen ist. Zur Zeit der Ablagerung scheint also Neuseeland noch mit Australien landfest gewesen zu sein. Die zwischen beiden gelegene Lord-Howe-Insel kann erst in jüngster Zeit isoliert worden sein; dort sind große Knochen von Landtieren gefunden worden, welche den riesigen Eidechsengattungen Megalania und Notiosaurus zugeschrieben werden. Diese Tiere, die in Australien Zeitgenossen der großen Beuteltiere gewesen sind und also in sehr junger Zeit gelebt haben, können unmöglich auf einer so kleinen Insel gehaust haben.

Über die permokarbonischen Glazialablagerungen im Gebiet des alten Gondwanalandes wird im folgenden Kapitel berichtet werden.

Die Angliederung Australiens in der Rekonstruktion der karbonischen Urkontinentalmasse ist aus dem Grunde besonders schwierig, weil wir den Bau von Antarktika noch nicht genügend kennen. Namentlich in der Ostantarktis sind die Konturen noch auf lange Strecken unerforscht, so daß wir nicht in der Lage sind zu beurteilen, wie eine probeweise ausgeführte Angliederung überhaupt paßt. Es ergeben sich infolgedessen hier noch mehrere Möglichkeiten, welche namentlich die Lage Neuguineas erheblich ändern würden. Auf meine Wahl, die nur zur Stütze für die Vorstellung getroffen wurde, lege ich keinen großen Wert, insbesondere ist auch die Verschiebung der Westantarktis an der Ostantarktis entlang rein hypothetisch. Hierdurch wurde erreicht, daß das Ende der Gebirgskette von Grahamland, nämlich König Edward VII. Land, neben die Ketten des Viktorialandes und Tasmaniens zu liegen kommt und seine unmittelbare Fortsetzung in der Girlande Neuseeland findet.

Fünftes Kapitel.

Polwanderungen.

Über die Frage der Pollage in früheren geologischen Zeiten herrscht gegenwärtig in der Geologie eine Verwirrung, die nach dem Gesamtstand unserer Kenntnisse nicht mehr notwendig erscheint, wenn sie auch historisch verständlich ist.

Nach dem Vorgange von *Laplace* waren die Geophysiker anfangs geneigt, praktisch in Betracht kommende Polwanderungen ganz zu leugnen, da sie nachweisen konnten, daß geologische Massenverlagerungen, wie Sedimentation, Bildung von Inlandeisdecken, Hebungen und Senkungen nur äußerst geringe Änderungen der Trägheitsachse der Erde und damit auch der Rotationsachse verursachen können, vorausgesetzt, daß die Erde sich wie ein starrer Körper verhält. Es ist auch leicht einzusehen, daß in letzterem Falle die Trägheitsachse — bei der Kugel noch durch jeden beliebigen Durchmesser repräsentiert — beim abgeplatteten Rotationsellipsoid, wie es die Erde darstellt, eben durch die Abplattung in dem Grade festgelegt ist, daß ganz ungeheure Deformationen des Ellipsoids dazu gehören, sie auch nur um ein geringes zu ändern.

Die Resultate des Internationalen Breitendienstes entsprechen auch tatsächlich nahezu diesen Anschauungen. Diese Messungen haben uns, wie im dritten Kapitel erörtert wurde, mit einer sehr geringfügigen kreisenden Bewegung des Rotationspoles bekannt gemacht, den sogenannten Polschwankungen, nach denen der Pol eine eigentümliche, bisweilen spiralig sich zusammenziehende, dann wieder sich erweiternde Kurve um eine mittlere Lage (den Trägheitspol) beschreibt, ohne sich dabei aber mehr als etwa 20 m von diesem zu entfernen. Die Natur dieser kreisenden Bewegung ist gut bekannt; sie besteht, abgesehen von einer erzwungenen jährlichen Schwingung, aus der freien *Euler*schen Bewegung um den Trägheitspol, welche bei starrer Erde nur 305 Tage Umlaufszeit haben sollte, infolge der Plastizität des Erdkörpers aber eine solche von 423 Tagen hat. Man hat sich also vorzustellen, daß von Zeit zu Zeit durch Erdbeben oder andere geologische Ereignisse eine minimale Verlagerung der Trägheitsachse eintritt; dann schießt jedesmal der Rotationspol im rechten Winkel zu dieser Verlegung aus und beginnt seine kreisende Bewegung, die allmählich spiralig wieder zur Ruhe kommt, meist aber schon vorher wieder durch eine neue kleine Verlagerung der Trägheitsachse einen neuen Impuls erhält. Diese Verlagerungen der Trägheitsachse sind jedoch so minimal, daß sie sich aus den bisherigen Beobachtungsreihen nicht mit einiger Sicherheit erkennen lassen, sondern nur aus der Bewegung des Rotationspoles erschlossen werden. Es läßt sich nachweisen, daß diese *Euler*sche Kreisbewegung nur bei starren, nicht bei flüssigen Körpern möglich ist, und so scheinen unsere Erfahrungen über Polschwankungen in der Tat das alte *Laplace*sche Vorurteil gegen große Polwanderungen zu stützen.

Indessen hat man doch schon vor längerer Zeit eingesehen, daß dies ein Trugschluß ist, und eine Autorität wie Lord *Kelvin*[101] hat z. B. das Ergebnis seiner Untersuchung über diesen Gegenstand in die Worte gekleidet: „Wir können nicht nur zulassen, sondern sogar als höchst wahrscheinlich behaupten, daß die Achse größter Trägheit und die Rotationsachse, immer nahe beieinander, in alten Zeiten sehr weit von ihrer gegenwärtigen geographischen Position entfernt gewesen sein können, und daß sie nach und nach um 10, 20, 30, 40 oder mehr Grade gewandert sein können, ohne daß dabei jemals eine wahrnehmbare plötzliche Störung, sei es des Wassers oder des Landes stattgefunden hat." Namentlich *Schiaparelli*[102] hat der Frage, wie sich die Dinge bei einer nichtstarren Erde stellen, eine lichtvolle Untersuchung gewidmet, auf deren Resultate wir kurz eingehen wollen. Er behandelt nacheinander die drei Fälle einer völlig starren Erde, einer völlig flüssigen Erde und einer solchen mit verzögerter Anpassung der Abplattung an die jeweilige Pollage. Im ersten Teil kommt er zu dem uns bereits bekannten Resultat, daß selbst große geologische Veränderungen nur äußerst geringfügige Lagenänderungen der Trägheitsachse mit sich bringen, und daß die Rotationspole die *Euler*sche Kreisbewegung um die Trägheitspole beschreiben. Ganz anders im zweiten Fall, der einer flüssigen Erde mit sofortiger Anpassung der Abplattung an die Rotation entspricht. Es leuchtet ein, daß jetzt die Abplattung nichts mehr zur Festlegung der Rotationsachse beisteuern kann. Sie folgt automatisch und ohne Widerstand der jeweiligen Lage der Rotationsachse und damit auch der Trägheitsachse. Hierdurch wird diese frei beweglich, d. h. nur noch durch die Unregelmäßigkeiten der Massenverteilung an der Erdoberfläche oder im Erdinnern bestimmt. Das Maximum der Trägheit, welches der Trägheitsachse entspricht, ist also jetzt nur wenig verschieden von den Trägheitswerten anderer Achsenlagen, und es genügen daher sehr kleine geologische Veränderungen, um außerordentliche Polwanderungen zu erzeugen. Die Erdpole würden in diesem Falle außerordentlich empfindlich gegenüber den geologischen Vorgängen sein, und es wäre zu erwarten, daß sie in lebhafter, meßbarer Bewegung wären. Die *Euler*sche kurzperiodische Bewegung wäre verschwunden, oder genauer, das fortwährende Wandern ihres Zentrums verhindert ihre Entfaltung; statt dessen treten lange schwingungsartige Bewegungen sehr großer Amplitude auf, deren Geschwindigkeit und Periode *Schiaparelli* in einem Zahlenbeispiel auf 200 km/Jahr, bzw. 100 bis 200 Jahre berechnet. Man gewinnt also den Eindruck, daß diese Annahme sofortiger Anpassung der Abplattung an die Rotation über das Ziel hinausschießt.

Um so wichtiger ist das Ergebnis der dritten Annahme, nämlich der der verzögerten Anpassung. Und zwar stellt sich *Schiaparelli* vor, daß die Abplattung ihre gegebene Orientierung so lange beibehält, also der Ellipsoidpol (*Schiaparelli* nennt ihn pôle d'équilibre) so lange unverändert bleibt, bis der Rotationspol eine bestimmte Entfernung k von ihm überschreitet, worauf dann der Ellipsoidpol, immer in der Entfernung k, ihm zu folgen beginnt. Macht jedoch der Rotationspol in seiner Bahn eine schärfere Wendung, so daß sich sein Abstand vom Ellipsoidpol wieder verringert, so bleibt dieser sogleich wieder still liegen, und zwar so lange, bis der Rotationspol wiederum die Entfernung k überschreitet. Mit anderen Worten: der Ellipsoidpol wird vom Rotationspol so nachgeschleppt, als ob beide durch eine Leine von der Länge k miteinander verbunden wären. Vom dritten Pol, dem Trägheitspol, haben wir noch nicht gesprochen; sein Abrücken vom Ellipsoidpol bildet für den Rotationspol die Veranlassung, seine Wanderung zu beginnen.

Die ganze Bewegung spielt sich hiernach in zwei Phasen ab: in der ersten Phase verhält sich die Erde wie ein starrer Körper, der Ellipsoidpol verharrt ungeändert in seiner Lage; geologische Ursachen bewirken sehr kleine Verlagerungen des Trägheitspoles, auf welche der Rotationspol mit der *Euler*schen Kreisbewegung reagiert. Dies ist, um es vorweg zu nehmen, das Bild, welches wir heute sehen. Die zweite Phase der Bewegung aber beginnt dann, wenn die Abweichung des Rotationspoles vom Ellipsoidpol infolge einer stärkeren Verlegung des Trägheitspoles die kritische Größe k überschreitet. Dann ändern sich mit einem Schlage die ganzen Verhältnisse. „Die wesentliche Bedingung dafür, daß großartige Polwanderungen als Folge der allmählichen Anpassung auftreten, besteht aber darin, daß durch irgendeine Ursache der Abstand zwischen Rotations- und Ellipsoidpol größer wird als die Konstante k." Der Ellipsoidpol wird nunmehr hinter dem Rotationspol im Abstand k hergezogen, zwingt nun aber seinerseits wieder den Trägheitspol, die neue Orientierung der Abplattung zu berücksichtigen. Zu der bisherigen Bewegung des Trägheitspoles, die nur durch die geologischen Vorgänge bestimmt ist, tritt also nun noch eine zweite, nämlich die Tendenz, mit dem von ihm selber in Bewegung gesetzten Ellipsoidpol mitzugehen. Da auf diese Weise die Wirkung immer wieder erneut zur Ursache wird, so werden schon kleine erste Ursachen (geologische Prozesse) imstande sein, ganz ungeheure Polwanderungen zu erzeugen. Sie müssen nur so groß sein, daß der Rotationspol um mehr als k vom Ellipsoidpol fortgedrängt wird. Leider ist es noch nicht möglich, über die Größe von k ein Urteil zu haben. *Schiaparelli* berechnet ein Zahlenbeispiel, bei welchem $k = 300$ m herauskommt, aber natürlich ist dies eine ganz unsichere Schätzung; aus den Polschwankungen scheint nur so viel hervorzugehen, daß $k >$ etwa 20 m sein muß. *Schiaparelli* meint: „Es ist wahrscheinlich, daß die Erde, indem sie sich infolge der Abkühlung verfestigte, den Wert dieser Konstante fortschreitend vergrößert hat, und ihn noch heute vergrößert. Wenn dies zutrifft, und wenn wir annehmen, daß die Intensität der geologischen Prozesse immer dieselbe bleibt, wird sich die Wahrscheinlichkeit großer Wanderungen der geographischen Pole, die ja durch die Anpassung verursacht werden, fortschreitend im Laufe der Zeit verringern. Hieraus leitet sich eine wichtige

Folgerung ab; nämlich selbst wenn es gelungen wäre zu zeigen, daß solche Bewegungen für die Gegenwart unmöglich seien (was noch nicht geschehen ist), so könnte man den Schluß noch nicht auf die Zeiten ausdehnen, wo durch die Bewegungen der Erdkruste die Alpen, die Anden und der Himalaja um mehrere Kilometer emporgehoben wurden; und noch weniger auf die ältesten Zeiten der Erdgeschichte."

Wir müssen uns allerdings erinnern, daß auch ohne Änderung von k zeitweise wieder die erste Phase der Bewegung eintreten kann, die sich so abspielt, als ob die Erde absolut starr und die „Leine" zwischen Rotations- und Ellipsoidpol schlaff wäre, nämlich wenn die Polbahn eine scharfe Biegung macht oder einen Umkehrpunkt hat. Das Vorhandensein der *Euler*schen Periode spricht dafür, daß wir uns gegenwärtig in einem solchem Zwischenstadium befinden, aber wir müssen jeden Tag gewärtig sein, daß der Radius der *Euler*schen Kreisbewegung größer als k wird und dann der Pol sozusagen durchgeht, wobei dann die *Euler*sche Periode nicht mehr in Erscheinung tritt. Vielleicht herrschte derselbe Ruhezustand auch sehr lange in der Sekundärzeit. Die im folgenden zu besprechende auffällig rasche tertiäre Polwanderung nach der langen Zeit relativer, zum Teil auch wohl völliger Ruhe erfährt hierdurch eine ganz neue, eigenartige Beleuchtung.

Die geologischen Tatsachen drängen, wie in neuerer Zeit immer mehr anerkannt wird, durchaus zu der Annahme, daß die Pole in den verschiedenen geologischen Zeiten an verschiedenen Orten gelegen haben. So kommt *E. Kayser*[103] in bezug auf die große Polverschiebung im Tertiär zu dem Resultat: „Wir möchten glauben, daß sie schon deshalb schwer zu umgehen sein wird, weil ohne sie die monatelange Polarnacht mit ihrer ungeheuren Wärmeausstrahlung ein nahezu unüberwindliches

Hindernis für die Entwickelung solcher Baumfloren sein würde, wie wir sie im Tertiär Grönlands und Spitzbergens antreffen." Auch *Hoernes* hält es in seinem Referat über diese Frage[104] für „in hohem Grade unwahrscheinlich, daß eine abweichende Verteilung von Land und Meer und vertikale Höhendifferenzen daran Schuld tragen sollten, daß Nordamerika in ungleich höherem Grade vereist war als Europa. Viel wahrscheinlicher ist es, daß eine andere Lage des Poles an dieser Erscheinung die Schuld trägt". *Eckardt*[105] hebt insbesondere mit Recht hervor, daß ohne Polverlegung die Ausdehnung der diluvialen Eiskappe — namentlich in Amerika — in Konflikt mit der Lage der Klimagürtel der Erde kommen müßte. Von Spezialforschern haben besonders *Neumayr*, *Nathorst* und *Semper* auf die Notwendigkeit hingewiesen, für den Beginn des Tertiärs eine andere Pollage anzunehmen, und zwar nahm *Neumayr* eine Verschiebung um 10°, *Nathorst* um 20° und *Semper* um 20 bis 30° in der ungefähren Richtung auf die Beringstraße an. (Es wird gezeigt werden, daß 40° am besten den Tatsachen entspricht.) Der Wahrheit am nächsten kommen wohl zwei Arbeiten von nicht streng fachmännischer Seite, nämlich die des Ingenieurs *Reibisch*[106] und die des Physikers *Kreichgauer*[107], welche für die Zeiten nach der Kreide zu fast identischen Resultaten gelangen. Leider hat *Reibisch* seine von der Kreide ab ganz zutreffenden Vorstellungen in die wunderliche Zwangsjacke einer strengen „Pendulation" der Pole auf einem „Schwingungskreise" eingekleidet, die als physikalisches Kreiselgesetz höchstwahrscheinlich falsch ist und auch zu manchen Widersprüchen mit den Beobachtungen führt. Daher hat auch *Simroths* umfangreiche biologische Beweisführung[108] nicht zur Annahme dieser Pendulationstheorie geführt. Sie enthält auch naturgemäß keine Beweise für die von *Reibisch* behauptete strenge Gesetzmäßigkeit der Polbewegungen, aber sie bringt doch wichtige Belege für die Richtigkeit großer Polverlegungen, namentlich derjenigen des Tertiär, in der ungefähren Richtung des *Reibisch*schen Schwingungskreises, und sie enthält beachtenswerte Gedanken und Feststellungen über das Stagnieren der Entwickelung an den Orten beständigen Tropenklimas [Ecuador und Sumatra, den „Schwingungspolen"][109] und die schöpferische Kraft des „Schwingungskreises", wo die großen Klimaschwankungen durch die Nötigung zu immer neuen Anpassungen die Entwickelung der Lebewelt mächtig förderten.

Kreichgauer vermeidet die schädliche Schematisierung und spricht nur von Polwanderungen, die sich auf unregelmäßigen Kurven vollziehen. Er leitet sie teilweise aus der Gesamtheit der klimatologischen Anzeichen ab — hauptsächlich aber in einer nicht immer überzeugenden Weise aus den Streichrichtungen der jeweiligen Gebirgsfaltungen. Zur Karbonzeit lag nach ihm der Nordpol im nördlichen Pazifik, der Südpol bei Südafrika; dann näherte sich der Nordpol den Aleuten, so daß Südafrika eisfrei wurde, und in dieser Lage verharrten die Pole in der ganzen Sekundärzeit, die *Kreichgauer* überspringt. Erst mit Beginn des Tertiär begann eine neue große Wanderung, die über Alaska fort bis nach Grönland (Quartär) hineinführte, von wo der Pol seit der Eiszeit wieder auf seinen heutigen Platz zurückgegangen ist. Die Fachgeologen haben seine ungewöhnlich klaren Gedankengänge nur wenig beachtet und nehmen hauptsächlich daran Anstoß, daß *Kreichgauer* die Pollage bis in die ältesten Zeiten zu rekonstruieren versucht und dabei zu einer Wanderung um etwa 180° kommt. Dies letztere gäbe nun freilich an sich keinen Grund zur Beanstandung. Aber man wird zugeben, daß die Klima-Anzeichen für die vorkarbonische Zeit immer spärlicher und schwieriger werden, so daß man wohl am besten tut, diese alten Zeiten vorläufig außer Betracht zu lassen.

Die Übereinstimmung zwischen *Reibisch* und *Kreichgauer* in den bestbekannten jüngeren geologischen Abschnitten deutet an, daß ihr Ergebnis der Wahrheit bereits sehr nahe kommt. Der folgende Versuch, die Pollagen bis zum Karbon zurück zu verfolgen, bestätigt dies, denn das Ergebnis ist auch hier im wesentlichen das gleiche. Dabei gelingt es, durch die Verschiebungstheorie eine Anzahl von Widersprüchen zu beseitigen, welche — wie die permokarbonische Vereisung der ganzen Südhalbkugel — die Aufgabe bisher schlechterdings unlösbar machten. Diese Fähigkeit der Verschiebungstheorie, die Dinge zu vereinfachen und auch sehr verwickelte Knoten zu lösen, wird sich gerade hier besonders schön zeigen. Daß wir zugleich auch in den Kontinentalverschiebungen die Ursache der Polwanderungen zu sehen haben, wird im nächsten Kapitel erläutert werden.

Es kann nicht ganz mit Stillschweigen übergangen werden, daß in der heutigen geologischen Literatur immer noch häufig Polwanderungen ganz geleugnet werden. Die Verwirrung erscheint mir nicht einmal dadurch erklärbar, daß man ohne Einführung der Kontinentalverschiebungen naturgemäß zu Widersprüchen kommt. Es ist wohl der Wahn von einer fortdauernden, merklichen Abkühlung der Erde, dessen Ketten die Geologie noch immer nicht abgestreift hat, und der hier den Gedanken nahelegt, die Innenwärme der Erde könnte früher ein gleichmäßiges, warmfeuchtes Klima erzeugt haben. Wenn wir ehrlich sind, müssen wir auch gestehen, daß dieser Trugschluß nahe liegt. Die beiden kalten Zonen der Erde machen nach *Supan* nur 12 Proz., die heiße Zone 50 Proz. der Erdoberfläche aus; es ist deshalb, wie *Eckardt* hervorhebt, ganz allgemein viermal wahrscheinlicher, eine tropische Ablagerung als eine polare zu finden[110]. Dazu kommt, daß während des größten Teiles der Erdgeschichte der Nordpol in den Pazifik, der Südpol auf Antarktika fiel, von wo wir fast keine Beobachtungen haben und teilweise auch nicht haben können. Und endlich muß man sich vergegenwärtigen, daß die Geologie — auch heute noch! — wesentlich europäisch orientiert ist; und Europa war eben im Tertiär und in der ganzen Sekundärzeit tropisch oder subtropisch. Nachdem aber Spuren von Inlandvereisung für das Permokarbon, Devon, das Kambrium, ja schon für das Algonkium gefunden sind, haben wir offenbar diesen ganzen Vorstellungskreis aufzugeben. Die vielfach hervortretende Neigung, die Polverlegung, deren Unabweisbarkeit man eingesehen hat, wenigstens so klein als möglich zu halten, ist unlogisch und dient dazu, die Forschung zu verwirren und aufzuhalten. Wenn der Pol 10° wandern kann, so braucht er nur 18mal längere Zeit, um 180° zurückzulegen, ohne daß neue Ursachen hinzuzutreten brauchen. Wir sind also bei der Bestimmung früherer Pollagen lediglich auf die geologischen Befunde angewiesen und haben diese ohne Rücksicht auf die heutige Pollage zu deuten.

Es soll nicht geleugnet werden, daß das Klima eines Ortes nicht nur von seiner geographischen Breite, sondern in hohem Grade auch von der Verteilung von Wasser und Land abhängt. Allein es heißt doch das Pferd vom Schwanz aufzäumen, wenn man, wie vielfach geschehen, alles aus diesen Unregelmäßigkeiten herleiten will und Polwanderungen als entbehrlich bezeichnet. Die Haupterscheinung bildet doch die Lage der Klimagürtel, und demgemäß muß der erste Schritt der Versuch sein, die Pollage aus den Beobachtungen abzuleiten. Dies ist gewissermaßen die erste Näherung bei der Lösung des Problems. Erst wenn die ungefähre Pollage gefunden ist, ist es angezeigt, die durch Land und Meer bedingten

Abweichungen von den Klimazonen heranzuziehen und auf diese Weise eine zweite Näherung für die Pollage zu erhalten, wovon aber in der vorliegenden Skizze noch ganz abgesehen werden muß. Bei der Breitenschätzung nach dem Charakter des Fundes müssen natürlich alle verfügbaren klimatischen Anzeichen verwertet werden, wie außer der Größe und Art der Fossilien auch die rote lateritische Bodenfarbe der Tropen und die gelbe der gemäßigten Breiten[111], ferner Windkanter als Wüstenmerkmal, Salzlager als solche für Trockenheit und Wärme, Korallen als tropische Meeresbewohner, desgleichen Nummuliten, Rudisten u. a., Kohlen und Torfbildung als Anzeichen für die äquatoriale und die beiden gemäßigten Niederschlagszonen, Jahresringe an Bäumen, Glazialerscheinungen, und dergleichen mehr.

Es wäre zweckmäßig, für alle gut untersuchten Gegenden der Erde nach solchen Gesichtspunkten für jedes Zeitalter die Breitenschätzung auszuführen, wie es versuchsweise in der graphischen Darstellung Fig. 30 für Deutschland geschehen ist. Wenn diese Kurve — deren genauere Begründung auch nur für Deutschland den Rahmen unserer Darstellung weit überschreiten würde — für eine Reihe verschiedener Länder mit einiger Sicherheit ermittelt ist, so lassen sich aus ihnen, wenn noch die relative Verschiebung der Kontinente berücksichtigt wird, durch Rechnung oder Messung am Globus die sukzessiven Pollagen leicht und sicher ermitteln. Die von *Dacqué* entworfene Klimakurve der Vorzeit[112] ist ein erster Schritt in Richtung dieser viel versprechenden Methode, leidet aber an dem grundsätzlichen Mangel, daß sie nicht für eine bestimmte Gegend gelten soll, sondern für die ganze Erde. Wir können aber natürlich von einem vorzeitlichen Klima der ganzen Erde ebensowenig reden wie von dem Gesamtklima der heutigen Erde.

Fig. 30.

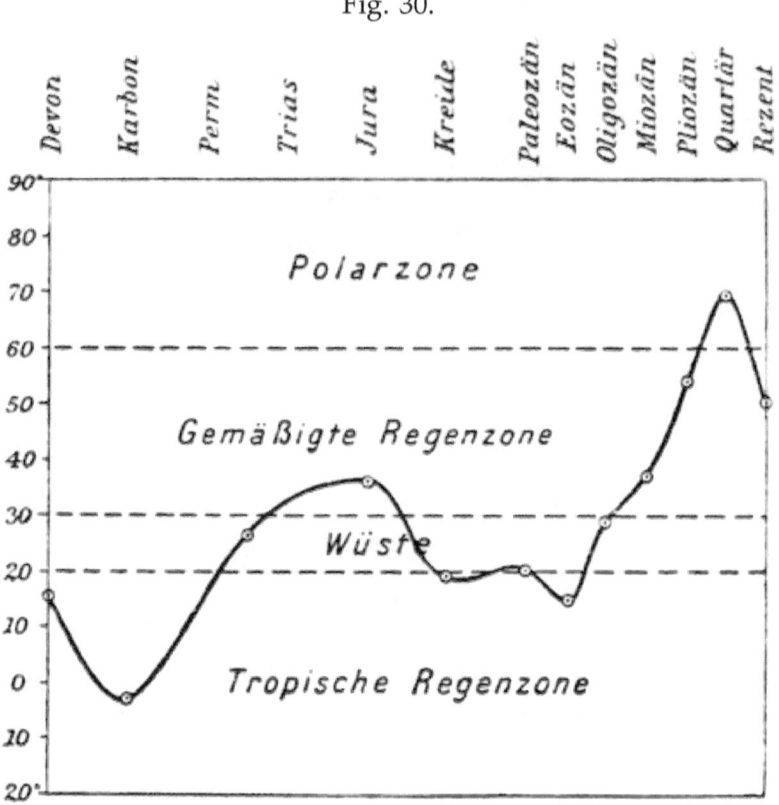

Die Breitenlage Mitteleuropas im Laufe der Erdgeschichte.

Die folgenden Ausführungen stellen nur einen skizzenhaften Überblick dar, dem ein Ausbau im einzelnen noch dringend nottut. Es ist zu erwarten, daß sich bei einer vollständigeren Verwertung aller bisher vorliegenden klimatisch verwertbaren Funde die resultierenden Pollagen hier und da noch etwas ändern werden. Wir müssen auch berücksichtigen, daß die hier abgeleiteten Pollagen Mittelwerte darstellen, während aus den Interglazialzeiten hervorzugehen scheint, daß die Pole bei ihren Wanderungen nicht geradlinig fortschreiten, sondern dabei Schwankungen bis zu mindestens 10° ausführen, die wir hier (und auch in der obigen Klimakurve) ganz vernachlässigen. Daß grundsätzliche Änderungen nötig sein werden, ist jedoch bei der guten inneren Übereinstimmung für die Nordhalbkugel wenig wahrscheinlich. Auf der Südhalbkugel freilich treten Widersprüche auf, welche eine Revision der dortigen Altersbestimmungen wünschenswert erscheinen lassen. Es soll keineswegs versucht werden, diesen Mißstand irgendwie zu verbergen. Die Geologen haben indessen kein Recht, aus diesem Grunde etwa über die ganze Theorie der Polwanderungen den Stab zu brechen. Die Forderung nach der genannten Revision ist bereits aus ihren eigenen Reihen erhoben worden, und ihre Notwendigkeit erhellt — von allen Theorien abgesehen — aus der Tatsache, daß die jetzigen Angaben sich selbst widersprechen. Wir werden auf diese inneren Widersprüche der bisherigen Altersschätzungen noch zurückkommen.

Fig. 31.

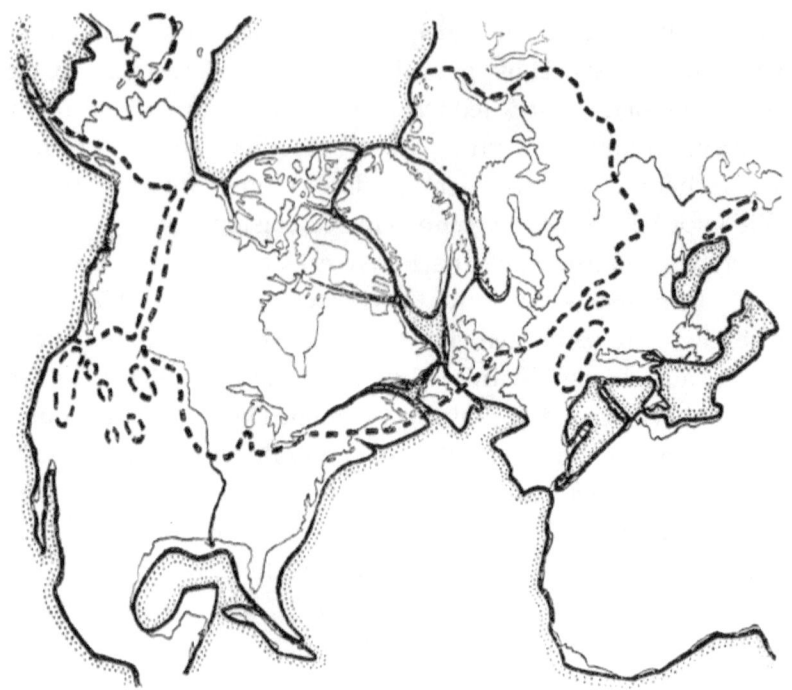

Rekonstruktion der Kontinentalschollen für die große Eiszeit.

In <u>Fig. 31</u> ist die gegenseitige Lage von Nordamerika und Europa zur Eiszeit dargestellt. Man ersieht aus ihr, daß das Gesamtareal der Vereisung nach der Verschiebungstheorie wesentlich kleiner wird, was unter allen Umständen eine Vereinfachung bedeutet. Die gestrichelt angedeutete Endmoräne umschließt, ohne irgendeine Diskontinuität an der amerikanisch-europäischen Grenze zu zeigen, jetzt ein zusammenhängendes Inlandeisgebiet, was ein sehr merkwürdiger Zufall sein müßte, wenn die Kontinente bei ihrer Ablagerung ihre heutige Entfernung voneinander gehabt hätten. Die Karte soll etwa für die große Eiszeit gelten. Es sei dahingestellt, ob die Verbindung der Schollen bei Neufundland und Irland vielleicht schon ein wenig früher abgebrochen war. Bei der letzten europäischen Vereisung war jedenfalls Grönland bereits von Skandinavien abgerückt, was sowohl aus biologischen Gründen als auch aus der Richtung der Eisschrammen und der Neigung der gehobenen Strandlinien in den norwegischen Fjorden zu schließen ist. Den Pol außerhalb dieser großen Eiskappe zu legen, liegt keinerlei Grund vor. Legen wir ihn in die Mitte desselben, um 20° verschoben, so liegen die entferntesten Moränenränder auf 57° Breite, das Mittelmeer in der Zone der regenreichen Westwinde, Kamerun in der Trockenzone und St. Helena und der Sambesi auf dem Äquator.

Während der Interglazialzeiten haben die Saiga-Antilope und zahlreiche andere Steppentiere, welche zum Teil noch heute in den südrussischen Halbwüsten leben, auch in Deutschland ihre Heimat gehabt. Ihre Reste finden sich bald mit Vertretern der nordischen Schneefauna gemischt, bald für sich allein in großen Mengen gehäuft. Man hat daraus gefolgert, daß Mitteleuropa damals ein ähnliches steppenartiges Klima gehabt hat, wie heute Südrußland oder Westsibirien. Bei der heutigen Nähe einer breiten Tiefsee und namentlich des Golfstromes im Westen ist dies meteorologisch nicht erklärbar. Die Verschiebungstheorie bietet auch hier eine Vereinfachung, da nach ihr, wie ein Blick auf unser Kärtchen zeigt, der Atlantische Ozean damals in der Gegend von Spanien sein nördliches Ende erreichte.

Sibirien hatte im Diluvium tatsächlich, wie nach vorstehendem zu erwarten, ein wärmeres Klima als heute, und der Baumwuchs reichte dort höher nach Norden hinauf, so daß zahlreiche Mammute noch auf den Neusibirischen Inseln genügend Pflanzennahrung fanden. Aus Südafrika hat *Passarge*[113] von einer Lateritbildung berichtet, deren Alter zwar nicht genau feststeht ("tertiär bis rezent"), aber wahrscheinlich als diluvial zu betrachten sein dürfte. Damit stimmt auch überein, daß sich die in Südafrika anfänglich vermuteten diluvialen Eisspuren nicht bestätigt

170

haben.

Der Südpol müßte im Diluvium am Nordende von Viktorialand gelegen haben. Australien lag damals nach der Verschiebungstheorie noch südöstlicher, nahe bei Neuseeland. Hierzu stimmt, daß in Ostaustralien, Tasmanien und Neuseeland (Südinsel) Anzeichen stärkerer diluvialer Gebirgsvergletscherung gefunden worden sind. *Penck* bezeichnet diese australische Eiszeit als „ziemlich dürftig". Neuseeland lag damals auf etwa 60° Süd. Eine interessante Einzelheit sei erwähnt: in Tasmanien lag nach *Penck* die diluviale Schneegrenze 500 bis 600 m tiefer als auf Neuseeland. Bei der heutigen, fast gleichen Breite beider Lokalitäten wäre dies schwer verständlich. Nach der Verschiebungstheorie dagegen lag Australien relativ zu Neuseeland erheblich südlicher, so daß Tasmanien in höhere südliche Breiten hinaufrückt als Neuseeland.

In Australien finden sich am Callabonna-See massenhaft aufgehäufte Knochen der Riesen-Beuteltiere, wie Diprotodon, Phascolonus, des Riesen-Känguruhs (Macropus titan), Palorchectes und des Thylacoleo. Diprotodon erreichte Nashorngröße. In Südaustralien lebten gleichzeitig riesige Krokodile und große Schildkröten (Miolania) und die Riesenvögel aus der Verwandtschaft der Moas[114]. Das Aussterben dieser Fauna ist vielleicht besser auf das Näherrücken des Poles im Diluvium statt, wie meist üblich, auf Austrocknung zurückzuführen, während man wohl nicht fehl geht, ihre Entstehung in eine Zeit zu setzen, wo Australien unter besonders geringer Breite lag, aber vor der Invasion fremder Tropenfaunen geschützt war. Wir werden später sehen, daß das ältere Tertiär eine solche Zeit war.

Patagonien müßte im Diluvium auf nur 30° Süd gelegen haben und wohl ganz frei von Gletschern gewesen sein. Damit kommen wir zu der heiklen Frage der

Altersbestimmung der südamerikanischen Glazialerscheinungen. *Steinmann*[115] unterscheidet eine ältere, weit ausgedehnte Überschwemmung ganz Patagoniens mit Inlandeis, die er ins Altquartär setzen möchte und eine junge weniger ausgedehnte, die er unserer Eiszeit gleichsetzt. Sehen wir zunächst von der älteren Vereisung ab, die, wie später gezeigt werden wird, wahrscheinlich in das Tertiär umzudatieren ist, und betrachten wir nur die frischen Spuren jüngster Vereisung; nach der großen Karte in *Dacqué*, Grundlage und Methoden der Paläogeographie (Jena 1915), handelt es sich hier wohl wesentlich nur um Gebirgsvergletscherung. Und nördlich des Wendekreises liegen alle Eisspuren oberhalb 4000 m. Dieser geringe Vereisungsgrad steht jedenfalls in schroffem Gegensatz zu der riesenhaften Inlandeisüberschwemmung Nordamerikas bis St. Louis (38°) herab. Geht man immerhin davon aus, daß die Vergletscherung stärker gewesen ist als heute, so liegt nichts näher als anzunehmen, daß es sich um eine nordamerikanische Interglazialzeit handelt. Eine stratigraphische Entscheidung hierüber dürfte kaum möglich sein. Aber da wir eine diluviale Verlegung des Nordpoles durchaus nicht entbehren können, um nicht in einen absurden Konflikt mit den Klimagürteln der Erde zu kommen, verlangt die Logik eine entsprechende Verlegung des Südpoles nach der anderen Seite, und damit folgt, daß Inlandeis in Kanada Wärme in Patagonien bedeutet. Und hiermit stimmen in der Tat die paläontologischen Befunde. Denn nur durch eine diluviale Wärmeperiode Südamerikas findet die dortige ganz eigenartige diluviale Fauna von riesigen Edentaten, den großen Vorfahren der kleinen, heute für dies Gebiet charakteristischen Faultiere, Gürteltiere und Ameisenbären, ihre Erklärung. Das Riesenfaultier (Megatherium) erreichte Elefantengröße. Eine kleinere Gattung (Mylodon) soll in gewissen Höhlen bis in die neueste Zeit gelebt haben und jedenfalls Zeitgenosse, vielleicht Haustier des Menschen gewesen sein. Die Reste dieser Tiere liegen meist in Pampaslehm eingebettet, einer ausgedehnten Lößformation, die sich außen an das mit Grundmoräne bedeckte Gebiet älterer Vereisung anschließt (nördlich von Patagonien). Man erkennt allgemein an, daß diese Fauna nur in warmem Klima gelebt haben kann, ist aber bestrebt, sie ins Tertiär oder wenigstens Altquartär zu setzen, um nach Analogie mit Europa für das Tertiär ein warmes, für das Quartär ein kaltes Klima zu retten, während die Tiere doch in dem Produkt der großen Vereisung eingebettet liegen, also erst lebten, als der Wind bereits den Staub von der abgetrockneten Grundmoräne entführen konnte. Jedenfalls wird man zugeben, daß diese Tiere nicht gleichzeitig mit der Vereisung gelebt haben können, und daß deshalb jedenfalls eine Revision der Altersbestimmungen für Südamerika nötig ist.

Das gleiche gilt dann aber wohl auch für die Altersbestimmungen in der Westantarktis, die ja durch die südamerikanischen in entscheidender Weise beeinflußt werden. Hier wurden Araukarien, Nothofagen und Koniferen mit brasilianischer Verwandtschaft gefunden, auch ein Riesenpinguin, also Anzeichen eines gemäßigten Klimas. Die Funde wurden in das Tertiär gesetzt. Es wird wahrscheinlich eine Verbesserung bedeuten, wenn wir diese von den heutigen nicht sehr abweichenden Formen in das Diluvium setzen können. Besonders interessant ist die Verwandtschaft mit Brasilien, im Gegensatz zu älteren Zeiten, wo die Beziehungen nicht nach Brasilien, sondern Neuseeland und Dekan hinweisen. Denn im Diluvium hatten sich Australien und Neuseeland bereits von Antarktika losgelöst, und außerdem lag die Polarkappe zwischen Westantarktis und Neuseeland, während der Weg zum tropischen Brasilien frei war.

Es sei bei dieser Gelegenheit darauf hingewiesen, daß wir

von einer genaueren paläoklimatischen Erforschung Patagoniens außerordentlich wichtige Resultate zu erwarten haben. Die große Breiten- und Klimaänderung, welche Europa zwischen Eozän und Diluvium durchmachte und die einer Polwanderung von 65° entspricht, muß hier in Südamerika ohne Unterbrechung und in vollem Ausmaß zur Geltung gekommen sein, aber in umgekehrtem Sinne wie in Europa: Anfangs Eiszeit, dann regenreiche Westwindzone, dann als wärmste Zeit gerade noch das Klima der Wüstenzone und darauf wieder Abkühlung auf den heutigen Stand. Wir kommen auf diese Frage beim Eozän zurück.

Es ist wohl ausgeschlossen, daß jemals das ganze nördliche Vereisungsgebiet gleichzeitig vereist war. Selbst in der Antarktis reicht das Inlandeis nur bis etwa 66°, in Südgrönland bis etwa 60° Breite. Diese Zahlen stellen aber Extreme dar. Die antarktischen Verhältnisse sind wegen der ozeanischen Umgebung des Südpolargebietes extrem günstig für Inlandeisbildung. Auf der Nordhalbkugel fehlt das Inlandeis in Sibirien noch in 75° Breite. Die grönländische Eiskappe darf man vielleicht mit *v. Drygalski* als Relikt aus der Eiszeit betrachten. Aus den Temperaturmessungen, die ich auf der *Koch*schen Expedition quer über Grönland ausgeführt habe, geht hervor, daß das Inlandeis selbsttätig durch Verstärkung der Ausstrahlung an seinem Orte die Temperatur um etwa 7° herabdrückt; infolgedessen kann es sich beim Steigen der Temperatur länger erhalten, nämlich so lange, bis die Temperatur 7° höher geworden ist als diejenige, bei der sich das Eis zu bilden begann. Da diese 7° C rund 10 Breitegraden entsprechen, können wir sagen, daß im landreicheren Nordpolargebiet Inlandeis auf etwa 70° Breite entsteht und auf 60° abschmilzt. Hiernach müßte der Nordpol, um die Eiskappe zu erzeugen, etwa einen Weg vom Nordufer der

174

Hudson-Bai durch Grönland fast bis Nordskandinavien zurückgelegt haben. Indessen ist seine Bewegung wohl nicht auf kürzestem Wege erfolgt. Die Interglazialzeiten deuten große Schwankungen der Pollage an, und es ist wohl nicht undenkbar, daß es sich um eine Fortbewegung in Schleifen handelt. Wir brauchten dann nur anzunehmen, daß der Nordpol mit den größten Ausschlägen seiner Bahn die oben genannte Linie erreicht hat.

Schon für Europa ist *Geikie* zu dem Schluß gekommen, daß die Vereisung im Osten später eintrat als im Westen. Er fand nämlich, daß der untere Blocklehm Ostdeutschlands gleichzustellen sei dem oberen Blocklehm Mittel- und Westdeutschlands, d. h. daß im letzteren Gebiet bereits eine Grundmoräne lag, als sich die unterste Grundmoräne des Ostens ablagerte. Für Amerika ist *Chamberlin* zu einem ganz ähnlichen Resultat gekommen. Auch hier geht aus der Übereinanderlagerung der Grundmoränen hervor, daß die verschiedenen Vereisungszentren nicht gleichzeitig in Tätigkeit gewesen sind, sondern die Vereisung im Westen älter war als die im Osten. Während im Osten die vom Eise abgeschliffenen Felsen und die Moränen noch ganz frisch aussehen, kostete es in Kolumbien Mühe, das Inlandeis sicher nachzuweisen, und es sind bisher dort nur kurze Stücke der Endmoräne gefunden worden. Die Teilung durch Interglazialzeiten läßt sich in Europa und Amerika nicht in übereinstimmender Weise durchführen. In Europa unterscheidet man drei (in den Alpen jedoch vier) Eiszeiten, in Nordamerika früher vier, neuerdings sechs Eiszeiten, sowie die entsprechenden Interglazialzeiten. Auch die eiszeitliche Fauna läßt sich hüben und drüben zeitlich nur für die letzte Phase der amerikanischen Eiszeiten identifizieren, während die ersten Phasen kein Gegenstück in Europa haben. Die älteste amerikanische Interglazialzeit enthält insbesondere noch eine durchaus tertiäre Fauna, nämlich den Säbeltiger (Machaerodus), Mylodonten, Lamas, Kamele, Mastodonten. Letztere sind sogar noch in allen amerikanischen Interglazialzeiten vorhanden, während sie in Europa bereits vor der ersten Eiszeit ausstarben. *Kreichgauer* hat aus diesen Gründen angenommen, daß die Vereisung im Westen Nordamerikas bereits in die ältere Tertiärzeit fällt. Im untersten Eozän sei nur Alaska von der Vereisung betroffen worden, womit vielleicht das fossile Inlandeis der Gebiete um Point Barrow und auf den Neusibirischen Inseln zusammenhängt (beschrieben in *Suess*, Das Antlitz der Erde 2, 616). In diesem ganzen Gebiet fehlt jede tertiäre Fauna und Flora. Die typischen Quartärtiere Europas, wie Mammut, Pferd und Wisent, haben auf der Erdschicht gelebt, die das Eis verhüllt, und auf welcher damals Erlen und Weiden wuchsen. Im Diluvium herrschte hier also schon wieder eine höhere Temperatur als heute, wenn auch das Jahresmittel unter -2° blieb, wie die Erhaltung des Bodeneises zeigt. „Als zweite Eiszeit müssen wir diejenige von Britisch-Columbia bezeichnen; als dritte die der Barren-Lands (am Westufer der Hudsonbai); als vierte die Eiszeit von Labrador; als fünfte die schottische; als sechste die skandinavische; und endlich als siebente die finnische Eiszeit. Die Gegenwart müßte man als grönländische Eiszeit auffassen." (*Kreichgauer*, a. a. O., S. 337-338.)

Daß auch noch die zweite und dritte Eiszeit ganz in das Tertiär gehören, dafür gibt *Waagen* (Unsere Erde, München, Allg. Verl.-Ges., o. J.) noch einige wichtige Beweise an: Nach *Russel* fand die Hauptfaltung des Eliasgebirges und nach *Leconte* auch der Aufbau des Kaskadengebirges erst nach der Vereisung des Landes statt, dürfte aber doch wohl zu der allgemeinen jungtertiären Faltung des pazifischen Randes gehören. Ferner werden in den oberen Glazialablagerungen neben Mastodon auch sechs Vertreter der Pferdefamilie gefunden, darunter das dreizehige Hipparion, das in Europa, Asien und Afrika seit dem mittleren Jungtertiär ausgestorben erscheint. Auch diese lassen sich nicht in das Diluvium setzen, zu welcher Zeit vielmehr in Nordamerika der Pferdestamm ganz ausgestorben und in Europa nur das heutige Pferd übrig geblieben war, das nun wieder nach Amerika einwanderte. Die Brücke von Panama endlich wurde schon im Eozän landfest. Die ersten Auswanderer von Nord gehören in der Tat dieser Zeit an, die ersten von Süd findet man aber in den Glazialschichten Nordamerikas.

Ich glaube nicht, daß *Kreichgauer* mit seiner Altersschätzung zu hoch gegriffen hat; man wird kaum umhin können, die ältesten Teile der amerikanischen Vereisung bereits weit in die Tertiärzeit zu setzen.

Damit kommen wir zur Frage nach der Pollage im Tertiär. In dieser Zeit größter Kontinentalverschiebungen, Gebirgsfaltungen und vulkanischer Erscheinungen finden wir die Pole in schneller Wanderung begriffen und müssen deshalb die Unterteile der Tertiärzeit getrennt behandeln.

Im *Pliozän* war nach unserer obigen Annahme der Nordwesten von Nordamerika vereist, und gleichzeitig war in Europa das Klima vom heutigen nicht wesentlich verschieden. Dies paßt gut zueinander, denn das Vereisungsgebiet lag, wenn man die Verschiebung Nordamerikas berücksichtigt, damals von Mitteleuropa ebenso weit entfernt, wie heute der Pol. Weniger gut paßt dazu, daß nach *Neumayr* nicht nur das miozäne, sondern auch noch das pliozäne Klima Japans kühler war als heute. Zu berücksichtigen ist allerdings, daß schon in der Rekonstruktion ohne Polverlegung der Polabstand sowohl des nordamerikanischen Vereisungsgebietes wie auch Japans kleiner wird als heute. Wir können also wohl die heutige Pollage als eine Mittellage für das Pliozän betrachten. Der Pol war in dieser ganzen Zeit in schneller Bewegung und dürfte im Laufe des Pliozäns etwa 10° durchlaufen haben, aber anscheinend war der Teil der Schleife, der hier beschrieben wurde, so gelegen, daß die Poldistanz Mitteleuropas nicht stark beeinflußt wurde. Die beiden Umkehrpunkte der Schleife entsprechen dann vielleicht dem kühleren Klima Japans einerseits und der nordamerikanischen Vereisung andererseits.

Im Miozän befand sich der Pol etwa an der Beringstraße in 67° Nord, 172° West[116]. Dabei war der Pol in diesem Abschnitt in schneller Bewegung auf Europa zu. In Deutschland (das vor der Alpenfaltung von Afrika 10° weiter entfernt war als heute) kamen zu Beginn des Miozäns noch viele subtropische Formen vor, einzelne Palmen, Magnolien, Lorbeer, Myrte usw., so daß man wohl annehmen kann, es habe unter 30 bis 35° Breite gelegen, was zu der obigen Pollage führt. Spanien hatte nach *Penck* ein Klima wie heute Marokko unter 28° Breite; unter Berücksichtigung der Atlasfaltung mit 5° käme man hiermit auf eine Lage des Poles bei 70° Nord (und gleicher Länge wie oben). Aber im Laufe des Miozäns verschwindet die subtropische Flora in Deutschland, bei Zschipkau und Senftenberg finden sich zwischen Anzeichen milderen Klimas auch erfrorene Blätter. In der Schweiz ging nach *Heer* die Mitteltemperatur von 20 ½ auf 18 ½° zurück. Im Laufe des Miozäns erlosch auch die Baumflora in Spitzbergen, Grönland und Grinnell-Land (heute 80°), die nach unserer Annahme zu Beginn des Miozäns noch in 55° Breite lag. Nach den Untersuchungen von *Dall* und *Harris* über Meeresconchylien war Nordamerika bis zur Hudsonmündung (jetzt 40°) im Miozän tropisch. Schiebt man Amerika an Europa heran, so erhält die Hudsonmündung bei der angegebenen Pollage etwa 20° Breite. Daß das Miozän von Alaska und Sachalin nach *Neumayr* nordischer ist als das von Grönland und

Spitzbergen, erklärt sich nach der Pollage ohne weiteres, zumal wenn man Nordamerika an Europa heranschiebt und dadurch die Stauchung von Nordostasien rückgängig macht.

Der Südpol hätte im Miozän, auf Afrika bezogen, in 67° Süd, 8° Ost gelegen. Auf Kerguelen ist eine miozäne Marinfauna gefunden, welche zeigt, daß diese Inselgruppe eisfrei war. In der Tat müßte es auf etwa 55° Breite gelegen haben. Feuerland lag damals wohl noch nicht erheblich westlicher als die antarktischen Sandwich-Inseln, von denen der Pol nur etwa 20° entfernt war. Wir kommen auf die Frage einer tertiären Vereisung Patagoniens beim Eozän zurück. Das Miozän bildet hier nur den Übergang zu den eisfreien Zeiten des Diluviums.

Im *Oligozän* war das europäische Klima im ganzen noch wärmer und entsprach meist dem Beginn des Miozäns. Palmen und andere immergrüne Gewächse waren bis an den heutigen Ostseestrand verbreitet; im Oberoligozän der Wetterau finden sich z. B. massenhafte Hölzer und Blattreste von Palmen. Auf Spitzbergen, Grönland, Grinnell-Land, Franz-Joseph-Land, Bäreninsel wuchsen nicht nur Kiefern, Fichten und Eiben, sondern auch Linden, Buchen, Pappeln, Ulmen und Eichen, ja sogar Taxodien, Sequoien, Platanen, Kastanien, Weinreben, Gingko und Magnolien. *Heer* schätzte die Jahresmitteltemperatur Spitzbergens hiernach zu +9°, und entsprechend die Jahresmitteltemperatur der oligozänen Schweiz zu +20,5°. Die 9°-Isotherme geht heute nur in Ostasien ein wenig unter 40°Breite herab, in Westeuropa liegt sie heute bei 55°, in Rußland bei 46°. Wir dürfen also vielleicht 50° als passende Breitenschätzung betrachten. Die Isotherme von 20,5° verläuft heute längs etwa 30° Breite. Die erstere Bestimmung würde den Nordpol in 60°, die zweite in etwa 67° ergeben (Länge ungefähr 180°).

Im *Eozän* scheint der Äquator am weitesten nach Norden

heraufgerückt zu sein. Nach *Zittel* sind die Korallenriffe im älteren Tertiär am Nord- und Südrand der Alpen und Pyrenäen, in Arabien und Westindien zu finden, während sich dieser Gürtel im Miozän und Pliozän mehr dem heutigen Äquator nähert. Für Mitteleuropa schätzt *Heer* die Mitteltemperatur auf 25°. Hiernach hätten die Alpen, deren Mitte damals etwa 5° weiter von Afrika entfernt war als heute, auf dem Äquator gelegen, und der Pol folglich auf 40° Breite (und etwa 180° Länge) im Pazifik. Im Eozän Belgiens besteht nach *Semper* ein Drittel, in dem von Paris sogar die Hälfte der Arten aus tropischen Formen; ungewöhnlich große Conchylien treten auf, die Nummuliten gedeihen üppig, die Landpflanzen sind tropisch. Auch die mitteleozäne Flora der Themsemündung hat nach *Schenck* ein tropisches Gepräge. *Semper* hat den Versuch gemacht, nach der indischen und atlantischen Verwandtschaft der eozänen Fauna des damaligen Mittelmeeres die Stromrichtung zu bestimmen, und gelangte zu dem interessanten Resultat, daß im Eozän der Strom aus Osten gekommen, also durch Passat verursacht war, während in späteren Zeiten die Zunahme der atlantischen Beziehungen eine Stromrichtung aus Westen und also den Eintritt des Mittelmeeres in die nördliche Westwindzone erkennen läßt. Er kommt auf diese Weise auf eine eozäne Polverlegung um 20 bis 30°[117]. Nehmen wir den wohl richtigeren höheren Wert und schlagen, um die Verschiebung relativ zu Afrika auszudrücken, wegen der Alpenfaltung noch 10° hinzu, so erhalten wir den Pol bei 50° Nordbreite (180° Länge). Fassen wir zusammen, so können wir also wohl annehmen, daß der Nordpol im Eozän etwa auf 40 bis 50° Breite im nördlichen Pazifik lag.

Die von dicken Manganknollen überwucherten Glazialgeschiebe, welche *Agassiz* im nördlichen Pazifik aus der Tiefsee hervorholte, dürften mit dieser frühtertiären Lage des Nordpols, wenn nicht sogar mit den sehr ähnlichen noch älteren Lagen, in Verbindung zu bringen sein.

Da im Eozän Südamerika noch nahe westlich vor Afrika lag, und der Südpol seinen größten Ausschlag nach Norden gerade in dieser Gegend ausführte, so mußte Patagonien stark vereist sein, Neuseeland und Australien dagegen subtropisches Klima haben. Diese zu erwartende frühtertiäre Vereisung Patagoniens scheint mir die zu sein, deren Spuren *Steinmann* als Jujuy-Schichten bezeichnet. Es sind nach ihm fossilfreie Blocklehme viel höheren Alters als die vorerwähnten frischen Gletscherspuren. Sie sind stark gestört, teilweise bis zur senkrechten Stellung aufgerichtet und von Verwerfungen durchsetzt und werden von den jüngeren Glazialbildungen diskordant überlagert. Hierzu paßt auch sehr gut *Neumayrs* Angabe, daß in Chile (35° Breite) im Alttertiär und Miozän keine Formen vorkommen, die auf größere Wärme als heute schließen lassen. Denn dies Gebiet war im Eozän unter Berücksichtigung der Verschiebung von Südamerika nur etwa 15°, im Miozän 30° vom Pole entfernt.

Die Westantarktis mußte bei dieser eozänen und auch noch bei den vorangehenden Lagen des Südpols von Brasilien abgeschnitten sein, dagegen mit Australien und Neuseeland in Formenaustausch stehen. Es ist sehr interessant, daß tatsächlich dort im Gegensatz zu jüngeren Funden mit brasilianischer Verwandtschaft ältere Faunen und Floren gefunden sind, die keine brasilianischen, sondern neuseeländische Verwandtschaften aufweisen. Sie werden jedoch in die Jura- und Kreidezeit gesetzt. Jedenfalls enthalten sie noch keine Anzeichen der im Tertiär der Nordhalbkugel neu auftretenden Laubbäume, sondern die Flora ist noch rein mesozoisch. Wir wollen die Frage, ob es möglich ist, diese Flora etwa in das Alttertiär zu setzen (die Einwanderung der tertiären Flora könnte durch

Eisbedeckung Patagoniens verzögert sein), offen lassen. Es ist wohl nicht ausgeschlossen, daß sich diese Funde auch dann gut in das Bild einfügen, wenn man an der vorliegenden Altersbestimmung festhält. Wichtig bleibt jedenfalls der Umschlag in den Verwandtschaftsbeziehungen der Westantarktis, welcher offenbar durch die große im Tertiär und Quartär erfolgte Verlegung des Südpols hervorgerufen wurde.

Im *Paleozän* endlich scheint der Äquator wieder seiner heutigen Lage ein wenig näher gelegen zu haben. Die Landpflanzen im Paleozän des Pariser Beckens sollen nach *Dacqué* sogar nur auf gemäßigtes bis subtropisches Klima hinweisen. Auch die Nummuliten treten, was ihre Körpergröße betrifft, bescheidener auf als in der darauffolgenden Zeit. Wenn wir demgemäß den Äquator wieder ins Mittelmeergebiet auf heute 35°Nord legen, und dies Gebiet wegen der Atlasfaltung um 5° nördlich verschieben, so liegt der Nordpol wieder auf 50° Nordbreite.

Um die Pollage in der *Kreide*zeit zu ermitteln, benutzen wir *Dacqués* in Fig. 32 wiedergegebene Karte der Fundstellen tropischer Rudistenmuscheln. Sie bilden einen etwa 16 Breitengrade breiten Streifen, dessen Mitte einem größten Kreise entspricht und als Äquator der Kreidezeit angesprochen werden muß. Um die Pollage in bezug auf Afrika aus dieser Karte zu ermitteln, müssen wir zunächst die Fundorte so verschieben, daß sie nach der Verschiebungstheorie ihre richtige damalige Lage in bezug auf Afrika einnehmen. Trägt man sie dann nach Länge und Breite in eine Millimeterteilung ein, so kann man durch graphischen Ausgleich unschwer die Lage des Äquators ermitteln. Man findet auf diese Weise seine größte Abweichung vom heutigen Äquator bei etwa 40° östlicher Länge im Betrage von etwa 42°. Dies entspricht einer Lage des Nordpols bei 48° Nordbreite und 140° westlicher Länge.

Hierzu paßt sehr gut, daß die nordamerikanische Baumflora der Oberkreide (vielleicht schon Eozän), obwohl heute so viel südlicher als Grönland, doch ganz mit der grönländischen Flora übereinstimmt. In Ostgrönland wie an der atlantischen Küste Nordamerikas wuchsen Magnolien, Brotfruchtbaum, Feigen usw., so daß *Waagen* ihre geographische Breite übereinstimmend zu 38° schätzt[118]. Die von *Gothan* untersuchten altkretazischen Koniferenstämme mit Jahresringen auf Spitzbergen wären dann auf etwa 50° Breite gewachsen. Mit dieser relativ großen Abweichung des Poles in Länge paßt gut, daß *Basedow* in der Oberkreide Australiens Glazialspuren fand[119]; der jetzige Südrand Australiens war damals nur 18° vom Südpol entfernt.

Fig. 32.

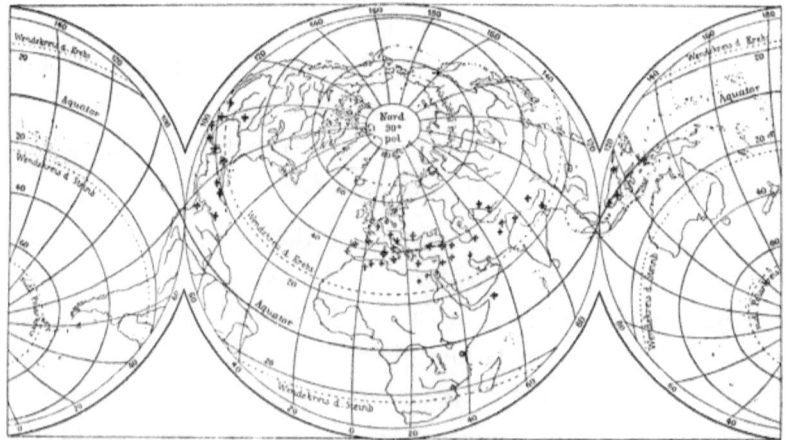

Fundstellen tropischer Rudistenmuscheln aus der Kreidezeit, nach *Dacqué*.

Für die Bestimmung der Pollage in der *Jura*zeit bilden noch immer *Neumayrs* Angaben über den Klimacharakter der jurassischen Meeresfauna die beste Grundlage. Er unterscheidet drei Faunen, nämlich den polaren „moskauer" Typus, den gemäßigten „mitteleuropäischen" und den tropischen „alpinen". Nach seiner hier nicht mitgeteilten Karte[120] läßt sich der tropische Gürtel an der Westküste Amerikas zwischen 20° Süd und 32° Nord, ferner an der Ostküste Afrikas zwischen 3° Süd und 46° Nord und im ostasiatischen Gebiet zwischen 23° Süd und etwa 30° Nord festlegen. Hieraus finden wir durch eine ähnliche Konstruktion wie für die Kreidezeit die Pollage bei etwa 69° Nordbreite und 170° westlicher Länge. *Neumayr* hebt selbst hervor, daß sich die nördlichsten Spuren jurassischer Korallenriffe etwa in 53° Breite, nämlich in England und Norddeutschland, finden, während heute deren äußerstes Vorkommen an den Bermudas-Inseln nur bis etwa 32° reicht, so daß man hierdurch, wenn man noch die

184

Alpenfaltung mit 10° in Rechnung setzt, eine Polverschiebung um etwa 30° (auf 60° Nord) in ungefähr der angegebenen Richtung erhalten würde, was wohl hinreichend mit dem obigen Resultat stimmt. In Übereinstimmung mit unseren Ergebnissen steht auch, wie ein Blick auf Fig. 30, S. 100, lehrt, die Angabe *Zittels*, daß die jurassische Flora Englands nur subtropisch war, aber gegen Ende der Jurazeit rein tropisch wurde.

Eine Schwierigkeit bereitet wieder die Westantarktis. Hier sind, wie schon oben erwähnt, nach *Nordenskjöld* jurassische Farne, Schachtelhalme und Cykadeen gefunden worden, welche mit der jurassischen Flora Indiens und Neuseelands, nicht mit der Südamerikas, verwandt sind. Der Südpol scheint damals allerdings etwa 33° südlich von Südafrika gelegen zu haben, also jedenfalls außerhalb von Antarktika, das zwischen ihm und Afrika lag (vgl. Fig. 23, S. 61), aber die antarktische Fundstelle würde doch kaum 20° Polabstand erhalten, was reichlich klein erscheint. Man darf nun allerdings die Genauigkeit der Polbestimmung nicht überschätzen und muß außerdem auf grobe Fehler in unseren Annahmen über die Gliederung von Antarktika gefaßt sein. Es kann deshalb möglich sein, daß die Schwierigkeit nur durch diese Fehler vorgetäuscht wird. Vielleicht kommt aber, wie erwähnt, auch eine Umdatierung in das Alt-Tertiär in Frage. Man kann aber immerhin als Übereinstimmung buchen, daß von der Westantarktis aus der Weg nach Australien frei und nicht durch polare Eismassen versperrt war, was die erwähnten Verwandtschaftsbeziehungen zu fordern scheinen.

Die *Trias*zeit ist in Deutschland charakterisiert durch die roten Buntsandsteine und die großen Salzlager, beides Anzeichen der heißen Wüste. Deutschland hat also damals in der nördlichen Wüstenzone der Erde, etwa in 25° Breite, gelegen. Die für die Triaszeit charakteristischen Sagopalmen wuchsen noch auf Franz-Joseph-Land, welches damals in der nördlichen Regenzone, unter 50° Breite, lag. Ebenso war die vorangehende *Perm*zeit in Deutschland durch Wüstenbildung ausgezeichnet. Haben wir hierdurch bereits den Abstand des Nordpols, so erhalten wir auch seine Richtung durch die auffallende Gleichartigkeit der permo-triassischen Saurier- und Stegocephalenfaunen des Urals und in Texas, die es wahrscheinlich machen, daß diese beiden Gegenden — heute in 25° Breitenunterschied gelegen! — damals in gleicher Breite lagen. Wir brauchen also nach Heranschieben von Amerika nur die Mittelsenkrechte auf der Verbindungslinie Ural–Texas zu errichten und haben damit auch die Richtung des Nordpols. Wir erhalten auf diese Weise den permischen Nordpol auf etwa 50° Nord und 130° West. Der Südpol, auf 50° Süd, 50° Ost, lag wohl noch auf Antarktika, aber nahe an dessen Grenze gegen Australien, und konnte infolgedessen die dortigen Glazialspuren verursachen. Damit haben wir den Ausgang der großen permokarbonischen Glazialspur erreicht, welche sich über vier heute weit getrennte Kontinente hin erstreckt. Im *Karbon* oder Permokarbon liegt der in der ganzen Erdgeschichte bisher einzige Fall vor, daß sowohl der äquatoriale Regengürtel, wie die polare Inlandeiszone wenigstens eines Poles beide gleichzeitig sicher nachzuweisen sind[121]. Für diese Zeit gilt unsere Rekonstruktion Fig. 23, S. 61. Es sei zum Vergleich damit auch die lehrreiche Karte von *Kreichgauer* mitgeteilt (Fig. 33). Ähnlich wie über dem frühtertiären Äquator entstand auch über dem Karbonäquator ein Gürtel von Gebirgsfalten („Karbon-Ring" *Kreichgauers*). Man wird aber bemerken, daß dieser Faltungsring bei Nordamerika und bei Australien erheblich von dem „Karbonäquator" abweicht, und daß in Südamerika, welches von letzterem durchquert wird, das Gebirge fehlt. Diese Abweichungen verschwinden in überraschender Weise, wenn man die Kontinente nach der

Verschiebungstheorie zurechtschiebt, wie in Fig. 23, S. 61, geschehen. Mir scheint daher gerade diese Abbildung wieder ein Beleg für die Richtigkeit der Verschiebungstheorie zu sein.

Es ist viel darüber diskutiert worden, ob die Steinkohlen wirklich, wie hier angenommen, im äquatorialen Regengürtel erzeugt wurden oder nicht vielmehr nach Analogie der heutigen Torfmoore in den feuchten gemäßigten Westwindzonen, ja *Ramann*, *Frech* u. a. haben gemeint, die Verkohlung erfordere tiefe Temperaturen und sei in den Tropen unmöglich. Allein diese Bedenken sind durch die Entdeckung tropischer Moore zerstreut worden. „Die ganze Beschaffenheit der karbonischen Flora, die nach *Potonié* durchaus das Gepräge einer tropischen Moorflora besitzt, spricht zugunsten dieser Anschauung. Die Stein- und auch die Braunkohlensümpfe stellen nach dem genannten Forscher fossile Flachmoore dar, die am meisten nicht sowohl an die großen Swamps Nordamerikas, als vielmehr an die Waldmoore Sumatras und anderer Tropengegenden erinnern [*Potonié*, Die Entstehung der Steinkohle, S. 161, 1910]"[122]. Besonders betrachtet man das Fehlen von Jahresringen bei den karbonischen Holzgewächsen als Anzeichen von Tropenklima[123], zumal nachdem *Arbers* Entdeckung von Jahresringen an permokarbonen Hölzern von Neusüdwales und *Halles* gleiche Feststellung auf den Falklandsinseln gezeigt haben, daß das Fehlen von Jahresringen nicht etwa eine allgemeine Eigenschaft der damaligen Flora war. Die typische Karbonflora mit Baumfarnen, Kalamiten, Sigillarien und Lepidodendren erstreckt sich vom Sambesi (jetzt 15° Süd) bis Spitzbergen (80° Nord) und ist von der Danmark-Expedition sogar zwischen 80 und 81° Nord in Nordostgrönland gefunden worden[124]. In diesen hohen Breiten ist sie freilich nicht mehr so üppig wie in dem großen Steinkohlengürtel, der etwa die Mitte zwischen diesen Extremen hält. Auch ist zu berücksichtigen, daß die Pole gerade in der Karbonzeit in lebhafter Wanderung begriffen waren, wie schon aus dem langen Zug von Glazialablagerungen auf der südlichen Halbkugel hervorgeht. Die Funde auf Spitzbergen und in Nordostgrönland gehören nach *Nathorst* dem älteren Karbon an, wo der Südpol vielleicht seine nördlichste Lage (etwa bei Loanda) inne hatte. Selbst unter Berücksichtigung der karbonischen und der Alpenfaltung in Europa mit je 10° kommen wir dabei nur auf eine Breitenlage Spitzbergens von etwa 20° Nord. Diese typische Karbonflora wird nun in schönster Weise ergänzt durch die polare „Glossopteris"-Flora, welche auf der Südhalbkugel überall in enger Verbindung mit den Ablagerungen der permokarbonischen Vereisung erscheint.

Fig. 33.

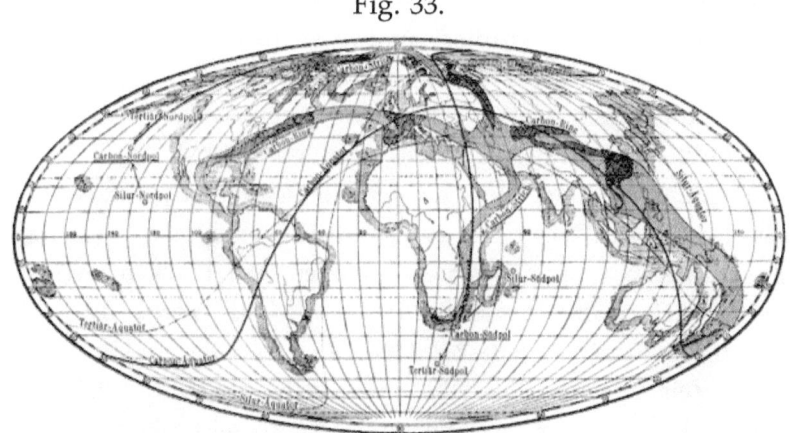

Karbonische Faltungen und Äquatorlage, nach *Kreichgauer*.

Diese ganze Florengliederung läßt keine andere Möglichkeit zu, als daß der große Steinkohlengürtel der Erde, der sich von den nordamerikanischen Appalachen über Mitteleuropa nach China hinzieht, der äquatorialen Regenzone des Permokarbons entsprach. Diese Deutung liegt schon deswegen nahe, weil es eben nur einen, nicht zwei solche Gürtel gibt, und wird dadurch zur unumstößlichen Gewißheit, daß gleichzeitig mit diesem tropischen Moorgürtel die von *Moolengraaff* u. a. beschriebenen, wunderbar erhaltenen permokarbonischen Eisschliffe und Grundmoränen des Kaplandes gebildet wurden, in jetzt 80, damals (wegen der Alpenfaltung) 90 Breitengraden Abstand von jenem.

Die permokarbonischen Glazialablagerungen in ihrer Gesamtheit verdienen eine genauere Betrachtung, gerade mit Hinblick auf eine Prüfung der Verschiebungstheorie. Diese Eisspuren sind in allen Teilen des alten Gondwanalandes gefunden worden, zum Teil mit überraschender Deutlichkeit, so daß man aus den Schrammen in der polierten Felsoberfläche noch die Bewegungsrichtung der Eismassen ablesen kann. Namentlich in Südafrika sind diese Spuren eingehend studiert worden, ähnlich aber auch in Vorderindien, in Australien, in Brasilien (Rio Grande do Sul) und dem nordwestlichen Argentinien, auf den Falklandsinseln, in Belgisch-Kongo (von *Stutzer* und *Grosse*) und sogar in Togo (von *Koert*). Die Ohnmacht, mit der die alte Lehre vom Versinken der Landbrücken diesen Tatsachen gegenübersteht, kann keinen besseren Ausdruck finden als durch *Kokens* lichtvolle Schrift: Indisches Perm und die permische Eiszeit (Festband d. N. Jahrb. f. Min. 1907), die zu einer Zeit erschien, als der Fund auf den Falklandsinseln noch ausstand und man die südamerikanischen Funde noch in Zweifel ziehen durfte. Selbst unter diesen günstigen Bedingungen ergab sich, daß eine so große polare Eiskappe unmöglich war. Denn selbst wenn der Pol an die günstigste Stelle, nämlich mitten in den Indischen Ozean gelegt wurde, so erhielten die fernsten Gebiete mit Inlandeis immer noch geographische Breiten von 30 bis 35°. Bei einer solchen Vereisung hätte kaum irgendein Teil der Erdoberfläche von glazialen Erscheinungen frei bleiben können. Und dabei fiele dann der Nordpol auf Mexiko, dessen gut bekanntes Perm keine Spur von Vereisung zeigt. Auf den etwas verzweifelten Ausweg *Kokens*, alle diese Glazialfunde durch eine ehemals große Seehöhe der Fundstätte zu erklären, brauchen wir wohl nicht einzugehen. Kurz nach der genannten Veröffentlichung wurden die erwähnten Glazialerscheinungen auf den Falklandsinseln entdeckt, durch welche *Koken* den Äquator gelegt hatte; und heute sind auch die brasilianischen und argentinischen Funde bestätigt, welche gleichfalls *Kokens* Äquator sehr nahe liegen. In dem viel genauer bekannten Perm der Nordhalbkugel hat man nirgends mit einiger Sicherheit permische Glazialerscheinungen nachweisen können, und so würde das reine Tatsachenmaterial vom Standpunkt des alten Vorstellungskreises, welcher Horizontalverschiebungen der Kontinente nicht zuläßt, besagen, daß die ganze Südhalbkugel mit Inlandeis überschwemmt, die Nordhalbkugel aber ganz frei davon war. Daß dies Resultat aber in meteorologischer wie in astronomischer Hinsicht ein Unding ist und die ältere Theorie damit ad absurdum geführt ist, bedarf keiner Erläuterung. Es ist schon verschiedentlich, insbesondere von *Penck*, hervorgehoben, daß diese Verhältnisse die Annahme von Verschiebungen der Erdrinde doch nicht unwahrscheinlich erscheinen lassen. Man kann wohl weiter gehen und sagen, daß es unmöglich ist, den Widersinn zu beseitigen, wenn man nicht die Südkontinente in ähnlicher Weise wie bei unserer Rekonstruktion, Fig. 23, S. 61, zusammenrücken läßt. In dieser Darstellung bildet die Gesamtheit der permo-glazialen Funde eine breite Spur von Neuseeland bis Togo, ähnlich der diluvialen Eisspur auf der Nordhalbkugel. Auch hier dürfte die Vereisung nicht auf der ganzen Linie gleichzeitig erfolgt sein, wie schon die Tatsache einer zweifachen Vereisung sowohl in Australien wie in Südafrika nahelegt. In Afrika und Indien liegen die Schichten mit Glossopteris-Flora über, in Australien unter dem Blocklehm. „Daraus geht wohl eines unzweideutig hervor, daß in Indien und Südafrika das Eis früher, in Australien aber später seinen Mantel ausbreitete, und so können wir für Indo-Afrika eine karbonische, für Australien eine permische Eiszeit ansetzen" (*Waagen*, Unsere Erde, München, Allg. Verl.-Ges., o. J., S. 437). Sollten sich die Glazialfunde in Togo bestätigen, so müßte der Südpol als äußerste Lage wohl etwa Loanda erreicht haben, so daß der Äquator zeitweilig sogar bis nach Norwegen hinauf kam. Um den Ort genauer anzugeben, müßten wir allerdings den Betrag der karbonischen Faltungen in Europa abschätzen.

Es scheint also, als ob der Südpol im Karbon in Afrika auf 25° Süd, 25° Ost gelegen hat (also Nordpol auf 25° Nord, 155° West); im Perm scheint er jedenfalls, wie gezeigt wurde, weiter nach dem indisch-australischen Ende der Vereisungsbahn zu gelegen zu haben.

Für die vorkarbonische Zeit werden unsere Vorstellungen über die Klimagürtel immer unsicherer. Allenfalls können wir uns noch für das Devon Rechenschaft von der Pollage geben. In jener Zeit bildeten sich in Südafrika im Kaplande Glazialerscheinungen, und gleichzeitig bildete sich der Old-Red-Sandstein in Nordamerika von Neufundland bis New York, in Grönland, Spitzbergen, England, Livland, Kurland und im südlichen Norwegen. Glätten wir nicht nur die tertiären, sondern auch die karbonischen Faltungen Mitteleuropas, so daß der Abstand Mitteleuropas von Afrika etwa um 20° vergrößert wird, und schieben wir Nordamerika wieder an Europa heran, so liegt England etwa 110 bis 120° von den südafrikanischen Glazialfunden entfernt, d. h. wir haben es beim Old Red mit der nördlichen

Wüstenzone zu tun. Mit Rücksicht auf die Lage dieses Wüstenstreifens findet man den Nordpol bei 30° Nord, 140° West und den Südpol bei 30° Süd, 40° Ost, etwa 16° von seinen Glazialspuren entfernt. — Im Kambrium gab es in China Inlandeis, während sich in Indien, damals etwa 60° davon entfernt, Salzlager bildeten (Salt Range).

So verlockend es auch erscheint, diese immer unsicherer werdenden Spuren weiter zu verfolgen, so müssen wir uns dies bei dem gegenwärtigen Stand unserer Kenntnisse doch versagen, da hierbei den Vermutungen ein ungebührlicher Raum zugewiesen werden müßte. Da bereits sichere Inlandeisspuren aus dem Algonkium (in Kanada) gefunden sind, so wird es zweifellos früher oder später gelingen, die Pollage auch für diese ältesten Zeiten zusammenhängend zu verfolgen. Gegenwärtig erscheint mir jedoch ein solcher Versuch als verfrüht, da unser Bild von den Konturen, ja sogar von der Größe der damaligen Urkontinentalscholle noch nicht deutlich genug ist. Es genügt auch wohl, bis zur Devonzeit zu zeigen, daß die Verschiebungstheorie auch in der Paläoklimatologie imstande ist, die grundsätzlichen Schwierigkeiten zu beseitigen.

Zum Schluß seien noch einmal die mittleren Lagen der Pole sowie Deutschlands seit dem Devon, bezogen auf Afrika in der heutigen Lage, zusammengestellt:

	Nordpol		Südpol		Deutschland	
Rezent	90° N,	—	90° S,	—	50°	N
Quartär	70 N,	10° W	70 S	170° O	69	N
Pliozän	90 N,	—	90 S	—	54	N
Miozän	67 N,	172 W	67 S	8 O	37	N
Oligozän	58 N, etwa 180 W		56 S etwa 0		29	N
Eozän	45 N, „ 180 W		45 S „ 0		15	N
Paleozän	50 N, „ 180 W		50 S „ 0		20	N
Kreide	48 N,	140 W	48 S	40 O	19	N
Jura	69 N,	170 W	69 S	10 O	36	N
Trias Perm (Mittellage)	50 N,	130 W	50 S	50 O	26	N
Karbon	25 N,	155 W	25 S	25 O	3	S
Devon	30 N,	140 W	30 S	40 O	15	N

Sechstes Kapitel.

System, Ursachen und Wirkungen der Kontinentalverschiebungen.

System. Obwohl die Verschiebungen der Kontinente auf den ersten Blick ein recht buntes Bild verschiedenartiger Bewegungen bilden, so erkennt man doch ein großes System: Die Kontinentalschollen bewegen sich äquatorwärts und westwärts. Es empfiehlt sich, die beiden Komponenten dieser Bewegung gesondert zu betrachten.

Eine äquatorwärts gerichtete Bewegung, die „Polflucht" der Kontinentalmassen, ist bereits von verschiedenen Autoren, so namentlich von *Kreichgauer*[125] und *Taylor*[126], angenommen worden. Sie ist wohl ganz allgemein zu erkennen, bei großen Schollen mehr, bei kleinen weniger, und am stärksten in mittleren Breiten. Insbesondere äußert sie sich bei Eurasien in der Anordnung des großen tertiären Faltengürtels des Himalaja und der Alpen, welcher auf dem damaligen Äquator entstand, sowie in den bauchigen Stauchungsformen der ostasiatischen Küste. Sehr deutlich ist ferner die Polflucht bei Australien, denn es bewegt sich nach Nordwesten, wie aus den Deformationen der Inselreihen des Sunda-Archipels, aus dem hohen jugendlichen Gebirge auf Neuguinea und aus dem südöstlichen Zurückbleiben der einstigen Girlande Neuseeland übereinstimmend hervorgeht. Bei Nordamerika macht sich die Polflucht geltend in der südwestlichen Verschiebung Grinnell-Lands gegenüber Grönland (oder auch Labradors gegenüber Südgrönland), ferner auch in der beginnenden Stauchung der sich ablösenden Randkette Kaliforniens und der damit in Verbindung stehenden Erdbebenverwerfung von San Franzisko. Sogar bei der kleinen Scholle Madagaskar ist die Polflucht noch erkennbar, da sie sich von ihrer Abrißstelle am afrikanischen Kontinent nach Nordosten bewegt hat. Afrika und Südamerika liegen heute auf dem Äquator und erfahren deshalb wohl nur geringe meridionale Verschiebungen. Die großen Verschiebungen, welche Südamerika im Tertiär erfuhr und die zur Auffaltung der südamerikanischen Anden führten, waren — unter Rücksicht auf die damalige Pollage — nach Nordwesten gerichtet, lassen also gleichfalls die Polflucht erkennen. Gleiches gilt wohl auch für Antarktika.

Der Zusammenschub Lemuriens vom Tertiär ab bis heute läßt sich in seinen ersten Teilen noch als Polflucht Vorderindiens auffassen. Heute liegt dies allerdings 10 bis 20° nördlich des Äquators, so daß eine Polflucht die Faltung nur verringern könnte. Das gegenwärtige Andauern des Zusammenschubes muß daher wohl ganz auf Rechnung der Polflucht Asiens gesetzt werden, wobei anzunehmen ist, daß Indien als Vorderrand desselben durch den Widerstand, den es im Sima findet, festgehalten und infolgedessen aufgefaltet wird.

Die andere Komponente, die Westwanderung der Kontinente, geht aus dem unmittelbaren Anblick der Erdkarte vielleicht noch klarer hervor. Die großen Schollen ziehen im Sima nach Westen. Schon die Pangäa der Karbonzeit hatte so einen Vorderrand (Amerika), der sich wegen des Widerstandes des zähen Simas in Falten legte (Präkordilleren), und einen Hinterrand (Asien), von dem sich Randketten und Brocken ablösten und als Inselgruppen im Sima des Pazifik stecken blieben. Dieser Gegensatz

195

zwischen dem Ost- und dem Westufer unseres Hauptozeans ist auch heute äußerst auffallend, zumal sich in Ostasien, begünstigt durch dessen meridionale Stauchung, gerade der großartige Prozeß der Ablösung und Zurücklassung zahlreicher Randketten abspielt. Der nach Süden vorgestreckte Kontinentallappen von Hinterindien und den Sundainseln zeigt ein Zurückbleiben nach Osten und bezeugt so die Westwanderung ebenso wie das gleichfalls nach Osten gerichtete Abbrechen Ceylons von der Südspitze Vorderindiens. Auch südlich davon, im Bereich Australiens, spielen sich dieselben Vorgänge ab, wie die schon zurückgelassene Girlande Neuseeland und das nordwestlich gerichtete Vordringen der australischen Scholle zeigen. Dieselben Erscheinungen wie an der ostasiatischen Küste treffen wir auch an der Ostküste Amerikas wieder. In Mittelamerika bilden die Antillen ein schönes Beispiel nach Osten zurückbleibender Girlanden, wobei zu bemerken ist, daß die kleinen Inseln stärker zurückbleiben als die großen; Florida bleibt nach Osten zurück, ebenso wie die Südspitze Grönlands. In Südamerika treten die Massen der Abrolhos-Bank durch Zurückbleiben nach Osten unter dem Kontinent heraus; die Gegend der Drakestraße mit ihren nachschleppenden Festlandspitzen und weit zurückgebliebenen Verbindungsketten war schon früher als Musterbeispiel für die Verschiebung nach Westen erläutert worden. In Afrika äußert sich die Westwanderung in dem östlichen Zurückbleiben der kleineren Scholle Madagaskar (was sich mit dessen Polflucht zu nordöstlicher Bewegung zusammensetzt). Vielleicht darf man auch das junge ostafrikanische Bruchsystem, von welchem die Abtrennung Madagaskars wohl nur einen Teil bildet, mit der Westwanderung in Verbindung bringen, wenn es sich hier auch nicht mehr um Girlanden, sondern um größere Schollen, etwa von der Größe Madagaskars, handelt. An der afrikanischen Westküste scheinen sich zwar die Kanaren und Kapverden erst in jüngerer Zeit vom Kontinent gelöst und sich also von ihm nach Westen entfernt zu haben, allein dieses geringe Vorauseilen des Sima nach Westen ist wohl leicht aus dem ganzen Strömungsbild des Sima bei der Öffnung des Atlantik zu erklären und würde nur besagen, daß sich die Simafläche des Atlantik bei dem Fortschreiten seiner Öffnung wie Gummi zieht, oder daß hier das Einströmen des Sima in die Spalte überwiegt.

Ob sich alle Einzelheiten der Verschiebungen durch diese zwei Komponenten der Polflucht und der Westwanderung darstellen lassen, muß wohl noch dahingestellt bleiben. Die Hauptbewegungen — auch für die Vorzeit — werden aber anscheinend durch sie vollständig dargestellt.

Ursachen. Als Ursache der Polflucht hat *Kreichgauer* die Zentrifugalkraft bezeichnet. Seine Ableitung ist aber falsch, da er statt des Rotationsellipsoids die Kugelform voraussetzt, und die von ihm abgeleitete Kraft fällt eben gerade dadurch fort, daß die Erde abgeplattet ist. Indessen bleibt auch beim Rotationsellipsoid noch eine Polfluchtskraft für die Kontinente übrig, wie folgende Betrachtung lehrt, die ich mit Zustimmung des Verfassers einer demnächst in Peterm. Mitt. erscheinenden Arbeit von W. *Köppen* entnehme:

Der Schwerpunkt einer Kontinentalscholle liegt 2,4 km höher als ihr Auftriebspunkt (Schwerpunkt des verdrängten Simas), liegt also in einer höheren Niveaufläche als dieser letztere. Die höhere Niveaufläche ist aber stärker abgeplattet, weil die Anziehungskraft der Erde für sie kleiner ist (auch in den hier in Frage kommenden Schichten des Erdinnern nimmt die Anziehungskraft mit Annäherung an den schweren Eisenkern der Erde noch zu) und obendrein die Zentrifugalkraft noch etwas größer ist als für die untere. Diese beiden Niveauflächen haben also ihren größten Abstand am Äquator, den kleinsten am Pol, und sind nur an diesen beiden Orten einander parallel, in mittleren

197

Breiten aber gegeneinander geneigt. Dies letztere ist es nun, worauf es ankommt. Denn der Auftrieb wirkt senkrecht zur unteren, die Schwere senkrecht zur oberen Niveaufläche, und diese beiden Kräfte können also, da die beiden Lotrichtungen einen kleinen Winkel miteinander bilden, sich nicht gegenseitig aufheben, sondern geben eine kleine Resultante in Richtung auf den Äquator. Es ist auch ohne weiteres einzusehen, daß diese Polfluchtskraft sowohl am Pol wie am Äquator Null sein muß. Denn an beiden Stellen sind eben die genannten beiden Niveauflächen parallel zueinander, so daß keine Resultante aus Auftrieb und Schwerkraft übrig bleibt. Die Polfluchtskraft muß also für mittlere Breiten ein Maximum erreichen[127].

Die andere Bewegungskomponente, die Westwanderung, kann meines Erachtens durch die ablenkende Kraft der Erdrotation zwangsläufig mit der Polflucht verknüpft sein, so daß die Bewegung der Kontinentalschollen — auch ursächlich — Ähnlichkeit mit der der Passatwinde bekäme. Wie weiter unten gezeigt werden wird, würde sich hieraus gerade eine besonders einfache Erklärung für die Zertrümmerung der mittelmeerischen Bruchzone ergeben. Auch würde dazu stimmen, daß Afrika, weil am genauesten auf dem Äquator, die geringste Westwanderung erkennen läßt.

Es besteht aber auch die Möglichkeit, diese allgemeine Westwanderung der Lithosphäre auf die Reibung der Gezeitenwelle zurückzuführen, welche durch die Sonnen- und Mondanziehung im festen Erdkörper erzeugt wird. Es ist bei dem heutigen Stand der Forschung allerdings keineswegs sichergestellt, ob und wieweit wir mit einer solchen Gezeitenwelle des festen Erdkörpers zu rechnen haben, speziell, ob die durch Sonne und Mond erzeugte Deformation nicht eine rein elastische ist. Aber das eine ist sicher: wenn eine noch so kleine Gezeitenwelle des festen

Erdkörpers die Erde umkreist, so äußert sich die Reibung —
sofern sie eben überhaupt zu Wort kommt — in einem
fortwährenden Zurückhalten namentlich der
oberflächlichen Schichten nach Westen. Auch diese
Gezeitenreibung ist bereits wiederholt, so von E. H. L.
Schwarz[128], *Wettstein*[129] u. a., zur Erklärung der
Erdoberfläche herangezogen worden. In der
Verschiebungstheorie würde sie namentlich zur Erklärung
des ersten Aufreißens der Lithosphäre und ihrer
anfänglichen Zusammenfaltung nach Art eines
Papierlampions gute Dienste leisten. Man brauchte dazu nur
anzunehmen, daß die Reibung, welche diese ständig auf
ihrer Unterlage nach Westen gleitende Lithosphäre erfuhr,
nicht überall gleich groß war. Es muß wohl noch
dahingestellt bleiben, ob man zur Erklärung der
Westwanderung zwischen diesen beiden Ursachen zu
wählen hat, oder ob sie beide gleichzeitig wirksam sind.

Wirkungen. Die wichtigste Wirkung der
Kontinentalverschiebungen bilden die Polwanderungen. Es
war schon früher gesagt, daß bei der zähflüssigen Erde die
Abplattung nicht eigentlich zur Festlegung der Achse
größter Trägheit beisteuert, sondern nur bewirkt, daß die
Polwanderungen außerordentlich langsam vor sich gehen.
Denn die Abplattung ist ja bei jeder Änderung der
Trägheitsachse bereit, ihr durch fließende Verschiebungen
der Teilchen zu folgen und sich der neuen Lage anzupassen.
Nur geschieht dies wegen der Zähigkeit des Erdkörpers mit
Verzögerung. Die Hauptträgheitsachse, und damit also auch
die Drehungsachse, die sich auf jene einzustellen strebt,
werden also nicht durch die Abplattung bestimmt, von der
man vielmehr ganz absehen muß, sondern nur durch die
kleineren Unregelmäßigkeiten der Massenverteilung,
namentlich also durch die Anordnung der
Kontinentalschollen, die trotz ihrer Isostasie wegen ihres

von der Erdachse entfernter gelegenen Schwerpunktes ein größeres Trägheitsmoment besitzen als das verdrängte Sima. Jede Änderung in der Anordnung der Kontinente wird daher auch die Lage der Hauptträgheitsachse und damit der Rotationsachse beeinflussen, und zwar in sehr beträchtlicher Weise, da die Achsenlage eben nur von dieser Anordnung abhängt. Es wird vielleicht einmal möglich sein, aus jeder vorgegebenen Kontinentalgruppierung mathematisch die Hauptträgheitsachse abzuleiten, natürlich nur auf dem Wege numerischer Integration, da die Flächen und Konturen der Kontinente sich nicht in Formeln fassen lassen. Man würde dann in der Lage sein, diese theoretisch berechnete Hauptträgheitsachse unmittelbar mit den geologischen Befunden für die verschiedenen Zeiten zu vergleichen. Bisher steht eine solche mathematische Behandlung der Frage allerdings noch aus. Daß aber ein solcher enger Zusammenhang zwischen der Kontinentalgruppierung und der Achsenlage tatsächlich besteht, geht schon daraus hervor, daß die großen Polwanderungen gerade immer mit den Zeiten lebhafter Kontinentalverschiebungen zusammenfallen. Besonders deutlich ist dies für die Zeit seit dem Beginn des Tertiärs: als der südliche Atlantik sich öffnete, wich der Südpol nach der entgegengesetzten Seite hin aus bis zu seiner Lage im Diluvium; als dann auch die Verbindung zwischen Europa und Nordamerika abbrach, wich nunmehr umgekehrt der Nordpol wieder nach der entgegengesetzten Richtung bis zu seiner heutigen Lage aus.

Auch die Spaltungen der Lithosphäre, die Grabenbrüche, scheinen eine bestimmte Rolle in diesen großen Zusammenhängen zu spielen. Wenngleich hier wohl manche Unregelmäßigkeiten vorkommen, ist doch zu bemerken, daß sich diese Spalten vorzugsweise im äquatorialen Gebiet, und zwar in meridionaler Richtung bilden. Dies gilt offensichtlich für das große ostafrikanische Bruchsystem, das der heutigen und der diluvialen Äquatorlage entspricht, und es gilt auch für den im Oligozän entstandenen Rheingraben. Die große atlantische Spalte verläuft für die tertiären Pollagen ungefähr meridional, desgleichen die Spalte, deren eine Seite der Ostrand von Afrika bildet. Die südliche Zuspitzung der Kontinente in Südamerika, Südafrika, Vorderindien läßt sich so auf nahezu meridionale Spalten zurückführen, die bis zum damaligen Südpol durchgeführt wurden.

Namentlich scheint mir auch die Entstehung der mittelmeerischen Bruchzone mit ihren fensterartigen Öffnungen in der Lithosphäre hierdurch eine neue Beleuchtung zu gewinnen. Sie dürfte auf kürzere meridionale Spalten in der alten Äquatorzone der Sekundärzeit zurückzuführen sein, welche sodann durch die Polflucht der Kontinentalmassen in ihrer Längsrichtung breitgequetscht wurden. Daß diese Zone so besonders stark zertrümmert und vielfach bis zur Unkenntlichkeit der ursprünglichen Formen zerwürgt ist, läßt sich vielleicht durch die Schwankungen der Äquatorlage erklären; denn wenn der Äquator aus ihr z. B. nach Süden herausrückt, so läßt die Polflucht der südlichen Kontinentalmasse nach und damit wird auch deren Westwärtsdrängen vermindert, sofern dies durch die ablenkende Kraft der Erdrotation mit der Polflucht verknüpft ist. Umgekehrt nimmt für die nördliche Kontinentalmasse Polflucht und Westwärtsdrängen zu. Wenn dann der Äquator wieder auf die Nordseite des Mittelmeeres hinüberschwankt, so wird nunmehr das Westwärtsdrängen der nördlichen Kontinentalmassen geschwächt, das der südlichen verstärkt. Auf diese Weise muß bei wiederholten Schwankungen der Äquatorlage ein Hin- und Herarbeiten oder Schrauben der nördlichen Kontinente gegen die südlichen eintreten.

Als ein weiteres Glied in der Reihe dieser großen Zusammenhänge sind auch noch die Transgressionen zu erwähnen. Es ist ein naheliegender und bereits von zahlreichen Autoren, wie Reibisch[130], Kreichgauer[131], Semper[132], Heil u. a. vertretener Gedanke, daß wegen der Zähigkeit des Erdkörpers seine Abplattung bei Verlegung der Achse gegen diese nachhinkt, während das Wasser der Ozeane sofort folgt. Infolgedessen müßten alle diejenigen Gebiete, deren Breite bei der Polveränderung abnimmt, überschwemmt, solche, deren Breite zunimmt, trockengelegt werden. Wir können diese Regel an der Hand unserer Fig. 30 (S. 100) für die Breitenänderungen Deutschlands prüfen. Im Laufe des Karbons nahmen die Transgressionen ab; im Perm war Deutschland noch teilweise von dem Zechsteinmeer bedeckt, in der Triaszeit dagegen wurde es trockene Wüste (Buntsandstein!) und blieb dies auch noch in der älteren Jurazeit. In der jüngeren Jurazeit dagegen setzt eine große Transgression ein, welche das Jurameer in Deutschland schafft; in der mittleren Kreide setzt wieder eine neue Verstärkung der Transgression ein (Kreidemeer), und noch im Paleozän und Eozän sind große Teile des Landes vom Meere bedeckt. Von der Mitte des Eozän ab findet jedoch ein auffallender Rückgang der Transgression statt, der dann in der Folgezeit zur gänzlichen Trockenlegung Deutschlands führte. Vielleicht läßt sich das heutige Sinken der Nordseeküste und das junge Abbrechen der Landverbindungen mit England als neuerliches Vordringen der Transgressionen deuten, soweit hier nicht die Nachwirkungen der Eiszeit überwiegen. Vergleichen wir hiermit die oben genannte Breitenkurve, so findet man in der Tat bestätigt, daß die Transgressionen abnehmen, wenn die Breite zunimmt, und zunehmen, wenn diese abnimmt. Es würde sich durchaus verlohnen, dieselbe Probe auch für andere Orte auf der Erde anzustellen. Doch würde eine solche Untersuchung den Rahmen dieses Buches überschreiten.

Zum Schluß dieses Kapitels möchte ich nicht unterlassen, den hypothetischen Charakter dieser Betrachtungen, insbesondere derjenigen über die Ursachen der Kontinentalverschiebungen, zu betonen. Im Gegensatz zur Verschiebungstheorie selbst, an deren grundsätzlicher Richtigkeit mir, wie mehrfach ausgesprochen, ein Zweifel nicht mehr zu bestehen scheint, handelt es sich hier um die ersten, tastenden Versuche einer mechanischen Auffassung dieser zunächst lediglich aus den Beobachtungen erschlossenen Kontinentalverschiebungen. Selbst wenn diese mechanischen Vorstellungen sich als wesentlich unrichtig erweisen sollten, so würde damit natürlich die Richtigkeit der Verschiebungstheorie in keiner Weise in Frage gestellt werden. Denn wenn die Beobachtungen zeigen, daß Verschiebungen stattgefunden haben, so müssen wir sie offenbar annehmen, gleichgültig, ob wir sie heute schon erklären können oder nicht.

Siebentes Kapitel.

Nachweis der Kontinentalverschiebungen durch astronomische Ortsbestimmung.

Vor allen anderen Theorien mit ähnlich weitreichenden Aufgaben hat die Verschiebungstheorie den Vorzug voraus, daß sie sich durch exakte astronomische Ortsbestimmungen prüfen läßt. Wenn die Kontinentalverschiebungen so lange Zeiträume hindurch tätig waren, so ist ohne weiteres anzunehmen, daß sie auch heute noch fortdauern, und es ist nur die Frage, ob die Bewegungen schnell genug sind, um sich unseren astronomischen Messungen innerhalb nicht allzu langer Zeiträume zu verraten. Um hierüber ein Urteil zu gewinnen, müssen wir auf die absolute Zeitdauer der geologischen Abschnitte etwas eingehen. Die Bewertung derselben ist bekanntlich unsicher, aber doch nicht in dem Maße, daß es eine Beantwortung unserer Frage unmöglich macht. Wenn z. B. der seit der letzten Eiszeit verflossene Zeitraum von *Penck* auf Grund seiner alpinen Glazialstudien auf 50000 Jahre, von *Steinmann* auf mindestens 20000, höchstens 50000, und von *Heim* nach neueren Berechnungen aus der Schweiz und ebenso von den Glazialgeologen der Vereinigten Staaten nur auf etwa 10000 Jahre geschätzt wird, so reicht die Übereinstimmung dieser Zahlen doch für unsere Zwecke bereits völlig aus.

Für die älteren Zeiten hat man namentlich aus der

Mächtigkeit der Sedimente ein Urteil über die Zeitdauer ihrer Ablagerung zu gewinnen versucht und ist dabei z. B. für das Tertiär auf eine Größenordnung von 1 bis 10 Millionen Jahre gekommen[133]. Das größte Ansehen genießt gegenwärtig wohl die auf etwa gleiche Werte führende physikalische Altersbestimmung der Gesteine auf Grund des Heliumgehalts derselben, der aus dem Zerfall radioaktiver Stoffe stammt. Die Messungen werden an Zirkonkristallen ausgeführt, deren Heliumgehalt durch Zerfall des Uranoxyds erzeugt wird. *Strutt*, der diese Methode ausbildete, fand so für das Oligozän 8,4 Millionen Jahre, für das Eozän 31, das Karbon 150 und das Archaikum 710 Millionen Jahre. *Königsberger*[134] hat später die *Strutt*schen Messungen neu berechnet und das geologische Alter einiger der Versuchsgesteine anders bestimmt. Aus seinen und den früheren Angaben kommt man etwa auf die folgenden Zeiträume:

Seit Beginn des			Paläozoikums	verflossen	. . . 500	Millionen
„	„	„	Mesozoikums	„	. . . 50	„
„	„	„	Tertiär (Paleozän)	„	. . . 15	„
„	„	„	Eozäns	„	. . . 10	„
„	„	„	Oligozäns	„	. . . 8	„
„	„	„	Miozäns	„	. . . 6	„
„	„	„	Pliozäns	„	. . . 2–4	„
„	„	„	Diluviums	„	. . . $\frac{1/2-}{1}$	„
„	„	„	Postdiluviums	„	. . . $\frac{10-}{50}$	Tausend

Mit Hilfe dieser Zahlen und den von den Kontinenten zurückgelegten Wegen können wir uns unschwer ein ungefähres Bild von dem zu erwartenden Betrag der jährlichen Verschiebung machen. Leider werden die Zahlen auch besonders dadurch sehr unsicher, weil der Zeitpunkt, zu welchem die Schollen sich trennten, auch in der relativen geologischen Zeitfolge meist noch recht ungenau bestimmt ist. Es ist daher zu erwarten, daß manche von diesen Zahlen künftig noch stark verändert werden müssen. Einstweilen komme ich auf die in der folgenden Tabelle zusammengestellten Werte:

	Abstand km	Trennung vor Mill. Jahe etwa	Jährl. Beweg. m
Sabine-Insel–Bären-Insel	1070	0,05–0,1	21–11
Island–Norwegen	920	0,05–0,1	18–9
Kap Farvel–Schottland	1780	0,05–0,1	36–18
Kap Farvel–Labrador	920	0,05–0,1	18–9
Neufundland–Irland	2410	1	2,4
Kap S. Roque–Kamerun	4880	20	0,24
Buenos Aires–Kapstadt	6220	20	0,3
Madagaskar–Afrika	890	0,1	9
Vorderindien–Madagaskar	5110	10	0,5
Tasmanien–Wilkesland	2890	8	0,36

Die größte Änderung ist also bei dem Abstand Grönlands von Europa zu erwarten. Die Bewegung ist hier eine ostwestliche, die astronomischen Ortsbestimmungen können also nur eine Vergrößerung der Längendifferenz, nicht der Breitenunterschiede, ergeben. Es ist in der Tat vor kurzem gelungen, diese Vergrößerung der Längendifferenz Grönland–Europa exakt nachzuweisen. J. P. *Koch* hat im sechsten Bande der Ergebnisse der Danmark-Expedition[135] in dessen Hauptteil „Survey of Northeast Greenland" auf S. 240 in einem „The drift of North Greenland in a westerly direction" überschriebenen, 16 Seiten langen Kapitel[136] die Frage der Bewegung Grönlands auf Grund der Längenbestimmungen von *Sabine* (1823), *Börgen* und *Copeland* (1870) und *Koch* (1907) in sorgfältigster Weise untersucht und dabei eine Verschiebung Grönlands nach Westen gefunden, welche betrug

im Zeitraum 1823–1870 420 m oder 9 m pro Jahr

„   „   1870–1907 1190 „   „ 32 „ „   „

Die Längenbestimmungen sind nicht genau an der gleichen Stelle ausgeführt. *Sabine* beobachtete am Südufer der nach ihm benannten Insel, *Börgen* und *Copeland* ebendort, aber an einer etwas anderen Stelle, *Kochs* Beobachtungen waren dagegen erheblich nördlicher, am Danmarkshafen auf Germanialand angestellt, waren jedoch durch ein Dreiecksnetz mit der Sabine-Insel verbunden. Die aus dieser Übertragung entspringenden Ungenauigkeiten wurden von *Koch* in eingehendster Weise untersucht, und es wurde festgestellt, daß sie gegenüber der Ungenauigkeit der Längenbestimmungen selber vernachlässigt werden können. Diese Ungenauigkeit der Längenbestimmungen, die in allen drei Fällen durch Mondbeobachtungen gewonnen wurden, sind, wie bei dieser Methode unvermeidlich, recht groß; sie werden durch den „mittleren Fehler" ausgedrückt, der aus der inneren Übereinstimmung der Beobachtungsreihen abgeleitet wird. Dieser mittlere Fehler beträgt:

1823 . . . etwa 124 m

1870 . . . „ 124 „

1907 . . . „ 256 „

Vergleichen wir diese mittleren Fehler, die uns den Grad der Ungenauigkeit der Längenmessungen angeben, mit den beobachteten Änderungen der Länge, so ist ersichtlich, daß die letzteren den mittleren Fehler weit übersteigen. Es ist also nicht mehr möglich, diese Längenänderungen der Ungenauigkeit der Messungen zur Last zu legen, wir haben sie vielmehr als reell zu betrachten[137].

Die Bedeutung dieses ersten Nachweises von Kontinentalverschiebungen durch astronomische Ortsbestimmungen kann meines Erachtens gar nicht hoch genug eingeschätzt werden. Wie unsere Tabelle lehrt, ist ein noch größerer Betrag bei Kap Farvel zu erwarten, und es müßte hier, wenn man die viel genauere funkentelegraphische Längenbestimmung benutzt, in noch viel kürzerer Zeit möglich sein, die Verschiebung zu ermitteln. Da Island seit 1906 durch Kabel mit Europa verbunden ist, müßte sich auch hier die Verschiebung durch telegraphische Längenmessung im Laufe von fünf bis zehn Jahren einwandfrei ermitteln lassen[138].

Weniger günstig liegen offenbar die Verhältnisse bei der Längendifferenz Europa–Nordamerika. Nach unserer Tabelle ist hier ein jährlicher Zuwachs des Abstandes von zwei bis drei Metern zu erwarten, aber diese Zahl gilt als Mittel seit dem Abriß Neufundlands von Irland. Seitdem scheint sich die Bewegungsrichtung Nordamerikas durch den Abriß von Grönland geändert zu haben, indem sie sich mehr nach Süden richtete. Dies geht aus der heutigen Lage zu Grönland hervor und wird auch bestätigt durch die beginnende Stauchung der kalifornischen Halbinsel und die Sprungrichtung bei der Erdbebenspalte von San Franzisko. Es läßt sich also schwer sagen, wie groß hier der zu erwartende heutige Zuwachs der Längendifferenz ist. Man kann nur so viel sagen, daß er jedenfalls kleiner sein wird als die genannte Zahl. Aus den vorliegenden, mit dem Kabel gewonnenen transatlantischen Längenbestimmungen von 1866, 1870 und 1892 hatte ich seinerzeit auf eine tatsächliche Vergrößerung des Abstandes von vier Metern pro Jahr geschlossen. Nach *Galle*[139] sind jedoch die dabei zugrunde gelegten Messungen unrichtig kombiniert, wodurch der Betrag zu groß wird. Kurz vor dem Kriege war mit Rücksicht auf unsere Frage eine neue Längenmessung mit Amerika im Gange, die auch durch eine funkentelegraphische Messung kontrolliert wurde. Obwohl diese Messung durch Zerschneiden des Kabels bei Kriegsbeginn vorzeitig abgebrochen wurde und infolgedessen das Resultat nicht die wünschenswerte Genauigkeit besitzt, scheint doch daraus hervorzugehen, daß die Veränderung noch zu klein ist, um als gesichert gelten zu können. Es wurde nämlich für den Längenunterschied Cambridge–Greenwich gefunden [140]:

$$1872 \ldots \ldots 4^h \ 44^m \ 31{,}016^s$$
$$1892 \ldots \ldots 4^h \ 44^m \ 31{,}032^s$$
$$1914 \ldots \ldots 4^h \ 44^m \ 31{,}039^s$$

Die älteste Bestimmung von 1866, für welche ich $4^h \ 44^m \ 30{,}89^s$ gefunden hatte, ist als zu ungenau fortgelassen worden. Es ist hiernach wohl sehr zu wünschen, daß eine neue vollständige Längenbestimmung ausgeführt wird, aber man wird mit der Möglichkeit rechnen müssen, daß die Verschiebung zu klein ist, um mit Rücksicht auf den mittleren Fehler der Beobachtung schon jetzt sicher wahrgenommen zu werden.

Vielleicht wird es aber möglich sein, die Verschiebung Nordamerikas durch korrespondierende Breitenbestimmungen mit Grönland zu ermitteln. Nach unserer Tabelle hat sich Labrador mit einer mittleren Geschwindigkeit von 8 bis 16 Meter pro Jahr von Südgrönland nach SW bewegt. Nehmen wir an, daß hiervon etwa sechs Meter pro Jahr auf die Breitenänderung entfallen, so würde sich der Breitenunterschied dieser beiden Orte jährlich um etwa 0,2" vergrößern, ein Betrag, der durch die viel genaueren Breitenbestimmungen in relativ kurzer Zeit ermittelt werden könnte. Auch bei der Breitendifferenz Madagaskar–Afrika und vielleicht sogar Vorderindien–Afrika und Australien–Wilkesland besteht wohl Aussicht, ihre Änderung durch wiederholte korrespondierende Breitenbestimmungen in nicht allzu langer Zeit zu messen.

Zum Schluß sei noch auf die bekannte Erscheinung der

säkularen Breitenabnahme der europäischen und nordamerikanischen Sternwarten hingewiesen. Nach A. Hall[141] sind folgende Breitenabnahmen als gesichert zu betrachten: bei Washington in 18 Jahren um 0,47"; bei Paris in 28 Jahren um 1,3"; bei Mailand in 60 Jahren um 1,51"; bei Rom in 56 Jahren um 0,17"; bei Neapel in 51 Jahren um 1,21"; bei Königsberg i. Pr. in 23 Jahren um 0,15"; bei Greenwich in 18 Jahren um 0,51". Auch für *Pulkowa* ergibt sich nach *Kostinsky* und *Sokolow* eine säkulare Breitenabnahme. Die Ursache dieser Breitenänderungen kann entweder die Polflucht der Kontinente oder eine Verlegung des Pols nach der vom Atlantik abgewendeten Seite hin sein. Im ersteren Falle wäre zu erwarten, daß Japan gleichfalls eine Breitenabnahme hat, im letzteren müßte hier die Breite zunehmen. Bevor einwandfreie Beobachtungen aus Ostasien vorliegen, wird man eine Entscheidung hierüber kaum treffen können. Zum Vergleich sei nur angeführt, daß für die Zeit zwischen Eozän und Eiszeit (etwa zehn Millionen Jahre) eine totale Polverschiebung von etwa 65°, das ist 0,02" pro Jahr, resultiert.

Namen- und Sachregister.

Continentalschollen, Problem der <u>3</u>.

Contractionstheorie <u>1</u>.

Copeland <u>127</u>.

Coranaberge <u>84</u>.

Cross <u>23</u>.

Dacqué <u>4</u>, <u>7</u>, <u>75</u>, <u>100</u>, <u>103</u>, <u>110</u>, <u>112</u>, <u>126</u>.

Dall <u>108</u>.

Dana <u>1</u>.

Danmark-Expedition <u>127</u>.

Darwin, G. H. <u>12</u>.

Dawson <u>76</u>.

Day <u>25</u>.

Deckfalten <u>2</u>.

Depression durch Inlandeis <u>4</u>.

Deutschostafrika, Brüche <u>36</u>.

Devonische Pollage <u>118</u>.

Dicke der Kontinentalschollen <u>23</u>.

Diener C., <u>9</u>, <u>65</u>, <u>81</u>-<u>82</u>, <u>88</u>.

Diluviale Pollage <u>101</u> ff.

Diprotodon <u>103</u>.

Doelter <u>25</u>, <u>26</u>.

Doppeltes Niveau der Erdrinde <u>15</u>.

Drakestraße <u>48</u>, <u>70</u>.

Druckverteilung im Kontinentalrand <u>41</u>.

Drygalski v., <u>56</u>, <u>105</u>.

Dutton <u>5</u>.

Eckardt <u>58</u>, <u>96</u>, <u>98</u>.

Ecuador <u>97</u>.

Edentaten, südamerik. <u>104</u>.

Eiszeit <u>101</u> ff.

Eliasgebirge <u>106</u>.

Endmoränen <u>76</u>.

Eozäne Pollage <u>108</u>.

Epilophische Sedimente <u>53</u>.

Erdbebenverwerfung von San Franzisko <u>50</u>.

Erdbebenwellen <u>20</u>.

Erdmagnetismus <u>18</u>.

Euler <u>27</u>, <u>93</u>-<u>96</u>.

Evans <u>11</u>.

Falklandsinseln, karbon. Vereisung <u>116</u>.

Faltung <u>30</u> ff.

—, Abnahme im Laufe der Erdgeschichte <u>60</u>.

Faltungskraft <u>34</u>.

Faultiere <u>104</u>.

Faye <u>5</u>.

Feigen <u>112</u>.

Fernando Póo <u>68</u>.

Fidschi-Inseln <u>55</u>.

Fisher O., <u>5</u>.

Fjordküsten <u>5</u>.

Franz-Joseph-Land, tertiäre Flora <u>108</u>.

   —, triassische Flora <u>113</u>.

Frech <u>65</u>, <u>104</u>, <u>112</u>, <u>114</u>.

Friedlaender J., <u>19</u>.

Fritz <u>65</u>.

Gagel <u>42</u>, <u>77</u>.

Galle <u>129</u>.

Gartenschnecke <u>72</u>.

Gebirgsfaltung <u>30</u> ff.

   —, Abnahme im Laufe der Erdgeschichte <u>60</u>.

Geer de, <u>4</u>.

Geikie <u>105</u>.

Gentil <u>77</u>.

Geosynklinale <u>5</u>.

Geothermische Tiefenstufe <u>25</u>-<u>26</u>.

Geyler <u>97</u>.

Gezeitenwelle im festen Erdkörper <u>122</u>.

Gilbert <u>23</u>.

Gipfelhöhen, Gleichartigkeit in den Alpen <u>6</u>.

Girlanden <u>42</u> ff., <u>120</u>.

Glossopterisflora <u>116</u>.

Godávari <u>85</u>.

Gondwanaland <u>85</u> ff.

   — -schichten <u>85</u>.

Kreichgauer 11-12, 35, 97-98, 106-107, 113 bis 115, 119, 121, 124.

Kreide, Glazialspuren in Australien 112.

—, Pollage 110.

Krit. Druck des Wassers 52.

Krümmel 17, 19, 53.

Küstentyp, atlantischer u. pazifischer 51.

Labrador 66.

Landbrücken 8.

—, Liste 64.

Längendifferenzen 127.

Laplace 92.

Lapparent 65.

Laterit 99.

— in Südafrika 102.

Laven, atlantische und pazifische 51.

Leconte 106.

Lemoine 77, 78, 84.

Lemurien 82 ff.

Lepidodendron 114.

Liapunow 12.

Löffelholz von Colberg 96.

Lorbeer 107.

Lord Howe-Insel 91.

Lugeon 2.

Schwerpunkt der Kontinentalscholle 121.

Schweydar 26-28.

Schwingungspole und Schwingungskreis 97.

Sedimentschale, Dicke 22.

See 12.

Seismische Wellen 20.

Semper 72, 96, 109, 124.

Senftenberg 108.

Senkung 5.

Sequoien 108.

Seychellen-Bank 55.

Sial 22.

Sibirien, diluviales Klima von 102.

Siegellack 28.

Sierren von Buenos Aires 19.

Sigillarien 114.

Sima 22.

Simroth 10, 88, 97.

Sokolow 130.

Somaliland 18, 83.

Sörgel 9, 15, 88.

Spaltung 36, 123.

Spez. Gew. der Gesteine 23.

Spitaler, 27.

Spitzbergen, Oligozäne Flora 108.

Südorkney 48, 70.

Südpazifische Brücke 87.

Suess E., 1, 22-24, 75-78, 84, 91, 106.

Sunda-Inseln 89.

Supan 36, 98.

System der Verschiebungen 119 ff.

Tams 50.

Tanganikasee 37.

Tasmanien, Schneegrenze im Diluvium 103.

Taxodien, tertiäre, auf Spitzbergen 108.

Taylor 12, 119.

Tektonische Brücken über den Atlantik 73 ff.

Temperatur der Tiefseeböden 54.

Termier 75.

Tertiärer Faltengürtel 35.

Tetraederhypothese 7.

Texas 113.

Thomson, Wyville 17.

Tiefe der Ozeane 53.

Tiefseeablagerungen 17, 53.

   — -böden 13 ff., 52 ff.

   — -rinnen 44, 47, 56 ff.

   — -sande 56.

Tilmann 75.

Togo, Glazialfunde 117.

Fußnoten

[1] *Von Hofsten*, Wegeners förskjutningsteori och de djurgeografiska landförbindelsehypoteserna. Ymer 1919, Heft 4, S. 278-301.

[2] *W. Köppen*, Über Isostasie und die Natur der Kontinente. Geogr. Zeitschr., Bd. **25**, Heft 1, 1919, S. 39-48.

[3] *E. Suess*, Das Antlitz der Erde **1**, 778, 1885.

[4] *E. Böse*, Die Erdbeben (Sammlung „Die Natur", o. J.), S. 16; vgl. auch die Kritik bei *Andrée*, Über die Bedingungen der Gebirgsbildung. Berlin 1914.

[5] *v. Wolff*, Der Vulkanismus **1**, 8. Stuttgart 1913.

[6] *A. Heim*, Bau der Schweizer Alpen. Neujahrsblatt d. Naturf. Ges. Zürich 1908, 110. Stück, S. 24.

[7] *Ampferer*, Über das Bewegungsbild von Faltengebirgen. Jahrb. d. k. k. Geol. Reichsanstalt **56**, 539-622. Wien 1906.

[8] *Reyer*, Geologische Prinzipienfragen, S. 140 f. Leipzig 1907.

[9] *Rudzki*, Physik der Erde, S. 122. Leipzig 1911.

[10] *Andrée*, Über die Bedingungen der Gebirgsbildung. Berlin 1914.

[11] *A. Heim*, Untersuchungen über den Mechanismus der Gebirgsbildung, 2. Teil, S. 237. Basel 1878.

[12] *E. Kayser*, Lehrb. d. allgem. Geol., 5. Aufl., S. 132. Stuttgart 1918.

[13] Eine ausführliche Diskussion dieser etwaigen Tiefseeablagerungen findet man in *Dacqué*, Grundlagen und Methoden der Paläogeographie, S. 215. Jena 1915.

[14] *G. de Geer*, Om Skandinaviens geografiska Utveckling efter Istiden. Stockholm 1896.

[15] *Rudzki*, Physik der Erde, S. 229. Leipzig 1911.

[16] Die auffallend gleichartige Zerrissenheit der symmetrisch angeordneten Fjordküsten von Norwegen und Labrador, ferner der Westküste Nordamerikas zwischen 48 und 58° nördl. Br. und der Westküste Südamerikas zwischen 42 und 55° südl. Br. dürfte neben der Gletschererosion wohl auch auf diese noch nicht ausgeglichene Senkung durch Inlandeis zurückzuführen sein.

[17] Die geschichtliche Entwickelung ging infolge falscher theoretischer Berechnungen einen Umweg, den wir hier übergehen (vgl. *Köppen*, Über Isostasie und die Natur der Kontinente, Geogr. Zeitschr. **25**, 40, 1919). Außerdem ist *Heckers* Resultat, weil zehnmal ungenauer als die Pendelmessungen, angegriffen worden, aber mit Unrecht. Leider haben diese Verhältnisse bei solchen Geologen, denen die Voraussetzungen zu einem eigenen Urteil über die mathematischen Ableitungen fehlen, vielfach Verwirrung gestiftet. Eine Weiterentwickelung der *Hecker*schen Methode wäre deshalb jedenfalls wünschenswert.

[18] In diesen Verhältnissen gibt sich der Übergang von der Herrschaft der Massenkräfte (Schwere) zu der der Molekularkräfte (Festigkeit) zu erkennen. Für große Dimensionen gibt die Erdrinde der Schwerkraft nach, sie verhält sich plastisch, es herrscht Isostasie; für kleine Dimensionen ist sie starr, es fehlt die Isostasie. Aus demselben Grunde haben ja auch sehr kleine Weltkörper, wie manche Planetenmonde und einige der kleinen Planeten, und um so mehr natürlich die Meteoriten, nicht mehr die Kugelform; denn diese bedeutet Isostasie. Beim Monde herrscht, wenn man ihn als Ganzes nimmt, Isostasie; die großen Unebenheiten seiner Oberfläche entsprechen aber dem Umstande, daß die Massenkräfte dort bereits erheblich geringer sind als auf der Erde, so daß die Molekularkräfte mehr hervortreten. Auch die Höhe der Gebirge ist eben, wie schon die von *Penck* hervorgehobenen gleichförmigen Gipfelhöhen der Alpen nahelegen, keine zufällige Größe, sondern es ist dafür gesorgt, daß auch die Berge nicht in den Himmel wachsen, indem nach Überschreiten einer gewissen Schollenmächtigkeit die Massen namentlich auf der Unterseite der Scholle seitlich auseinanderfließen und sich einebnen. — Aus diesen Überlegungen geht auch hervor, daß alle Hypothesen, welche die Erde als einen Kristall irgendwelcher

Art auffassen, unhaltbar sind. So würde der jüngst von *Kohn* angenommene Eisenkristall im Erdinnern (*H. Kohn,* Die Entstehung der heutigen Oberflächenformen der Erde und deren Beziehungen zum Erdmagnetismus, Ann. d. Natur- u. Kulturphilosophie **12**, 88-130, 1913) aus eigenem Antrieb die Kugelform annehmen, und auch das viel befürwortete Kontraktionstetraeder (vgl. *Dacqué,* Grundlagen u. Methoden d. Paläogeographie, S. 55. Jena 1915) läßt sich nur mit hinreichend kleinen Gummiballonen erzeugen, ist aber bei Weltkörpern unmöglich.

[19] „Allerdings gibt es heute auch noch einige Gegner der Landbrücken. Unter ihnen ist besonders *G. Pfeffer* hervorzuheben. Er geht davon aus, daß verschiedene jetzt auf die Süderdteile beschränkte Formen auf der Nordhalbkugel fossil nachgewiesen sind. Für diese ist es nach ihm unzweifelhaft, daß sie einst mehr oder weniger universal verbreitet waren. Ist nun schon dieser Schluß nicht unbedingt zwingend, so noch viel weniger der weitere, daß wir eine universale Ausbreitung auch in allen den Fällen diskontinuierlicher Verbreitung im Süden annehmen dürften, in denen ein fossiler Nachweis im Norden noch nicht stattgefunden hat. Wenn er so alle Verbreitungseigentümlichkeiten ausschließlich durch Wanderungen zwischen den Nordkontinenten und ihren mediterranen Brücken erklären will, so steht diese Annahme durchaus auf ganz unsicherem Boden..." (*Arldt,* Südatlantische Beziehungen, Peterm. Mitteil. **62**, 41-46, 1916). Daß jedenfalls die Verwandtschaften der Südkontinente sich einfacher und vollständiger durch unmittelbare Landzusammenhänge erklären lassen, als durch parallele Abwanderung vom gemeinsamen Nordgebiet, bedarf keiner Erörterung.

[20] Unter den zahlreichen Mißverständnissen, auf denen sich *Dieners* Ablehnung unserer Vorstellungen stützt (Die Großformen der Erdoberfläche, Mitteil. d. k. k. Geol. Ges. Wien **58**, 329-349, 1915), und die größtenteils bereits von *Köppen* (Über Isostasie und die Natur der Kontinente, Geogr. Zeitschr. **25**, 39-48, 1919) zurückgewiesen sind, befindet sich auch das folgende: „Wer Nordamerika an Europa heranschiebt, zerreißt seinen Zusammenhang mit der asiatischen Kontinentalscholle an der Beringstraße." Dieser durch die Merkatorkarte nahegelegte Einwand schwindet, wenn man

242

den Globus zur Hand nimmt; es handelt sich im wesentlichen um eine Drehung Nordamerikas etwa um Alaska. Näheres siehe Kap. 4.

[21] *Bailey Willis*, Principles of palaeogeography. Sc. **31**, N. S., Nr. 790, S. 241-260, 1910. Dies ist wohl die schroffste Fassung. Andere Autoren, wie z. B. *Sörgel* (Die atlantische „Spalte", kritische Bemerkungen zu *A. Wegeners* Theorie von der Kontinentalverschiebung, Monatsber. der D. Geol. Ges. **68**, 200-239, 1916), versuchen einen Mittelweg zu finden, indem sie die Brückenkontinente möglichst zu schmalen Brücken am Rande der Ozeanbecken zusammenschrumpfen lassen. Aber sie erschweren dadurch unnötig die Erklärung der Verwandtschaften und geben dabei den Vorzug der schrofferen Fassung der Permanenzlehre auf, den geophysikalischen Ergebnissen gerecht zu werden.

[22] *Simroth*, Die Pendulationstheorie, S. 8. Leipzig 1907.

[23] Vielleicht existiert ein kleines sekundäres Häufigkeitsmaximum beim Meeresniveau wegen der Abrasion durch die Brandung.

[24] *D. Kreichgauer*, Die Äquatorfrage in der Geologie, 394 S. Steyl 1902.

[25] *H. Wettstein*, Die Strömungen des Festen, Flüssigen und Gasförmigen und ihre Bedeutung für Geologie, Astronomie, Klimatologie und Meteorologie, 406 S. Zürich 1880.

[26] Ein Westwärtswandern der Kontinente infolge von Sonnenanziehung hat in neuerer Zeit auch *E. H. L. Schwarz* angenommen (G. J. 1912, S. 294-299).

[27] The Journ. of Geol. **15**, Nr. 1, 1907; auch Gaea **43**, 385, 1907.

[28] Die Geologen sollten im Gebrauch dieser von *Schwarzschild, Liapunow, Rudzki, See* u. a. für unrichtig gehaltenen Idee vorsichtiger sein. *See* sagt sehr treffend (Astr. Nachr. **181**, 370, 1909): „In der herkömmlichen Betrachtungsweise, nach welcher die Monde sich von den Planeten, die jetzt ihre Bewegung regieren, abgelöst haben, wie es von *Laplace* und seinen Nachfolgern mehr als ein Jahrhundert lang angenommen wurde, gab es keinen anderen Weg als den, welchen die Meisterhand von *George Darwin* vorgezeichnet hat. Wenn aber heute unsere Anschauungen

243

andere geworden sind und wir klar erkennen, daß alle anderen Satelliten eingefangen sind, entsteht natürlich die Frage, ob wirklich ausreichende Gründe für die Annahme beigebracht werden können, daß der Mond eine Ausnahme in der Kosmogonie des Sonnensystems bilden solle. Nach sehr sorgfältiger Erwägung aller in Frage kommenden Verhältnisse glaube ich, wir müssen diese Vorstellung aufgeben und den Mond in dieselbe Klasse mit den anderen Satelliten setzen."

[29] *F. B. Taylor*, Bearing of the tertiary mountain belt on the origin of the earth's plan. B. Geol. S. Am. **21** (2), 179-226, Juni 1910.

[30] Am 6. Jan. 1912 hielt ich einen Vortrag „Die Herausbildung der Großformen der Erdrinde (Kontinente und Ozeane) auf geophysikalischer Grundlage" in der Geologischen Vereinigung in Frankfurt a. M., am 10. Jan. 1912 einen solchen über „Horizontalverschiebungen der Kontinente" in der Ges. z. Beförderung d. gesamten Naturw. zu Marburg. Der Inhalt erschien unter dem Titel: Die Entstehung der Kontinente, Geol. Rundsch. **3**, H. 4, S. 276-292, 1912, und etwas ausführlicher unter gleichem Titel in Peterm. Mitt. 1912, S. 185-195, 253-256, 305-309.

[31] Nach *W. Trabert*, Lehrb. d. kosm. Physik, S. 277. Leipzig und Berlin 1911.

[32] *Groll*, Tiefenkarten der Ozeane, Veröffentl. d. Inst. f. Meereskunde, N. F. A, H. 2, Juli 1912. Berlin, Mittler & Sohn.

[33] *W. Sörgel*, Die atlantische „Spalte", kritische Bemerkungen zu *A. Wegeners* Theorie von der Kontinentalverschiebung. Monatsschr. d. D. Geol. Ges. **68**, 200-239, 1916.

[34] Dies verhindert natürlich nicht, daß die barysphärische Oberfläche der Tiefseeböden bisweilen mit lithosphärischem Abfall von den Kontinentalschollen bedeckt sein kann. Vergleichen wir die etwa 100 km mächtigen Kontinentalschollen mit tafelförmigen Eisbergen (die etwa 200 m tief in das Wasser eintauchen), so würde dieser Abfall den kleineren Kalbeisbrocken und Meereisschollen entsprechen, welche die Wasseroberfläche zwischen ihnen bedecken können.

[35] *E. Kayser*, Lehrb. d. allgem. Geol., 5. Aufl., S. 904.

Stuttgart 1918.

[36] Die 510 Mill. Quadratkilometer der Erdoberfläche gliedern sich nach *Krümmel* in 149 Mill. Quadratkilometer Land, 30 Mill. Schelf und 331 Mill. Tiefsee. Die Kontinentalschollen machen also heute 35 Proz. der ganzen Erdoberfläche aus.

[37] *Krümmel*, Handb. d. Ozeanographie **1**, 193 u. 197. Stuttgart 1907.

[38] Über Sial = Lithosphäre und Sima = Barysphäre vgl. Kap. 3.

[39] *A. W. Rücker*, The secondary magnetic field of the earth. Terrestrial Magnetism and atmospheric. Electricity **4**, 113-129, March-December 1899.

[40] C. R. **164**, 150, 1917.

[41] Nach *J. Friedlaender*, Beitr. z. Geophys. **11**, Kl. Mitt. 85-94, 1912, ist jedoch die Wärmeleitfähigkeit der vulkanischen Tiefengesteine kleiner, so daß für Laven die geothermische Tiefenstufe sogar nur 17 m beträgt. Damit würde die Dicke der magnetischen Schicht sogar nur 8 bis 9 km betragen.

[42] *Krümmel*, Handb. d. Ozeanographie **1**, 91. Stuttgart 1907.

[43] *K. Andrée*, Über die Bedingungen der Gebirgsbildung, S. 86 ff. Berlin 1914.

[44] *F. Omori*, On the dependence of the transit velocity of seismic waves on the nature of path. Bull. of the Imp. Earthquake Invest. Committee **3**, 61-67. Tokyo 1909.

[45] Daß auch in der Simazone das spezifische Gewicht mit der Tiefe zunimmt, geht schon daraus hervor, daß die Erdbebenforschung als Mittel für den ganzen, 1500 km dicken Silikatmantel der Erde den Wert 3,4 liefert.

[46] Bei allen Stoffen, welche beim Erstarren spezifisch schwerer werden, also in ihrer eigenen Flüssigkeit untersinken, steigt der Schmelzpunkt ein wenig mit stark zunehmendem Druck. Zu diesen Stoffen gehören wahrscheinlich die meisten Gesteine. Bei Diabas steigt der Schmelzpunkt nach *Barus* um 0,025° pro Atmosphäre, was *Vogt* auf 0,005° verbessert. Dagegen sinkt der Schmelzpunkt mit stark zunehmendem Druck ein wenig bei allen solchen Stoffen, welche beim Erstarren leichter werden und also auf

ihrer eigenen Flüssigkeit schwimmen. Zu dieser Gruppe gehört namentlich das Eis, aber auch Eisen und andere, vielleicht alle Metalle.

[47] *Michael* und *Quitzow*, Die Temperaturmessungen im Tiefbohrloch Czuchow in Oberschlesien. Jahrb. d. Kgl. Preuß. Geolog. Reichsanstalt 1910.

[48] *Doelter*, Petrogenesis. Die Wissenschaft **13**, Braunschweig 1906.

[49] *Benndorf*, Über die physikalische Beschaffenheit des Erdinnern. Mitt. d. Geol. Ges. Wien **3**, 1908. — *Pockels*, Die Ergebnisse der neueren Erdbebenforschung in bezug auf die physikalische Beschaffenheit des Erdinnern. Geolog. Rundsch. **1**, 249-268, 1910.

[50] *Haug* (Traité de Géologie **1**, Les Phénomènes géologiques, p. 160, Paris 1907) formuliert es: „Les chaînes de montagne se forment sur l'emplacement des géosynclinaux". Ich halte „Schelfe" für richtiger als „Geosynklinalen", da man einen Randschelf, wie z. B. den, aus welchem sich die Anden Südamerikas aufgebaut haben, wohl nicht gut als Mulde bezeichnen kann.

[51] Zu diesem Ergebnis kommen unter anderem auch *Ampferer* und *Hammer* (Geologischer Querschnitt durch die Ostalpen vom Allgäu zum Gardasee, Jahrb. der k. k. Geol. Reichsanstalt **61**, 531-709, 1911, namentlich S. 708-709). Nach ihnen war „unter der oberflächlichen Zone der größeren Schiebungen und Faltungen ein tiefer Herd von magmatischen Bewegungen" vorhanden, „bei welchem mächtige Teile der oberen Zone in die Tiefe gesaugt wurden"... „Denkt man sich die Decke der jüngeren Schichten wieder in ihrer ursprünglichen Art ausgeglättet, so erhält man einen wohl zwei- bis dreimal breiteren Streifen als bei der Ausglättung der jüngeren kristallinen Falten", so daß eine „Absorption der tieferen Zonen" anzunehmen ist.

Auch *E. Kayser* (Lehrb. d. allgem. Geol., 5. Aufl., S. 914, Stuttgart 1918) meint, „daß, während an und in der Nähe der Erdoberfläche die rupturelle Umformung vorherrscht, mit wachsender Tiefe die plastische Umformung immer mehr die Oberhand gewinnt. Der amerikanische Geologe *van Hise* hat dies schon vor 25 Jahren erkannt und hat eine obere Zone der

Zertrümmerung (zone of rock fracture) und eine tiefere Zone des Gesteinsfließens (zone of rock flow oder flowage) angenommen. Er legte die Grenze zwischen beiden in 10 bis 12 km Tiefe".

[52] *Oskar Erich Meyer*, Die Brüche von Deutsch-Ostafrika. Neues Jahrb. f. Min., Geol. u. Paläont., Beil.-Bd. **38**, 805-881, 1915.

[53] *Neumayr-Uhlig*, Erdgeschichte **1**, Allgem. Geol., 2. Aufl., S. 367. Leipzig u. Wien 1897.

[54] Vgl. die neuen Karten des abflußlosen Rumpfschollenlandes im nordöstlichen Deutsch-Ostafrika von *E. Obst*.

[55] *E. Kohlschütter*, Über den Bau der Erdkruste in Deutsch-Ostafrika. Nachr. d. Kgl. Ges. d. Wiss. Göttingen, Math.-phys. Kl., 1911.

[56] Helmert, Die Tiefe der Ausgleichsfläche bei der *Pratt*schen Hypothese für das Gleichgewicht der Erdkruste und der Verlauf der Schwerestörung vom Innern der Kontinente und Ozeane nach den Küsten. Sitzber. d. Kgl. Preuß. Ak. d. Wiss. **18**, 1192-1198, 1909.

[57] Die Verhältnisse liegen gerade umgekehrt als *Willis* voraussetzt, wenn er ein Vordringen der schweren ozeanischen Gesteine gegen die tieferen Schichten der Kontinentalschollen annimmt (Research in China **1**, 115 ff., Washington 1907).

[58] Manche Forscher, wie *Moolengraaff*, halten die pazifischen Inseln für reine Vulkankegel, die dem Tiefseeboden einfach aufgesetzt sind und nun zur Herstellung der Isostasie langsam sinken, wie ja die Korallenatolle zeigen. Ich halte aber die andere, z. B. von *Gagel* für die Kanarischen Inseln und von *Haug* für viele pazifische Inseln vertretene Anschauung für wahrscheinlicher, daß alle diese Inseln Brocken der Lithosphäre und daß sie nur in manchen Fällen so vollständig mit Lava überzogen sind, daß ihr lithosphärischer Kern nirgends zutage liegt.

[59] F. v. *Richthofen*, Über Gebirgskettungen in Ostasien. Geomorphologische Studien aus Ostasien 4; Sitzber. d. Kgl. Preuß. Akad. d. Wiss., Berlin, Phys.-math. Kl., **40**, 867-891, 1903.

[60] E. *Horn*, Über die geologische Bedeutung der Tiefseegräben. Geol. Rundsch. **5**, 422-448, 1914.

[61] Die westindischen Girlanden zeigen dagegen eine Abstufung: Kleine Antillen-Südhaiti-Jamaika-Mosquitobank 2600, Haiti-Südcuba-Misteriosabank 1900, Cuba 1100 km.

[62] Setzen wir voraus, daß die Dicke zweier Schollen die gleiche ist, daß ihre Konturen geometrisch ähnlich, und sie zur Bewegungsrichtung gleich orientiert sind. Der Widerstand, den sie bei Verschiebung zu überwinden haben, zerfällt in zwei Teile, deren einer, die Reibung an der flüssigen Simaunterlage, der Oberfläche proportional ist. Der andere Teil aber, der Stirnwiderstand an den oberen kristallisierten und darum zäheren Simaschichten, wächst nur proportional der linearen Dimension, nämlich dem zur Bewegungsrichtung senkrechten Durchmesser. Da nun anzunehmen ist, daß die verschiebenden Kräfte, welcher Art sie auch seien, bei Schollen gleicher Dicke ihren Oberflächen proportional sind, so wird der erste Teil des Widerstandes keinen Unterschied für große und kleine Schollen ergeben, da Widerstand und Kraft in gleicher Weise wachsen. Der zweite Teil des Widerstands aber wächst nur mit der linearen, nicht wie die Kraft mit der quadratischen Dimension der Scholle, so daß die Schollen um so leichter beweglich werden, je größer sie sind.

[63] *Rudzki*, Physik der Erde, S. 176. Leipzig 1911. Vgl. auch *Tams*, Die Entstehung des kalifornischen Erdbebens vom 18. April 1906. Peterm. Mitt. **64**, 77, 1918.

[64] *Otto Meissner*, Isostasie und Küstentypus. Peterm. Mitt. **64**, 221, 1918.

[65] E. *Kayser*, Lehrbuch der Geologie 1, Allgem. Geol., 5. Aufl., S. 784. Stuttgart 1918.

[66] *Krümmel*, Handb. d. Ozeanographie 1, 144. Stuttgart 1907.

[67] Zeitschr. d. Ges. f. Erdkunde zu Berlin 1915, S. 646.

[68] *Andrée*, Über die Bedingungen der Gebirgsbildung, S. 86 f. Berlin 1914.

[69] Die Bezeichnung „Tiefseegräben" halte ich für weniger glücklich, da sie wohl einen anderen Bau und andere Entstehung besitzen als die Grabenbrüche der Lithosphäre.

[70] *Steinmann*, Die kambrische Fauna im Rahmen der

organischen Gesamtentwickelung. Geol. Rundschau **1**, 69, 1910.

[71] *J. Walther,* Über Entstehung und Besiedelung der Tiefseebecken. Naturwiss. Wochenschr., N. F., 3. Bd., Heft 46 (zitiert nach *Eckardt*).

[72] *Arldt,* Handb. d. Paläogeographie **1**, 231-232, Leipzig 1917.

[73] Und zwar wohl in der Weise, daß die oberflächlichen Simaschichten bei der immer weiter fortschreitenden Öffnung in Richtung der Verschiebung gezogen wurden. Hierdurch mußte eine anfangs unregelmäßig gestaltete Inselgruppe in eine mit der Zugrichtung übereinstimmende Kette ausgezogen werden.

[74] Von den beiden in Afrika vorhandenen alten Streichrichtungen (Nordost und Nord) würde die jüngere nördliche gut zur Richtung der pazifischen Inselreihen passen.

[75] *E. Kayser,* Lehrb. d. allg. Geol., 5. Aufl., S. 904. Stuttgart 1918.

[76] *Th. Arldt,* Handb. d. Paläogeographie **1**, Paläaktologie, S. 278-281, Leipzig 1917. Der Übersicht halber haben wir in der Tabelle auf die Namen verzichtet. Es sind: *Arldt, Burckhardt, Diener, Frech, Fritz, Handlirsch, Haug, v. Ihering, Karpinsky, Koken, Kossmat, Katzer, Lapparent, Matthew, Neumayr, Ortmann, Osborn, Schuchert, Uhlig, Willis.*

[77] *W. Michaelsen* machte mich darauf aufmerksam, daß die heutige Verbreitung der Regenwürmer wichtige Schlüsse auf frühere Landzusammenhänge gestatte. Das Vorkommen gleicher oder nahe verwandter Unterfamilien oder sogar Gattungen auf getrennten Kontinenten läßt auf einen früheren Landzusammenhang schließen, da die Regenwürmer, für die das Meer im allgemeinen ein unüberschreitbares Hindernis ist, nur auf Landwegen zu ihrer jetzigen Verbreitung kommen konnten. Herr *Michaelsen* hatte die Güte, mir die Kärtchen seines Werkes „Die geographische Verbreitung der Oligochaeten", Berlin 1903, 186 Seiten, durch Nachtragungen auf den neuesten Stand gebracht, zur Verfügung zu stellen, und sie durch wertvolle mündliche Mitteilungen zu ergänzen, wofür ihm herzlich gedankt sei. Die Karten bestätigen in überraschender Weise die oben angenommenen

Landverbindungen der Vorzeit. Eine besonders große Zahl von Verwandtschaftsfäden spinnt sich in den verschiedensten Breiten quer über den Atlantischen Ozean fort. Im Südatlantik weisen diese Beziehungen mehr auf ältere Zeiten hin (Chilotaceen, Glossoscolecinen-Microchaetinen, Ocnerodrilinen, jüngere Microchaetinen, Trigastrinen), während der Nordatlantik nicht nur von der vielleicht älteren Gattung Sparganophilus überspannt wird, sondern auch von den zweifellos jungen Gattungen der Lumbricinen, die in zusammenhängendem Zuge von Japan bis Portugal verbreitet sind und zugleich jenseits des Atlantik im Osten der Union (nicht aber im Westen!) in endemischen Arten auftreten. — Einen ähnlichen Gedankengang hat *Irmscher* in seiner am 11. Oktober 1919 in Hamburg gehaltenen öffentlichen Antrittsvorlesung: „Die Entstehung der Kontinente in ihren Beziehungen zur Pflanzenverbreitung" auf die geographische Verbreitung der rezenten Pflanzengattungen angewendet und gezeigt, daß diese sich gleichfalls mit der Verschiebungstheorie in Einklang bringen läßt. (Noch nicht gedruckt.) Die großen Verbreitungsmöglichkeiten des Pflanzensamens, z. B. durch Stürme, schaffen hier allerdings eine weitgehende Durchmischung, die das Bild sehr verworren macht und seine Deutung erschwert.

[78] *Arldt*, Handb. d. Paläogeographie **1**, Paläaktologie, S. 89 f. Leipzig 1917.

[79] *Scharff*, Über die Beweisgründe für eine frühere Landbrücke zwischen Nordeuropa und Nordamerika (Proc. of the Royal Irish Ac. **28**, 1, 1-28, 1909; nach dem Referat von *Arldt*, Naturw. Rundsch. 1910).

[80] Die tertiäre Flora von Grinnell-Land war interessanterweise enger (zu 63 Proz.) mit der von Spitzbergen als mit der von Grönland (30 Proz.) verwandt, während es heute natürlich umgekehrt ist (64 bzw. 96 Proz.). Vgl. *Semper*, Das paläothermale Problem, speziell die klimatischen Verhältnisse des Eozäns in Europa und im Polargebiete. Zeitschr. Deutsch. Geol. Ges. **48**, 261 f., 1896. Bei unserer Rekonstruktion wird der Abstand Grinnell-Land–Spitzbergen kleiner als der zwischen Grinnell-Land und den grönländischen Fundorten.

[81] Vgl. die „Geologic Map of North America" der U. S.

Geol. Survey.

[82] In *Lauge Kochs* geologischer Karte von Nordwestgrönland (*Knud Rasmussen*, Grönland langs Polarhavet, Köbenhavn og Kristiania 1919, S. 564) sind diese Ablagerungen als Silur und Devon bezeichnet. Die Grenze, welche die Blattverschiebung anzeigt, hat die gleiche Lage.

[83] *Dacqué*, Grundlagen und Methoden der Paläogeographie, S. 161. Jena 1915.

[84] *Andrée*, Verschiedene Beiträge zur Geologie Kanadas. Schriften d. Ges. z. Beförd. d. ges. Naturwiss. zu Marburg **13**, 7, 437 f. Marburg 1914.

[85] *N. Tilmann*, Die Struktur und tektonische Stellung der kanadischen Appalachen. Sitzber. d. naturwiss. Abt. d. Niederrhein. Ges. f. Natur- u. Heilkunde in Bonn 1916.

[86] *Gentil* betrachtet allerdings die gleichaltrigen mittelamerikanischen Gebirge, speziell die Antillen, als Fortsetzung. Doch hat *Jaworski* dem entgegengehalten, daß dies mit der allgemein angenommenen Auffassung von *E. Suess* unvereinbar ist, welcher den östlichen Kordillerenbogen Südamerikas in die kleinen Antillen übergehen und also wieder nach Westen umbiegen läßt, ohne daß dabei Ausläufer nach Osten entsendet werden.

[87] *Gagel*, Die mittelatlantischen Vulkaninseln. Handb. d. Regionalen Geologie VII, 10, 4. Heft. Heidelberg 1910.

[88] Nach *Passarge* (Die Kalahari, S. 597, Berlin 1904) ist die Entstehung der Randbrüche von Südafrika bereits in die Jurazeit zu setzen. Es entstanden aber zunächst nur Grabenbrüche.

[89] *Lemoine*, Afrique occidentale. Handb. d. Regionalen Geologie VII, 6 A, 14. Heft, S. 57. Heidelberg 1913.

[90] Wenn man annehmen dürfte, daß dieser Wechsel der alten Streichrichtung auch die südamerikanische Scholle noch bis zu ihrem Westrande durchsetzt, so würde sich auch erklären, warum auch der Westrand von Südamerika eine ähnliche Linienführung hat. Denn der nördliche Teil mußte der Andenfaltung größeren Widerstand entgegensetzen als der südliche, weil im ersteren die Andenfaltung quer, im letzteren längs zur vorgegebenen Faltung im Urgestein verlief.

[91] Nach *Steinmanns* Bericht über *Keidels* Vortrag auf dem Internationalen Geologenkongreß in Toronto 1914 (Geol. Rundsch. **5**, Heft 3, 216, 1914). Vgl. auch *Arldt*, Handb. d. Paläogeographie **1**, 196. Leipzig 1917.

[92] *W. Köppen* hat in seinem Aufsatz „Über Isostasie und die Natur der Kontinente", Geogr. Zeitschr. **25**, Heft 1, S. 39-48, 1919, dieses und eine Reihe anderer Mißverständnisse richtiggestellt.

[93] *C. Diener*, Die Großformen der Erdoberfläche, Mitt. d. k. k. Geol. Ges. Wien **58**, 329-349, 1915 und Die marinen Reiche der Triasperiode, Denkschr. d. Akad. d. Wiss. in Wien, math.-naturw. Kl., 1915.

[94] *Lemoine*, Madagaskar, Handb. d. Regional. Geol. VII, **4**, 6. Heft, S. 27. Heidelberg 1911.

[95] Nach den handschriftlichen Ergänzungen, welche Herr *Michaelsen* mir zu seinem Werke „Die geographische Verbreitung der Oligochaeten", Berlin 1903, freundlichst zur Verfügung stellte.

[96] *Wallace*, Die geographische Verbreitung der Thiere, deutsch von *Meyer*, **1**, 463. Dresden 1876.

[97] *Simroth*, Über das Problem früheren Landzusammenhangs auf der südlichen Erdhälfte. Geogr. Zeitschr. **7**, 665-676, 1901.

[98] So schreibt *Andrée* (Das Problem der Permanenz der Ozeane und Kontinente, Peterm. Mitt. **63**, 348, 1917): „Völlig unnötig ist, worauf schon nach dem Referenten auch *Diener* hingewiesen hat, die Annahme eines ausgedehnten pazifischen oder auch nur südpazifischen Kontinents". Ebenso hat *Sörgel* ihn ausdrücklich abgelehnt; selbst *Arldt* muß zugeben (Die Frage der Permanenz der Kontinente und Ozeane, Geogr. Anzeiger **19**, 2-12, 1918): „Am wenigsten läßt sich ein südpazifischer Kontinent geologisch stützen, wenn sich auch die von *Burckhardt* angenommene Landmasse im Westen von Südamerika nicht gänzlich ablehnen läßt".

[99] *Suess*, Das Antlitz der Erde **2**, 203. Wien 1888.

[100] *Marshall*, New Zealand, Handb. d. Regional. Geolog. **7**, 1, H. 5, S. 36. Heidelberg 1911.

[101] Zitiert nach *Grabau*, Principles of Stratigraphy, S. 897-898. New York 1913.

[102] *Schiaparelli*, De la rotation de la terre sous l'influence des actions géologiques (Mém. prés. à l'observatoire de Poulkova à l'occasion de sa fête semiséculaire), 32 S. St. Pétersbourg 1889.

[103] *E. Kayser*, Lehrbuch der Geologie 1, Allgem. Geol., 5. Aufl., S. 88. Stuttgart 1918.

[104] *Hoernes*, Ältere und neuere Ansichten über Verlegungen der Erdachse, Mitt. Geol. Ges. Wien 1, 158-202, 1908.

[105] *Eckardt*, Das Klimaproblem der geologischen Vergangenheit und historischen Gegenwart (Die Wissenschaft Nr. 31). Braunschweig 1909.

[106] *Reibisch*, Ein Gestaltungsprinzip der Erde, 27. Jahresber. d. Ver. f. Erdk. zu Dresden 1901, S. 105-124. — Zweiter Teil (enthält nur unwesentliche Ergänzungen) Mitt. d. Ver. f. Erdk. zu Dresden, H. 1, S. 39-53, 1905. — Die Vorstellung, daß die Erdrinde als Ganzes sich über den Erdkern verschiebt, scheint *Carl Freiherr Löffelholz von Colberg* zuerst ausgesprochen zu haben (Die Drehung der Erdkruste in geologischen Zeiträumen. Eine neue geologisch-astronomische Hypothese. München 1886, in Kommission bei J. Böcklein).

[107] *Kreichgauer*, Die Äquatorfrage in der Geologie. Steyl 1902. Zu nennen wäre auch die Arbeit von *E. Jacobitti*, Mobilità dell' Assa Terrestre, Studio Geologico, Torino 1912, die mir leider nicht zugänglich ist.

[108] *Simroth*, Die Pendulationstheorie. Leipzig 1907.

[109] Nach *Geyler* (Verh. d. k. k. Geol. Reichs-Anst. Wien 1876, S. 151) hat sich z. B. in Borneo seit dem Eozän das Klima nicht geändert; Sagopalmen wachsen wie im Eozän noch heute auf den Sunda-Inseln.

[110] *Eckardt*, Paläoklimatologie (Samml. Göschen), S. 10. Leipzig 1910.

[111] *Ramann*, Bodenkunde, 3. Aufl., Berlin 1911, schreibt: „Die Böden der humiden Zonen sind verschieden nach dem herrschenden Klima; sie schließen sich im ganzen den großen klimatischen Zonen an. In den Tropen Laterit und Roterden, im gemäßigten Gebiete die Braunerden, im kühlen gemäßigten und kalten Gebiete die Podsolböden (Bleicherden z. T.)." Laterit ist überall in den Tropen, Roterde z. B. im

Mittelmeergebiet, Braunerde in Mitteleuropa verbreitet. Die rote Farbe des Laterits rührt nach *Passarge* von kolloidem Eisenhydroxyd her. Nach *Holland* bildet sich in Indien Laterit nur an Orten, deren Wintertemperatur über 15,5° beträgt.

[112] *Dacqué*, Grundlagen und Methoden der Paläogeographie, S. 432. Jena 1915.

[113] *Passarge*, Die Kalahari, S. 646. Berlin 1904. Der Laterit ist gleichaltrig mit dem „Kalaharikalk", mit welchem er in der Weise abwechselt, daß *Passarge* annimmt, er entspreche Waldinseln in den großen Brackwasserseen, welche den Kalk lieferten.

[114] *Frech*, Allgem. Geologie, V. Steinkohle, Wüsten und Klima der Vorzeit. Aus Natur und Geisteswelt **211**, 3. Aufl., S. 108. Leipzig u. Berlin 1918.

[115] *Steinmann*, Über Diluvium in Südamerika, Zeitschr. der D. Geol. Ges. 1906, Monatsber.

[116] Diese und die im folgenden angegebenen Pollagen sind bezogen gedacht auf ein Gradnetz, welches in der heutigen Weise starr mit Afrika verbunden ist. Für die ältere Tertiärzeit hätte dann Deutschland eine 5 bis 10° nördlichere Breite.

[117] *Semper*, Das paläothermale Problem, speziell die klimatischen Verhältnisse des Eozän in Europa und im Polargebiet. Zeitschr. Deutsch. Geol. Ges. **48**, 261, 1896.

[118] *Waagen*, Unsere Erde, München, Allg. Verl.-Ges., o. J. Da *Waagen* die Verschiebung Nordamerikas nicht berücksichtigt, schließt er hieraus auf eine Pollage bei den Aleuten. Schiebt man aber Nordamerika an Europa heran, so findet man wieder die obige Pollage.

[119] *Frech*, Allgem. Geol. **5**, Steinkohle, Wüsten und Klima der Vorzeit. Aus Natur und Geisteswelt **211**, 3. Aufl. Leipzig und Berlin 1918. *Dacqué* bezeichnet das kretazische Glazial Australiens allerdings als unsicher.

[120] Siehe z. B. *Neumayr-Uhlig*, Erdgeschichte, 2. Aufl., S. 263. Leipzig und Wien 1895.

[121] Für das Eozän dürfte aber Aussicht bestehen, sogar beide Polarkappen festzulegen. Vgl. Fig. 24, S. 67.

[122] E. *Kayser*, Lehrb. d. allgem. Geol., 5. Aufl., S. 649. Stuttgart 1918.

254

[123] W. *Gothan*, Die Jahresringlosigkeit der paläozoischen Bäume. Naturw. Wochenschrift, N. F. 10, Nr. 28, 1911 (zitiert nach *Kayser*).

[124] Danmark-Expeditionen til Grönlands Nordöstkyst 1906-1908, **3**, Nr. 12: *Nathorst*, Contributions to the Carboniferous Flora of North-eastern Greenland. Köbenhavn 1911.

[125] *Kreichgauer*, Die Äquatorfrage in der Geologie. Steyl 1902.

[126] *Taylor*, Bearing of the tertiary mountain belt on the origin of the earth's plan. B. Geol. S. Am. **21**, 2, Juni 1910, S. 179-226.

[127] Es ist wesentlich, daß der Schwerpunkt der Scholle oberhalb des Auftriebspunktes liegt. Wäre es umgekehrt, so würde eine Äquatorflucht die Folge sein. Die Polflucht setzt voraus, daß die Dichtezunahme nach unten im Sial jedenfalls nicht merklich rascher ist als im Sima, eine Annahme, die wohl ohne weiteres plausibel ist.

[128] G. J. **40**, 294-299, 1912.

[129] *Wettstein*, Die Strömungen des Festen, Flüssigen und Gasförmigen und ihre Bedeutung für Geologie, Astronomie, Klimatologie und Meteorologie. Zürich 1880.

[130] *Reibisch*, Ein Gestaltungsprinzip der Erde. 27. Jahresber. d. Ver. f. Erdk. z. Dresden, S. 105-124, 1901.

[131] *Kreichgauer*, Die Äquatorfrage in der Geologie. Steyl 1902.

[132] *Semper*, Das paläothermale Problem, speziell die klimatischen Verhältnisse des Eozän in Europa und im Polargebiet. Zeitschr. Deutsch. Geol. Ges. **48**, 261, 1896.

[133] Vgl. *Dacqué*, Grundl. u. Meth. d. Paläogeographie, S. 273, Jena 1915, und *Rudzki*, L'âge de la terre, Scientia **13**, No. XXVIII, 2, S. 161-173, 1913.

[134] *Königsberger*, Berechnungen des Erdalters auf physikalischer Grundlage, Geol. Rundsch. **1**, S. 241, 1910.

[135] Danmark-Ekspeditionen til Grönlands Nordöstkyst 1906-1908 under Ledelsen af L. *Mylius-Erichsen* **6** (Meddelelser om Grönland **46**). Köbenhavn 1917.

[136] Vgl. mein Referat in Astr. Nachr. **208**, Nr. 4986, Mai

1919.

[137] In meinen früheren Veröffentlichungen war der Betrag der Längenänderung wesentlich kleiner angegeben, so daß mit Rücksicht auf den mittleren Fehler der Beobachtungen noch keine völlige Sicherheit des Resultats bestand. Diese Angaben beruhten auf einer vorläufigen Berechnung der Längen der Danmark-Expedition. Die inzwischen erfolgte endgültige Berechnung ergibt, wie oben angegeben, einen größeren Längenunterschied, so daß nunmehr kein Zweifel an der Realität bleibt.

[138] Bei der Landesaufnahme der Färöer 1890 bis 1900 zeigte sich, wie J. P. *Koch* mir mitteilte, eine auffallende Drehung des nördlichen Teiles der Inselgruppe gegen den südlichen, welche man, da sie für Beobachtungsfehler viel zu groß war, schließlich auf verkehrtes Zusammenkleben der älteren Karten zurückführen zu müssen glaubt. Da aber auch die Länge und Breite der Inselgruppe — letztere um nicht weniger als zwei Bogenminuten! — anders ausfielen als bei der ersten Vermessung, scheint diese Annahme doch nicht zulässig zu sein. Obwohl die Größe des Betrages den Verdacht nahelegt, daß diese Unstimmigkeit doch auf andere Ursachen zurückzuführen ist, bleibt doch die Möglichkeit bestehen, daß es sich auch hier um reelle Verschiebungen handelt, die dann allerdings außergewöhnlich stark wären. Jedenfalls bedarf die Angelegenheit dringend einer Revision.

[139] *Galle*, Entfernen sich Europa und Nordamerika voneinander? Deutsche Revue, Febr. 1916.

[140] Vgl. den Jahresbericht d. preuß. Geodät. Instituts in Vierteljahresschrift d. Astron. Ges. **51**, 139.

[141] *Günther*, Lehrb. d. Geophysik **1**, 278. Stuttgart 1897.